MASSIMO **CARLOTTO** PATRIZIA **RINALDI**
ALESSANDRA **ACCIAI** PASQUALE **RUJU**
MASSIMO **TORRE**

# YOUTHLESS
# FIORI DI STRADA

HarperCollins

ISBN 979-12-5985-106-2



Pubblicato in accordo con
United Stories Agency - Roma


Prima edizione HarperCollins
ottobre 2022

FSC
www.fsc.org

MISTO
Carta da fonti gestite
in maniera responsabile
FSC® C005461

Questo libro è prodotto con carta FSC certificata e da fonti controllate con un sistema
di controllo di parte terza indipendente per garantire una gestione forestale responsabile.

# DOMITILLA

*Fra tutte le ragazze che accompagnano la mia fuga per il mondo e la mia fuga da me stessa vorrei essere... Ci devo pensare, non sono sicura di sapere chi vorrei essere.*

*Però sono certa di sapere chi non vorrei essere. Si fa prima a capire chi non si vuole essere, piuttosto che a capire chi si vuole essere.*

*Per esempio fin da piccola mi è stato chiaro, chiarissimo, che non volevo essere mia madre.*

*Secondo Plotino, nato circa duecento anni dopo la venuta al mondo di Cristo Salvatore, di Dio possiamo dire solo quello che non è, ci spiegava al collegio padre Giorgio, con quell'affannare dello stomaco che smentiva ogni presenza divina nei secoli dei secoli. Amen.*

*Beveva, padre Giorgio, e pure molto. Il suo stomaco formava una specie di botte e il suo alito, anche al mattino presto, puzzava come una mescita in orario di chiusura.*

*Le dipendenze piacevano anche a lui. L'esimio prof di filosofia padre Giorgio preferiva il vino, io invece pre-*

*diligo il fentanyl. D'altra parte, si sa, a seconda delle culture le divinità hanno nomi diversi.*

*Il mio universo parallelo non è un paradiso artificiale, ma un paradiso vero, in carne e ossa. Ha braccia di donna che ti stringono piano, ché diciamolo chiaro e tondo: un uomo non ti potrà mai abbracciare come si deve, proprio fisiologicamente non è possibile, perché l'abbraccio non può finire contro i seni morbidi. Con le donne sì. Provare per credere.*

*E poi la testa. La testa nel paradiso vero diventa capace di sputare i guai come si fa con i semi del cocomero. Il dolore dei guai se ne va e resta in bocca la polpa buona della vita.*

*La chiave dell'Eden è la chimica. Quella lì si droga perché ha i problemi, si dice, ma è un errore. Non funziona così: a essere onesti bisogna affermare che una, tipo me, si droga perché è bello. E fine.*

*Una si droga perché è bello e perché è ancora più bello guardare l'inferno dall'alto, come se l'inferno fosse una cosa staccata dal vivere.*

*Pur di ottenere questa prospettiva va bene tutto: che ne so, se faccio una marchetta per recuperare i soldi per qualche dose, non sono lì a fare la marchetta, che quindi mentre la faccio diventa poco e niente, ma sto per accedere a un luogo dove l'inferno non c'è. Non mi pare poco.*

*Una volta uno me lo disse. Mi disse: Mica ce ne sono tante di puttane giovani e belle come te, che mentre aprono le cosce hanno questa faccia soddisfatta. Da dove arrivi tu?*

*Non arrivo da nessuna parte, gli risposi, sto per andarmene in paradiso. Perciò sbrigati, fai quello che devi fare.*

*Non capì proprio niente, d'altra parte vaglielo a spiegare il paradiso ai diavoli: impossibile.*

*Bene.*

*Allora chi non vorrei essere?*

*Non vorrei essere Anna. Per carità, non vorrei essere lei per niente al mondo: bruttina, gambe corte, lineamenti qualsiasi, pancia prominente. Secondo me è incinta dalla nascita. Brutta proprio.*

*Ha la stessa personalità di un cetriolo di mare e prima di aprire bocca guarda sua sorella Claudia per capire se può o non può parlare. In genere non può, anche perché Claudia la anticipa e parla lei. Si vede che le corde vocali migliori sono toccate a Claudia. Anche il fisichetto è toccato a lei, come pure l'incazzatura perenne. Ha sempre un muso da qui a lì e quando qualcuna fa una battuta lo arriccia fino alle narici, tale e quale a un cavallo con un cardo nelle briglie.*

*Una volta mi è capitato a equitazione: nessuno mi considerava un essere vivente, ma degli sport signorili – così li chiamavano in famiglia – dovevo almeno imparare le basi.*

*La bambina deve avere un'infarinatura di come si sta al mondo. Non può mica crescere come una selvaggia, la bambina. Deve saper parlare, e più che bene, deve saper andare a cavallo, deve saper tenere una racchetta in mano, deve saper riconoscere le mode dozzinali e scartarle. Deve saper stare a tavola. Deve imparare i rudimenti del pianoforte e delle altre musiche delle lingue straniere.*

*Tu ti disinteressi alla sua educazione, diceva mia madre a mio padre.*

*A quel punto cominciavano a discutere, con toni bassi e l'espressione composta si scambiavano le peggiori cattiverie.*

*È colpa tua, no è colpa tua. A te piacciono solo le bambine degli altri, preferibilmente appena maggiorenni, ché la galera ti fa paura. A te invece piace solo delegare: Domitilla cresce come una selvaggia perché quando non è a scuola sta soltanto con la cuoca, con il maggiordomo e con quell'idiota che si è autopromossa tata. Vorrei sapere che fai dalla mattina alla sera. Ah, perché tu sei un padre modello, si sa, sei buono solo a mollare spiccioli. Ti faccio notare che nostra figlia non è una delle bambine che ti piacciono tanto: non ci frequenta solo per soldi.*

*Porco. Donna inutile. Malato. Pazza.*

*Le cattiverie a bassa voce finivano quando mia madre constatava, conciliante: Ancora un poco di pazienza, poi se ne andrà in collegio. Sì, non cominciare, la retta è esosa, ma vuoi mettere i vantaggi?*

*Quando il cavallo si imbizzarrì, a causa del cardo tra le briglie, sapevo a stento stare in sella. La bestia prese la via dei campi, al galoppo. Nella sua testa bacata stava scappando dal fastidio che sentiva sul muso, mentre se lo portava appresso.*

*La storia della mia vita.*

*Mi spaventai e mi elettrizzai insieme. Mi aggrappai al collo del cavallo e mollai le briglie. Prima di cadere riconobbi con evidenza certa il gusto della libertà. La libertà diventò solitudine non appena il quadrupede mi mollò lì, col culo secco per terra, e continuò la sua corsa.*

*Piansi come una disperata finché l'istruttore non mi*

*trovò. Meglio non dirlo a casa tua, non credi? Hai disobbedito e questo non è un bene. Ti avevo detto di non muoverti dalle scuderie.*

*Come sarebbe sempre successo in seguito, la colpa delle spine del cardo diventò la mia.*

*Un'amazzone poco più grande di me ma già brava, che a pensarci somigliava al mio primo amore, Angelica, mi passò una mano sulla testa mentre cercavo di ripulirmi dal fango. Per quella specie di carezza frettolosa l'avrei seguita tra altri cardi. Ero piccola ma già succube dell'amore.*

*Angelica. Mi serve altro fentanyl. Dove l'ho nascosto? Ah, sì, nella fodera della borsa. Eccolo.*

*Comunque non vorrei essere nemmeno Claudia. Lei la pancia ce l'ha piatta, ma di fatto ne ha un'altra portatile. Conduce sempre con sé una gravidanza staccata dal suo corpo eppure sempre presente: Anna.*

*Non voglio essere perfida, avranno i loro buoni motivi per essere come sono, Claudia e Anna. Si intuisce che la loro famiglia ospita sentimenti simili a una nidiata di Barbablù, quindi le sorelle per salvarsi si sono abbarbicate l'una all'altra, ma cosa ci vogliamo fare? La negatività non abita solo a casa loro, nella testa di Plotino, o che ne so.*

*Nelle abitazioni frequentate dai miei la negatività da nascondere sotto il tappeto continuavo a essere io, anche quando mi spedirono in Svizzera, al collegio esclusivo. Forse più che una negatività ero un incomodo: un tarlo dei mobili, una macchia di ruggine, un colpo di tosse a teatro, un rutto davanti alla tavola apparecchiata con i cristalli e le porcellane Limoges.*

*Alcune procreatrici, tipo la mia genitrice, non fanno altro che chiedersi perché non si sono legate le tube intorno al collo, invece di figliare ingombri incomodi.*

*Quanta mestizia.*

*Detto a bassa voce anche solo nella mia testa, ché qui son sempre tutti pronti a parlare di razzismo, non so se vorrei essere la misteriosa e nera Rachida.*

*Che poi per me il razzismo più evidente è quello di chi santifica le etnie diverse dalla propria, come se nell'altrove non ci fossero mai rogne. Vorrei farli ragionare: nossignore, le rogne sono ovunque. Sono un contagio democratico, le rogne. Si annidano anche negli animi più tersi, anzi lì forse si trovano pure meglio, tipo i pidocchi sui capelli puliti.*

*Anche con me succede: a vedermi di sfuggita sono una damina linda, a studiarmi un po' meglio porto a spasso una rogna cattiva che si è già trasformata in cancrena.*

*Ma è un discorso lungo, meglio non approfondire. È sempre meglio non approfondire, ostentare frivolezze, canticchiare parole inutili, giocare a nascondino con la propria verità: altrimenti la puzza della cancrena esce fuori e appesta.*

*Rachida parla poco, ma non come Anna. Lei parla poco forse perché le sue parole sono finite nel mare. Ora ogni colloquiare se ne sta sul fondo insieme ai pesci e ai corpi smembrati dei fuggitivi, neri come lei.*

*È diventata zitta, Rachida, d'altronde come darle torto? All'inizio ha fatto anche finta di essere sorda, oltre che muta. Cioè, non proprio sorda: ha finto di parlare un'altra lingua e di non capire quello che le dicevamo. Io avevo sospettato che invece comprendesse tutto, perché quando facevo la frivola superficiale – che, diciamo la verità, mi viene benissimo – lei alzava un solo sopracciglio sullo sguardo brillante di scuro e pareva esprimere un pensiero semplice semplice: Beata te che hai avuto una vita in discesa e puoi fare a meno anche dell'intelligenza.*

*Peccato che la discesa dalla nascita è diventata presto a strapiombo. Sono rotolata giù per atterrare su forche di fuoco.*

*Dove l'ho messa la pasticca? Nella fodera della borsa non c'è più niente. Ne dovrei avere ancora una. Forse sta nel portaocchiali. Sei qui, brava. Vieni qui, piccolina, fatti prendere. Assaggia la mia lingua.*

*Così.*

*Ora va meglio.*

*Non è vero, comunque: il corpo di Rachida lo vorrei, eccome se lo vorrei. Sparirebbero le mie sembianze di biondina-carina-tanto-a-modo-piccina e al loro posto comparirebbero i suoi seni pesanti, che sfidano la legge di gravità, e il suo culo maestoso. Prenderebbero il posto delle mie tettine minuscole e del culo senza carne. Diventerei florida. Oddio, magari qualche chilo lo potrei prendere pure se la smettessi di farmi, ma è fuori discussione.*

*Senza chimica avrei già chiuso bottega. Rachida dissente, lo so. Tra sé e sé penserà che sono una drogata viziata senza spina dorsale. Fa niente, tanto sono stupida e non capisco.*

*C'è un motivo preciso per cui vorrei essere sia Léa che Teresa, cioè non vorrei essere loro tutte intere, ma possedere una loro caratteristica. Vorrei avere il loro coraggio, lo stesso che mi eccita perché mi fa paura. Quel tipo di coraggio lì non conosce ostacoli, sfida il pericolo e prima o poi si farà ammazzare. Ma è così bello.*

*Così feroce. A vedere bene anche io me la cavo, ma sempre in maniera laterale. Per dire, se incontrassi un nemico riuscirei a sgusciare via, ma con un imbroglio. Sicuro ci finirei a letto, prima di scappare.*

*Loro invece gli tirerebbero una botta in testa e non cambierebbero nemmeno strada. Andrebbero avanti, al centro esatto della carreggiata.*

*Anche con quel poliziotto schifoso è finita così, ma è una delle cose a cui è meglio non pensare.*

*Detto ciò, le amo tutte, tutte. Le amo forsennatamente. Amo Anna, amo anche Claudia, amo Teresa, vabbè con lei è facile, amo Léa.*

*Senza di voi non ce l'avrei mai fatta, mai. Vi amo con tutto il mio cuore disastrato.*

*Un solo giorno con voi mi dà più amore di dieci anni tra le porcellane e i cristalli. È come scappare col cardo tra le briglie, ma con qualcuno che non mi lascia da sola quando finisco con il culo per terra.*

*Anche in mezzo a questo casino da cui, a mio modesto parere, non usciremo vive.*

*Tanto io non ne uscirei viva lo stesso. Perché farmi cancella il coraggio di buttarmi di sotto o tagliarmi le vene, ma esige una rateazione. Una specie di leasing sopportabile del suicidio, vista la mia incapacità di levarmi dai piedi in un colpo solo.*

*Vi amo tutte, amo pure Stella, anche se l'ho conosciuta poco.*

*Ecco chi vorrei essere davvero, Stella: una stella morta che va in paradiso.*

*Dove l'ho messa? Ne dovrei avere un'altra, di pasticca. Forse si è sbriciolata nella tasca.*

# 1

Dintorni di Vittorio Veneto.

Teresa imboccò il sentiero, tracciato nel tempo da boscaioli e cacciatori, che si inerpicava lungo il fianco della collina. Non appena si ritrovò nella radura in cima si fermò ad annusare gli odori dell'autunno. Nulla riusciva a ricordarle il profumo dei boschi che era stata costretta ad abbandonare, dove i larici si alternavano ai meli selvatici, ai pioppi tremuli e agli aceri di montagna. Ora si trovava centinaia di chilometri più a nord e nemmeno la natura era in grado di farla sentire a suo agio. Il terreno era disseminato di foglie gialle di robinia, che infestavano e soffocavano le roveri, le betulle e i faggi. Notò tracce del passaggio di una femmina di cinghiale e dei suoi piccoli. Suo padre le aveva insegnato ad abbatterli senza farli soffrire e sua madre i segreti della marinatura, che non poteva durare meno di un giorno intero. Per un attimo si perse in ricordi felici ma a un tratto diventarono così dolorosi da mozzarle il respiro. Riprese a camminare con il volto indurito, rimproverandosi per quel momento di debolezza. D'altronde non si trattava della solita passeggiata. Il silenzio improvviso e innaturale che aveva avvolto la zona le aveva suggerito di andare a curiosare. Solo l'uomo aveva il potere di zittire il bosco. Potevano essere contadini o più probabilmente attività di taglio per lasciare spazio alle vigne di Glera, ma Teresa sospettava che si trattasse d'altro. Raggiunse il punto d'osservazione migliore e colse qualche movimento sul versante opposto, ai margini di una stradina percorsa di solito dai trattori. Spostandosi di alcune decine di metri, riuscì a distinguere delle figure vestite di bianco da capo a piedi. *Scientifica*, pensò, frugando con lo sguardo tra la vegetazione alla ricerca di auto e altri mezzi della polizia. Al paese suo capitava spesso che gli sbirri si presentassero all'improvviso per scovare latitanti o piantagioni di marijuana, che laggiù cresceva rigogliosa. Teresa iniziò a scendere curva, nascondendosi dietro i fusti più grandi per evitare di farsi notare.

La ragazza era certa di essere più pratica di boschi di tutte le guardie messe insieme, e pur sapendo di correre un grosso rischio riuscì ad avvicinarsi a pochi metri di distanza e a vedere una ragazza nuda, stesa sull'erba ingiallita al centro di tre alberi ad alto fusto, circondata da tute bianche. Il lampo di una macchina fotografica le illuminò il volto e Teresa la riconobbe. Era Stella. Nel giro di due mesi era la seconda che finiva ammazzata. Prima era toccato a Titti, stuprata e strangolata a una trentina di chilometri di distanza. Pensò che doveva tornare di corsa alla cascina e avvertire le altre. Quel posto non era più sicuro. Invece non si mosse, rimase lì a fissare la bocca spalancata della sua amica: sembrava quasi che avesse cercato di prendere a morsi l'aria per respirare. In realtà non si erano mai confidate, e a pensarci bene non sapeva quasi nulla di lei. Solo che era in fuga. Ma tutte loro lo erano. Stella però era così impaurita dalla vita da risultare fragile e bisognosa di affetto. Di cura. Come una sorella minore che non aveva ancora imparato a difendersi dal mondo. Senza un motivo preciso, Teresa si sentì responsabile. Pensò anche che se si fosse trovata al posto di Stella avrebbe venduto cara la pelle, perché non sei morta fino a quando non smetti di respirare. Lei era cresciuta in mezzo alla violenza e aveva imparato a farne buon uso. Anche se la violenza le aveva straziato il cuore, strappato gli affetti più cari e lasciato in eredità il dovere della vendetta. Annunciato dal rumore affaticato del motore, giunse un furgone della polizia mortuaria, e il cadavere venne infilato in un sacco nero con gesti freddi e professionali che infastidirono Teresa. Lei tornò sui suoi passi, voltandosi ogni tanto per assicurarsi che nessuno la seguisse, ma ignorando di essere stata notata da almeno una decina di minuti.

Una poliziotta con il grado di vicecommissario aveva avvertito la presenza di un intruso e con pazienza aveva cercato la conferma scrutando tra il fogliame. E alla fine era riuscita a beccare Teresa. Si chiamava Giustina Rebellin, la natura l'aveva dotata del fiuto dei predatori e nel tempo aveva saputo apprezzarne i vantaggi. Nascosta da un albero spiò la ragazza, affascinata dal suo bel volto e dal modo esperto con cui si muoveva senza fare rumore. Doveva far parte del gruppetto di sbandate che vivevano alla cascina. La poliziotta aveva apprezzato che una delle "ragazzette", come amava chiamarle, non avesse mostrato turbamento di fronte alla morte dell'amica Stella, e nemmeno cacciato imbarazzanti urletti da bambina isterica. Era evidente che si era dominata perché avvezza al sangue e al dolore, e Giustina fantasticò su quanto sarebbe stato piacevole piegarla. Una così si incontrava raramente. Il pensiero di avvertire i colleghi non la sfiorò neppure: si limitò a richiamare discretamente l'attenzione del suo partner, l'ispettore capo Cristoforo Marino, e a indicargli la posizione della ragazza con un cenno del mento. Anche l'uomo era un predatore, sebbene di altro tipo, rozzo e propenso a eccedere. Si erano riconosciuti per quello che erano e lavoravano in coppia da qualche anno con discreto successo nel campo degli arresti e dei casi risolti. Marino chiese con un cenno l'autorizzazione a seguire la ragazza, ma la donna scosse appena la testa. Non era il caso, con tutti quei colleghi intorno. Si sarebbero occupati di lei più tardi: tanto sapevano dove trovarla.

Teresa entrò nella cascina e si diresse verso la vecchia cucina dove le altre chiacchieravano davanti al camino. Si fermò sulla porta. Come sempre non avevano sentito i suoi passi. In quel momento si rese conto che la notizia dell'assassinio di Stella avrebbe devastato le sue coinquiline. Nessuna di loro era pronta a reggere il peso di un nuovo dolore. Erano fragili, minate da esperienze che le avevano costrette ad abbandonare tutto e a fuggire. Si erano illuse che la cascina potesse diventare un rifugio provvisorio, giusto il tempo di raccogliere le forze e ripartire alla ricerca di un altro luogo più o meno sicuro. Un altro salto nel buio. E poi un altro ancora. Fino a quando il destino glielo avesse permesso. Questione di tempo. Erano poco più che bambine, Teresa non conosceva a fondo le loro storie, ma era evidente che avevano abbandonato case e famiglie per disperazione. Ed era proprio la disperazione a dare loro la forza di resistere a quella vita, dove non potevano contare che su loro stesse. Lei era l'unica a essere consapevole di cosa le aspettava, ma a differenza delle compagne aveva un compito da portare a termine. Null'altro. Tutte le sue energie erano concentrate sull'obiettivo, ed era stata costretta a cancellare tutto il resto. I sogni di ragazzina erano stati i primi a essere sacrificati: non aveva ancora compiuto diciassette anni e già sapeva di non avere diritto a un futuro.

Claudia e Anna, le gemelle, conversavano tra loro a bassa voce. Anna era decisamente bruttina, ma qualcuno a quindici anni l'aveva ingravidata. Lei non ne parlava, si limitava a toccarsi la pancia che diventava sempre più rotonda giorno dopo giorno, anche se continuava a sembrare quella di una bambina. E da bambina ragionava e agiva. Claudia, invece, non somigliava per niente a sua sorella. Era carina, sveglia, determinata e dotata di un corpo flessuoso ma robusto. Non perdeva mai di vista la gemella, la proteggeva e l'accudiva in ogni istante. Teresa era certa che la gravidanza fosse il motivo che le aveva spinte a far perdere le loro tracce. Le altre due ragazze presenti non partecipavano alla conversazione. In realtà parlavano sempre poco. La prima solo quando aveva qualcosa da dire. Si chiamava Domitilla e diceva di avere diciassette anni. Era la preferita di Teresa. Bionda, gambe lunghe, un volto dai lineamenti dolcissimi, fuggita da una famiglia ricca. Lo si capiva dai capi firmati, dai modi sofisticati. Era bella, all'apparenza perfetta. Lo sguardo perennemente perso e il disinteresse per ogni aspetto concreto della quotidianità tradivano la tossicodipendenza che la dominava. Anche in quel momento fissava il fuoco, le labbra leggermente aperte, le mani abbandonate sul grembo.

L'altra, Rachida, era nera come la notte. I capelli ricci erano coperti dal velo. A Teresa piaceva il suo sorriso, che addolciva il naso un po' troppo grosso. La sua voce si udiva ancora meno di quella di Domitilla: a stento pronunciava qualche parola.

Mancava Léa, la francese. Alta, magra. Il taglio di capelli strano faceva capire subito che era straniera. Era assente da un paio di giorni e doveva tornare quella sera stessa. Aveva attraversato il confine inseguita da un mandato di cattura per aver rotto il muso di uno sbirro durante una manifestazione. Era tosta, dura, incattivita col mondo, ma con le ragazze era dolcissima. A Teresa non era molto simpatica perché parlava continuamente di politica, e a lei i suoi genitori avevano insegnato che la politica porta solo guai se non stai dalla parte giusta, che è sempre quella che comanda. Comunque, provava rispetto per Léa. Era in grado di prendere le decisioni giuste e, a differenza delle altre, conosceva i trucchi per non farsi catturare e soprattutto non aveva paura dello scontro fisico.

Teresa si rese conto di non poter trovare le parole adatte per comunicare la notizia. Sicuramente Léa sarebbe stata più brava, ma ora toccava a lei.

«C'è uno stronzo che ci ha prese di mira, e se non ce ne andiamo in fretta ci ammazzerà tutte» sbottò spaventandole.

«Teresa è come una gatta» ridacchiò Domitilla. «Al posto dei piedi ha delle deliziose zampine che non fanno rumore.»

Claudia balzò in piedi, con una smorfia preoccupata sulle labbra. «Che vuoi dire?»

«Stella è stata ammazzata. L'ho vista prima che gli sbirri la portassero via.»

Calò un silenzio gelido. Dolore, ma soprattutto paura. Anna si rifugiò tra le braccia della sorella.

«Preparate le vostre cose. Dobbiamo andarcene» ordinò Teresa.

«Dobbiamo aspettare Léa» ribatté Claudia.

Teresa non era d'accordo. La dura legge della fuga imponeva di rimettersi in marcia. «È pericoloso, e poi la zona è piena di sbirri. È già un miracolo che non ci abbiano beccate finora, o forse non gli interessava. Titti è stata uccisa a una certa distanza da qui, ma con il corpo di Stella così vicino si daranno una mossa. Prima o poi verranno a perquisire la cascina.»

«Tu sai dove andare?»

Teresa scosse la testa. «So solo che qui ci prendono o ci ammazzano. Dobbiamo spostarci: qualcosa troveremo. Le campagne sono piene di fattorie abbandonate.»

«Magari Léa ha le idee più chiare» insistette Claudia.

Domitilla si schierò con Claudia. Rachida non aprì bocca, e Teresa dovette arrendersi. Era furiosa. Con se stessa più che con le ragazze. Avrebbe dovuto abbandonarle al loro destino, infilare i suoi quattro stracci nello zaino e filarsela, invece sapeva che sarebbe rimasta. Nemmeno il pensiero del debito con il destino che la stava attendendo e in nome del quale aveva sacrificato tutto riusciva a schiodarla da quella vecchia cucina. Domitilla si alzò e le infilò una sigaretta tra le labbra. Poi, prima di accenderla, la baciò su una guancia.

«Vieni a sederti vicino a me» disse prendendola per mano. Aveva un tocco delicato, e Teresa la seguì volentieri.

La francese arrivò poco prima di cena, salutando a gran voce e annunciando che nello zaino portava vino, pane fresco, salsicce e sigarette. Dal silenzio e dagli sguardi bassi delle altre capì che era successo qualcosa di grave. «Dov'è Stella?» domandò.

«Aveva detto che andava in paese. Doveva comprare un paio di calze di lana» iniziò a raccontare Claudia.

«Invece è morta ammazzata» tagliò corto Teresa. «Ammazzata male. Come Titti.»

La luce delle candele allungava sulla parete l'ombra della nuova arrivata. Sembrava uno spettro. «Dovevamo andarcene subito dopo l'omicidio della povera Titti» disse prima nella sua lingua, poi in italiano. «A quest'ora Stella sarebbe ancora viva.»

In realtà era stata proprio lei a insistere per restare. Le ragazze erano appena arrivate, era convinta che avessero bisogno di tempo per conoscersi. L'idea era quella di formare una sorta di gruppo, per affrontare insieme le avversità della fuga.

«È tutta colpa mia» ammise. «Pensavo fosse una buona idea, formare un gruppo.»

«Lo è ancora» intervenne Domitilla. «Da sola sarei perduta.»

Teresa pensò che forse non era proprio così. La sua preferita ogni tanto andava in paese e tornava con droga e soldi. Era chiaro che si vendeva per procurarseli e sapeva come e dove farlo. Comunque erano affari suoi, e nessuno aveva il diritto di ficcare il naso.

«Dove andremo?» chiese Claudia rivolgendosi a Léa.

«Ho un paio di idee, ma ho bisogno di pensarci» rispose la francese. «Domani mattina ne parliamo.»

«Teresa voleva partire nel pomeriggio» disse Claudia.

«Era una buona idea» ribatté Léa, fissando la calabrese. «Questo posto è diventato troppo pericoloso.»

«Forse è meglio se dormiamo di sopra e sbarriamo porte e finestre» propose Teresa.

Anna si lamentò. «Fa troppo freddo, il camino è spento.»

«Mentre voi preparate la cena, io e Teresa lo accenderemo» si affrettò a rassicurarla la francese.

Salendo le scale con le braccia cariche di legna, Léa si scordò di saltare un gradino rotto e rischiò di cadere. Teresa ridacchiò e si offrì di sistemarlo più tardi. «Così se qualcuno sale mentre dormiamo, lo sentiamo di sicuro.»

La vecchia canna fumaria tirava male e piccole volute grigiastre e spesse invasero la stanza fino a quando le fiamme non furono sufficientemente alte. «Domani mattina puzzeremo come prosciutti affumicati» commentò Teresa.

La francese cambiò discorso. «Cosa pensi dell'omicidio?»

«Siamo vittime facili. Non può essere un caso che abbiano ucciso Titti e Stella.»

Léa rimase in silenzio per qualche istante. «Stella era nuda?»

«Sì.»

«Anche Titti lo era. Se questo bastardo è un predatore sessuale, allora dobbiamo dare per scontato che tornerà a colpire.»

«Motivo in più per scappare lontano. E comunque se rimaniamo qui arriveranno gli sbirri, e io non posso permettermelo.»

«Nemmeno io» ribatté Léa. «Dalle parti di Ferrara c'è un posto ben tenuto dove possiamo nasconderci. Il problema è che si trova in mezzo al nulla. Dovremo camminare per diversi chilometri, una volta arrivate in stazione.»

«Speriamo che Anna non diventi un problema.»

«Nel caso ci inventeremo qualcosa.»

Léa raggiunse le altre mentre Teresa si occupava del gradino. Aveva fame e il profumo di salsicce cotte sulla brace invadeva ormai l'intera cascina. Costavano poco, e la polenta da cuocere assieme per assorbire il grasso della carne era ancora più economica.

Anna fu la prima a essere servita, Domitilla l'ultima, perché come sempre non sembrava interessata a nutrirsi. Il piatto di carta di Rachida era rimasto vuoto, tutte sapevano che non mangiava carne di maiale. Il velo svelava la sua identità di musulmana praticante. La francese rimediò subito, tirando fuori dallo zaino delle scatolette di tonno e una caciotta.

Cenarono in silenzio. Usarono tutte le candele che avevano a disposizione per illuminare la cucina, ma il buio continuava ad assediarle. Léa stappò una bottiglia di vino da poco prezzo e la fece girare insieme a un pacchetto di sigarette. Poi prese il cellulare e uscì. Ritornò dopo qualche minuto, infreddolita e cupa.

«Brutte notizie?» chiese Domitilla.

«La Police ha fermato al confine un mio amico che mi doveva portare soldi e un documento.»

«Documento che ora è in possesso della legge, quindi.»

«Già.»

«Davvero una brutta giornata» commentò Domitilla, alzandosi. «È arrivato il momento di ritirarmi nel mio universo parallelo.»

Giustina Rebellin spense il motore e i fari del furgone, e sfruttò la breve discesa per avvicinarsi al casale dove si nascondevano le ragazzette. Al suo fianco l'ispettore capo Marino inserì il colpo in canna nella pistola d'ordinanza.

«Non ce n'è bisogno» sbuffò la donna.

«Mi attengo al regolamento» sghignazzò l'altro.

Scivolarono fuori dal mezzo, stando bene attenti a non far rumore, e si avviarono verso la vecchia porta, che si rivelò però un ostacolo insormontabile. La vicecommissaria immaginò che avessero incastrato una sedia sotto la maniglia. Mica stupide, quelle sbandate. Pensò che doveva essere stata un'idea della ragazzetta che aveva visto nel bosco. Sembrava particolarmente sveglia. Adesso non vedeva l'ora di fare la sua conoscenza. Girarono intorno alla costruzione saggiando le serrature fino a quando non ebbero la fortuna di trovare un'imposta chiusa male. Marino estrasse dal marsupio allacciato in vita un coltello a serramanico, dono della Rebellin per il suo quarantottesimo compleanno, e trafficò con il chiavistello per un paio di minuti prima di riuscire a forzarlo. I battenti della finestra erano appena accostati e i due scivolarono all'interno senza incontrare altri ostacoli. Le torce elettriche illuminarono un vecchio cesso alla turca e un lavandino scheggiato dove erano appoggiati una saponetta, un bicchiere con alcuni spazzolini e un tubetto di dentifricio. Percorsero un corridoio, controllando senza fretta le varie stanze su cui si affacciava. Erano deserte. Le ragazzette dovevano dormire al piano superiore. Marino mise il piede sul primo gradino di legno, ma Rebellin lo fermò, afferrandolo per un braccio. Il fiuto da predatrice consigliava cautela. Le sembrava strano che fosse stato così facile violare il rifugio dopo che due di loro erano state ammazzate. Puntò la torcia ed esaminò accuratamente la scala. A due terzi notò uno scalino appena sollevato dalla sua sede. Osservando meglio vide che era rotto in più punti e ricomposto come un puzzle. Era sufficiente sfiorarlo per farlo cadere. Il rumore avrebbe messo in allarme le belle addormentate, e sarebbe stato faticoso rincorrerle e acciuffarle in piena notte. Soprattutto la bella del bosco.

Cristoforo si illuminò il viso per mostrarle una smorfia di rispettoso apprezzamento. Lei gli voltò le spalle e iniziò a salire, maledicendo gli scricchiolii. Individuò la camera dal bagliore delle braci che si consumavano nel camino. Le ragazze dormivano tutte insieme. Non si erano ancora accorte di nulla.

La poliziotta annusò il loro odore, ascoltò i loro respiri, disturbata dall'ansimare di Cristoforo che non vedeva l'ora di entrare in azione. Riaccese la torcia e indugiò sui corpi infagottati nei sacchi a pelo, prima di illuminare i volti.

«Polizia!» disse a voce alta e imperiosa, ma senza gridare. «Rimanete ferme, immobili dove vi trovate.»

Nemmeno il tempo di terminare la frase che Teresa e Léa erano già balzate in piedi, pronte a fuggire. Della francese si occupò Marino, piantandole la canna della pistola sotto il mento. L'altra riuscì a muovere mezzo passo prima che la vicecommissaria l'afferrasse per i capelli e la sbattesse contro la parete.

«Fai la brava» ordinò Giustina.

La francese insultò lo sbirro nella sua lingua. «Una francesina!» si stupì Marino. «O sei belga?» chiese, mentre le infilava la mano sinistra tra le cosce. «Dovrò indagare a fondo, per capirlo.»

Léa si ribellò, si difese, ingaggiando un corpo a corpo che terminò con la sua sconfitta quando l'uomo la colpì alla bocca dello stomaco. Si afflosciò, muta e incapace di reagire.

«Perdi tempo a fare a botte con le ragazzette?» lo canzonò la vicecommissaria.

Marino non rispose e si occupò di Claudia. «Alzati» ordinò, obbligandola a girarsi e a mettersi faccia al muro. La perquisì indugiando sul seno e sul sedere. Lei non reagì e alla fine Marino si complimentò. «Brava» disse per poi passare ad Anna. «Ma questa è gravida» sbottò, recuperando il buonumore. Le puntò la torcia in faccia. «Cazzo, ma sei un mezzo cesso. Chi ha avuto il coraggio di scoparti?»

Anna scoppiò a piangere e Claudia si ribellò, girandosi di scatto e gridando: «Lasciala stare, stronzo!».

Marino la schiaffeggiò. «Non si offendono le forze dell'ordine.»

Giustina sospirò irritata. «Mi sto annoiando. Perquisiamole e portiamole via.»

«Non c'è nessuna fretta» protestò il partner.

«Ti sbagli, abbiamo parecchia strada da fare» ribatté la donna prima di leccarsi la punta dell'indice e passarlo sulle labbra di Teresa. «E poi ti stai divertendo solo tu. Controlla la negra e la biondina, e poi ce ne andiamo.»

Mentre le ragazze si rivestivano, Teresa fece in modo di trovarsi alle spalle di Léa. «Questi due vogliono levarsi qualche voglia prima di portarci in questura» bisbigliò.

«Non gli permetterò di mettermi ancora una volta le mani addosso» sibilò la francese, bellicosa.

«Zitte» intimò Marino, tirando fuori un sacchetto di plastica. «Infilate qui dentro i cellulari.»

Qualche minuto più tardi le ragazze vennero obbligate a salire sul furgone. Marino fu l'ultimo.

«Che cazzo fai?» chiese la Rebellin.

«Vigilo sulla sicurezza del trasporto.»

«Non fare l'idiota, scendi.»

«No. Voglio godermi la compagnia delle fanciulle.»

Giustina lo palpò. Non era la prima volta e lui non si scompose. «Hai il cazzo duro, e quando sei così eccitato ragioni solo con quello. Abbiamo un piano e una procedura da rispettare.»

Marino non le permise di terminare la frase. Chiuse violentemente gli sportelli e la vicecommissaria rimase ferma un minuto buono, con lo sguardo rivolto al buio del bosco, per smaltire la rabbia. Aveva imparato, dopo una serie di episodi spiacevoli, che quello era l'unico modo per non esplodere. Poi salì al posto di guida e mise in moto.

Il suo partner invece era raggiante. Non si era mai trovato tante ragazzette a disposizione, ed era deciso a divertirsi. Distribuì ceffoni a tutte per far capire che non erano ammesse lamentele. Infilò la mano sotto la gonna di Domitilla, che lo lasciò fare limitandosi a chiudere gli occhi. Si agitò solo quando Marino cercò di ficcarle la lingua in bocca.

«Tu sei abituata a darla via. Sei una puttanella da quattro soldi» commentò sprezzante staccandosi da lei.

Le fissò una per una: voleva scegliere la prossima, e quando il suo sguardo ricadde su Anna l'afferrò e la fece inginocchiare. Era decisamente bruttina, ma il fatto che fosse incinta lo eccitava perché era fragile, indifesa, terrorizzata. Si slacciò la cintura, esibì con fierezza il pene eretto e puntò la pistola alla testa di Anna. «Succhia, ragazzetta.»

Lei obbedì. «Basta» gridò disperata Claudia, cercando

di lanciarsi contro il poliziotto, ma venne trattenuta dalle altre.

Marino ghignò. «Se mi costringi a spararle, dopo vi dovrò uccidere tutte. E sarebbe una seccatura scavare così tante fosse.»

Anna piangeva, era impacciata e lo sbirro l'afferrò per i capelli. «Ti insegno io, piccola.» Poi si rivolse a Rachida: «Dopo tocca a te, spogliati. Non mi sono mai fatto una negra della tua età».

Nel frattempo Teresa e Léa si erano scambiate un'occhiata d'intesa. Erano decise e pronte a reagire.

«Violenti una ragazza incinta perché hai sempre voluto scopare tua madre» lo provocò la francese con voce tremante.

Marino le puntò l'arma in faccia. «Dopo mi occuperò di te, ora chiudi quella cazzo di bocca.»

Léa era terrorizzata, ma a un corso di autodifesa, tenuto in una casa occupata nella banlieue lionese, le avevano insegnato che le vittime di aggressioni sessuali hanno maggiori possibilità di salvezza se tengono testa ai predatori.

«Scommetto che se non minacci una donna con la tua pistola non ti si rizza.»

Con una manata lo sbirro buttò a terra Anna e le tirò un paio di calcetti stizzosi. Il cazzo gli si stava ammosciando. «Ora ti farò male. Molto male» promise alla sfrontata.

La ricetrasmittente che portava alla cintura gracchiò. «Falla finita.»

Era la voce della Rebellin. Lui non rispose. Per tirarsi su i pantaloni dovette infilare la pistola nel marsupio. Il suo volto era privo di espressione. Sembrava di marmo.

In quel momento il furgone sterzò violentemente,

finendo nel fossato che costeggiava la stradina di campagna. Marino cadde addosso alle ragazze, Léa e Teresa gli saltarono sopra. Claudia e Rachida si aggiunsero alla mischia. Teresa cercava di impadronirsi della pistola. Lo sbirro si difendeva disperatamente e gridava il nome della partner: «Giustina, Giustina, aiutami».

Ma la poliziotta guidava senza cintura e al momento dell'incidente era scivolata di lato, sbattendo la fronte sul cruscotto. L'airbag non era servito. Ora era intontita e inutile.

Quando le unghie di Claudia artigliarono il viso di Marino, avvicinandosi pericolosamente agli occhi, lui d'istinto staccò le mani dal marsupio e Teresa si impadronì della pistola. Léa, però, aveva avuto la stessa idea. Troppe dita intorno al grilletto. Subito dopo uno sparo rimbombò nell'abitacolo. Le ragazze fecero un balzo indietro e lo sbirro rimase qualche secondo in piedi a osservare sbalordito il sangue che usciva dal buco nella pancia, prima di crollare a terra.

«Via!» gridò Lea, spalancando i portelloni. Teresa armeggiò con la fibbia del marsupio mentre Marino tentava di opporsi, biascicando insulti. La ragazza teneva d'occhio il posto del conducente, che però sembrava vuoto. Se la poliziotta fosse scesa dal mezzo, lei non avrebbe esitato ad aprire il fuoco.

Scivolò fuori dal furgone, cauta, la pistola spianata, e quando si sentì sicura iniziò a correre veloce e raggiunse presto le altre. Anna rallentava la fuga, ma nessuna lo fece notare o protestò. Camminavano in silenzio, sconvolte per quanto era accaduto, ognuna persa nelle proprie paure e nei propri pensieri.

Giustina si toccò la fronte e sbirciò nello specchietto retrovisore per valutare i danni. Niente di serio, solo un grosso bernoccolo e una modesta lacerazione. Distratta dalle cazzate che stava combinando il partner, non aveva visto un capriolo fermo al centro della strada, abbagliato dai fari. Si era comportata come una principiante, sterzando e inchiodando. L'unico pensiero che le aveva attraversato la mente riguardava il mezzo. Non potevano permettersi di investire l'animale, per non danneggiarlo. Lo avevano preso "in prestito" all'Antidroga, senza chiedere il permesso ai colleghi, con l'intenzione di restituirlo prima di rientrare in servizio. Quando aveva udito lo sparo e l'urlo di dolore di Cristoforo, aveva capito che l'imprevisto e l'infinita avventatezza del partner avevano mandato tutto a puttane. Non aveva perso del tutto i sensi, e un minuto più tardi avrebbe potuto reagire e inseguire le fuggitive, gridando e sparando come avrebbe fatto un poliziotto nella sua situazione, ma non si era mossa perché aveva bisogno di recuperare la lucidità necessaria per non commettere altri errori. Quell'idiota del suo socio l'aveva combinata grossa e sarebbe stato impossibile uscirne indenni. Alcune cose, come la carriera, erano definitivamente compromesse. Il problema era che lei e Cristoforo non erano nemmeno in servizio: la visitina al casale era stata un'iniziativa "personale", priva di ogni giustificazione.

Scese senza nemmeno disturbarsi di estrarre l'arma dalla fondina ascellare. I portelloni posteriori erano spalancati, le luci di cortesia illuminavano Cristoforo disteso sul pianale, i pantaloni abbassati, le mani premute sull'addome per tamponare la ferita, il sangue che filtrava tra le dita, inzuppando il giubbotto.

«Quelle puttane mi hanno sparato» disse contorcendosi per il dolore. «Una si è presa anche il marsupio e la pistola.»

«Complimenti. E chi è stata?» chiese Giustina, anche se immaginava già la risposta.

«Quella che ti piace tanto. Sbrigati a chiamare la centrale, i soccorsi impiegheranno un bel po' ad arrivare.»

Giustina scosse la testa. «Non te lo meriti. Mi hai disobbedito, e comunque salvarti la pelle peggiorerebbe la situazione. Sei più utile da morto.»

«Che cazzo stai dicendo?»

La poliziotta si allontanò di qualche passo, voltando le spalle al partner. Il piano prevedeva la deportazione delle ragazzette: ogni venti chilometri dovevano scaricarne una, eccetto quella del bosco che sarebbe stata loro ospite per qualche giorno nel casale di una provincia vicina.

«Hai perso il controllo» lo rimproverò in tono piatto, «commettendo un errore dietro l'altro, e ora non sarò in grado di spiegare come mai eravamo in giro per le colline con il mezzo di un altro reparto carico di minorenni. Se ti lasciassi vivere continueresti a dire cazzate fino ad ammettere quel tanto che basta per convincere colleghi e giudici a sbatterci in galera. Se la carriera è sfumata per sempre, devo cercare almeno di salvare il culo.»

Cristoforo capì che Giustina stava facendo sul serio. Lo avrebbe lasciato morire. «Lancia l'allarme in modo anonimo e poi sparisci. Ti giuro che starò zitto, dirò che ho agito da solo.»

«Ci ho pensato» disse lei. «Ma il mio cellulare è agganciato ai ripetitori della zona, e poi dovrei allontanarmi a piedi, in piena notte, e chiedere un passaggio. Purtroppo sono costretta a stare qui a farti compagnia mentre tiri le cuoia.»

Marino masticò tra i denti qualche insulto e iniziò presto a frignare. Il dolore era insopportabile e il sangue ora colava sul pianale del furgone. Era stupito di essere così lucido, prova evidente che poteva ancora farcela. Respirò a fondo per calmarsi. Aveva un'ultima carta da giocare. «I video» disse.

«Appena posso vado a casa tua a prenderli e li distruggo» ribatté tranquilla Rebellin.

«Non li troverai.»

La poliziotta sospirò. «Ti capisco: stai cercando ogni appiglio per restare in vita, ma questo tentativo è davvero di basso livello.»

Il suo partner riuscì a sorprenderla. Un attimo prima singhiozzava e ora invece scoppiò a ridere. O almeno, nelle sue condizioni, era qualcosa che somigliava a una risata.

«Salvami e io ti salverò dalla galera.»

Giustina si avvicinò e si allungò per fissarlo negli occhi, stando attenta a non macchiarsi il giaccone. Aveva imparato a conoscerlo bene e iniziava a sospettare che ci fosse qualcosa di vero nelle sue parole. «Non ti credo» disse con l'intento di spingerlo a fornire dettagli.

Il gioco però era troppo scoperto, e il poliziotto si limitò a ribadire il concetto già espresso. In quel momento Giustina si rese conto che quanto era accaduto in fondo era solo colpa sua. Non avrebbe dovuto permettere che Marino salisse nel retro con le ragazzette. Non ne aveva mai avute così tante a disposizione e la consapevolezza di essere un uomo grande e grosso, con tanto di pistola e distintivo, lo aveva fatto sentire onnipotente. Eppure lei era stata attenta a insegnargli che certe situazioni andavano gestite in piena sicurezza, verificando ogni dettaglio per impedire che le vittime potessero ribellarsi e causare danni, o avere la meglio come era accaduto. Cristoforo era solo un buon braccio destro, ecco la verità. D'altronde non era facile incontrare persone con quel tipo di gusti e si era dovuta accontentare.

«Una trattativa difficile» commentò lei. «Tu sei disperato, stai per schiattare e diresti qualsiasi cosa per evitarlo. E io non ho abbastanza elementi per verificare se stai mentendo.»

«Finirò sottoterra e tu all'ergastolo» insistette Marino. «E sai cosa succede agli sbirri, in galera.»

«Lo so. Certe cose te le sussurrano la prima settimana di corso all'accademia, per farti passare la voglia di non rispettare il giuramento.»

La vicecommissaria prese dalla cintura le manette e da una tasca un coltello a serramanico.

«Che vuoi fare?» gridò terrorizzato il partner.

Giustina si mostrò sorpresa di quella reazione. «Ti voglio solo aiutare» disse. «Tenterò di estrarre il proiettile. Certo, sarà lungo e doloroso, e non avendo a disposizione anestetici sarò costretta ad ammanettarti.»

«Tu sei pazza.»

Lei allungò la mano e gli afferrò i testicoli, strizzandoli. «Lo sai che non mi piace essere insultata.»

Lo spasmo procurò all'uomo un dolore così lancinante da togliere il respiro.

Giustina fece scattare la lama. «Lascia fare al tuo chirurgo preferito.» Stava bluffando: mai avrebbe osato toccare Marino, neppure con un dito. Lasciare tracce sul corpo posteriori alla ferita d'arma da fuoco l'avrebbe inchiodata come colpevole. Contava sul fatto che lui fosse ferito, sofferente, terrorizzato, senza considerare poi che ogni goccia di sangue persa comprometteva l'elaborazione di pensieri coerenti.

Infatti Marino si arrese. «I video sono nel marsupio» confessò con un filo di voce.

«Sei proprio un coglione» sbottò Giustina dopo una lunga pausa, seriamente tentata di piantargli il coltello nelle palle. «Te li portavi in giro sul cellulare per farti le seghe nei cessi della questura?»

Lui scosse la testa. «Li ho riversati in una scheda di memoria.»

«E perché?»

«Volevo metterli al sicuro in una cassetta di sicurezza.»

«Al sicuro da cosa?»

«Da te» rispose Marino.

In realtà, Cristoforo voleva metterli sul mercato dopo averli ripuliti dalle immagini sue e di Giustina. Conosceva un tizio che gli aveva affittato l'attrezzatura ed era in attesa di incontrare il compratore. Un pacco di soldi. L'idea di vendere i video l'aveva presa in considerazione fin dall'inizio, ma senza mai avere il coraggio di metterla in atto. Si eccitava immaginando un vero pubblico di intenditori pronto ad apprezzare le loro imprese di coppia. Si era ben guardato però dal parlarne con la Rebellin, perché sapeva quanto fosse ossessionata dalla sicurezza. Sarebbe stata capace di eliminarlo.

«Da me? E di cosa avevi paura?» ironizzò Giustina.

Lei lo conosceva troppo bene, e aveva capito che stava mentendo. Avrebbe voluto continuare a tempestarlo di domande fino a costringerlo a raccontare la verità, ma rinunciò. Doveva concentrarsi per trovare delle soluzioni. Se alla carriera poteva dire addio, quella scheda in mano alla "sua" ragazzetta poteva significare davvero la galera a vita. Conteneva i momenti salienti in cui lei si divertiva con Stella, Titti e altre due prima di loro, che non erano ancora state ritrovate. Possedeva anche lei quei filmati, ben nascosti a casa. Amava riguardarli mentre si masturbava. E accadeva spesso perché, come amava ripetere a Cristoforo: «Il sesso fa bene».

Il punto di contatto tra loro era stato il piacere di condividere video con contenuti estremi. Era stato lui a introdurre l'abitudine di sbirciarne alcuni sul cellulare durante i turni di notte o per ingannare la noia degli appostamenti. Prima su YouTube: sparatorie e ammazzamenti vari. Poi, quando aveva capito che Marino poteva diventare un buon compagno di giochi, Rebellin aveva suggerito di dare un'occhiata a un filmato scovato dalla polizia postale che le aveva passato di nascosto una collega. Così, giusto per capire che cosa succedeva. Ed era scattata la scintilla. I due si erano intesi, confidandosi le rispettive fantasie e arrivando a costruirne una comune.

«Ti guarderò morire» annunciò Giustina. «E sarà un vero piacere.»

Ora toccava a lei mentire. Non avrebbe provato nulla. Non solo perché la sua mente stava elaborando una strategia difensiva complessa e rischiosa, ma soprattutto perché Marino era un maschio adulto e non una ragazzetta.

Nascose nel bosco il sacchetto con i cellulari delle adolescenti, il suo e l'arma d'ordinanza. Quando si ritrovò in mano la radio, decise di tentare una mossa con esigue possibilità di successo: chiamare le fuggiasche.

«So che mi sentite» disse in tono tranquillo. «Vi chiedo di tornare indietro. Testimonierò a vostro favore. Dirò che il mio collega è impazzito e voi non avete avuto altra scelta che difendervi.»

Attese invano una risposta e premette il tasto "Off" con un gesto di stizza. Quando tornò al furgone, Marino era spirato. Giustina si ammanettò al volante, gettando le chiavi fuori dal finestrino. Diverse ore più tardi, quando udì in lontananza il rumore di un trattore, schiacciò il clacson. Tre suoni brevi, tre lunghi, tre brevi, finché non arrivò un sessantenne alla guida di un John Deere verde fiammante.

«Cos'è successo?» domandò in dialetto, togliendosi dalla testa il cappello di fronte al cadavere di Marino.

«Siamo stati aggrediti. Abbiamo bisogno di aiuto» gridò la Rebellin isterica. «Chiami la polizia, la prego.»

L'uomo scosse la testa. «Nossignora, io chiamo il maresciallo Follador, è lui che comanda qui.»

In quel momento le ragazzette stavano girando stipate a bordo di una station wagon tra le strade deserte di un quartiere di villette tra Lignano Pineta e Sabbiadoro, alla ricerca di un rifugio. Al volante c'era Léa, l'unica che sapeva guidare, ma l'idea di viaggiare in auto era stata di Domitilla. Dopo essersi allontanate dal furgone, si erano subito rese conto di essere nelle peggiori condizioni per fuggire, braccate da una poliziotta pazza e dai suoi colleghi. Anna rallentava la marcia e non avevano né vestiti pesanti né cellulari. Soldi, pochi: due banconote da venti euro e una da cinquanta trovate nel portafoglio di Marino. Mentre cercavano disperatamente di trovare una soluzione, la sbirra si era fatta viva attraverso la radio che le ragazze avevano sottratto al suo compare maniaco. Teresa l'aveva distrutta calpestandola con rabbia, ed era stato in quel momento che Domitilla aveva chiesto: «Qualcuna di voi sa guidare?».

La francese aveva risposto di sì e allora la biondina, che a tutte sembrava così svanita, aveva esposto un piano di tutto rispetto.

«Conosco un tizio in paese che ha una macchina bella grande, e sono anche certa che abbia del contante.»

«Chi è?» aveva chiesto Teresa.

«Il mio pusher. Quando vado da lui mi lascia usare la sua vasca prima di scoparmi. In cambio mi regala le mie pasticche preferite e un po' di soldi.»

«E allora?» l'aveva incalzata Claudia, decisa a capire dove volesse andare a parare.

Domitilla aveva indicato il marsupio. «Possiamo rapinarlo» aveva risposto. «Io suono il campanello, lui apre, Teresa lo minaccia con la pistola e noi lo ripuliamo.»

«Non me la sento» aveva borbottato imbarazzata Claudia.

La francese le aveva accarezzato una spalla. «Nessun problema. Ognuna di noi fa quello che può. Vuol dire che andremo noi tre» disse, intendendo lei, Domitilla e Teresa. Anna e Rachida, spaventate e infreddolite, erano di fatto già escluse.

L'uomo si chiamava Bepi Braido, viveva in un'antica palazzina restaurata con gusto ai margini del centro storico. La scelta non era stata casuale. Bepi aveva bisogno di una certa tranquillità per ricevere i clienti, ai quali vendeva soprattutto cocaina e pasticche varie. Sapeva bene che non era particolarmente furbo e sicuro spacciare a casa propria, ma il suo era un giro di amici e amici degli amici, senza contatti con la criminalità. Lavoratori onesti che avevano imparato che la chimica può rendere meno grigia la noia della vita quotidiana. Per proteggersi, oltre alla copertura fornita dall'enoteca di cui era proprietario, Bepi si garantiva un trattamento di favore da parte dei carabinieri, fornendo loro informazioni sulla concorrenza. Soprattutto straniera.

Le donne gli piacevano molto, ma non era mai riuscito a costruire una relazione decente. D'altronde il sesso era garantito dalla sua posizione di pusher. Per Domitilla aveva una predilezione. La ragazza era una vera snob, anche se viveva sotto i ponti. Specie sconosciuta nel suo ambiente, dove i quattrini abbondavano ma certi livelli di raffinatezza erano inarrivabili. Una volta strigliata, gli sembrava di portarsi a letto una principessina.

Per questo, quando al citofono aveva sentito la sua voce, era stato ben felice di aprirle la porta, per poi sprofondare in una cupa delusione di fronte alla pistola che una tizia, di ben altra estrazione sociale, gli puntava dritto in faccia. Infine era apparsa anche una terza, con i capelli tagliati con la motosega, e in quel momento aveva iniziato ad aver paura.

Domitilla si era comportata in modo squisito anche in quell'increscioso frangente. Gli aveva accarezzato il viso, prima di spiegargli che avevano bisogno del suo denaro, della sua auto e di alleggerire le sue scorte. E la tipa strana aveva aggiunto con uno spiccato accento francese che volevano impadronirsi di diversi cappotti e giubbotti. Anche di un costoso piumino acquistato qualche giorno prima.

Bepi aveva reagito, cercando di darsi un tono da duro. «Non commettete questo errore, altrimenti la pagherete cara.»

Per tutta risposta quella che lo minacciava aveva alzato il cane della pistola e il rumore metallico così minaccioso l'aveva convinto ad acconsentire a ogni richiesta. Pur di levarsele di torno aveva indicato un cassetto dove teneva una scorta di cellulari usa e getta che si procurava in Slovenia, mentre tremilaquattrocento euro arrotolati e stretti da un elastico furono rinvenuti nella tasca anteriore di un paio di pantaloni perfettamente appesi nell'armadio.

«L'incasso della serata» aveva valutato Léa. «Il resto deve essere nascosto da qualche parte.»

Bepi aveva scosso la testa e spiegato che non era così fesso. Il grosso lo teneva altrove. Gli avevano creduto per evitare di passare alle maniere forti e per mancanza di tempo.

«Purtroppo ti dobbiamo legare» lo aveva informato Domitilla al momento di fuggire con il bottino. «Inutile che ti spieghi quanto sarebbe inappropriato da parte tua informare i carabinieri.»

Pochi minuti più tardi le ragazze si erano ritrovate a bordo dell'auto. Il serbatoio era pieno e la macchina era munita persino di Telepass. «Dove andiamo?» aveva chiesto Claudia.

«Al mare» aveva risposto allegramente la francese, mettendo in moto. «Dobbiamo nasconderci dove le persone vanno a trascorrere le vacanze. Le case ora sono disabitate.»

«Quella» disse Teresa sicura, qualche minuto prima delle otto, indicando una villa a due piani, con un ampio giardino ben curato dove era possibile nascondere l'auto. Insieme a Léa si introdusse nella proprietà esplorando gli spazi esterni alla ricerca di allarmi, telecamere, segni della presenza di vigilanti privati di ronda.

«Sembra a posto» commentò soddisfatta la francese. «Potremmo entrare dalla porta-finestra della cucina.»

Teresa era d'accordo. Scassinare la serratura con attrezzi da giardinaggio trovati vicino al garage si rivelò decisamente più complicato del previsto a causa dei ganci di sicurezza laterali. I proprietari avevano preferito investire in difese passive, probabilmente convinti che funzionassero meglio di quelle elettroniche. Le ragazze furono costrette a spaccare la vetrocamera della porta provocando un gran baccano. Un rischio che avrebbero preferito non correre: anche se non erano abitate, le villette erano frequentate da giardinieri e manutentori. Rimasero all'esterno ancora per qualche minuto, pronte a fuggire, ma fortunatamente non si fece vivo nessuno.

Anna entrò per prima. Era stanca e aveva fame. La dispensa era abbastanza ben fornita di caffè, pasta e scatolette. Le camere erano dotate di veri letti con comodi materassi, ma gli armadi contenevano solo indumenti estivi. Alle gemelle venne assegnata la più confortevole. L'unico dettaglio che stonava nella villa era il vecchio televisore che non funzionava. Volevano sapere cosa avevano scoperto gli sbirri e invece avrebbero dovuto aspettare. «Non c'è nemmeno una radio» annunciò Domitilla. Poi, indicando la libreria ben rifornita, aggiunse: «Conosco il genere: questa è gente che passa la vita a leggere e a parlare dei libri che ha letto».

«Ora riposiamoci» intervenne Léa. «Poi dovremo parlare. Di tante cose. Non possiamo tenerci tutto dentro.»

Il commissario capo Valerio Pavan arrivò a velocità sostenuta qualche minuto dopo le otto del mattino e raggiunse i carabinieri che avevano liberato Giustina Rebellin. Il comandante della stazione, prossimo alla pensione, aveva sufficiente esperienza per capire di trovarsi di fronte a una rogna di cui doveva liberarsi al più presto. Dopo aver chiesto l'autorizzazione ai superiori aveva avvertito il diretto superiore della poliziotta, che ora piangeva disperata, inginocchiata di fronte al cadavere del collega.

Pavan salutò e ringraziò il personale dell'Arma e i tecnici della Scientifica che non erano riusciti a convincerla a spostarsi per permettere i rilievi. «Meglio così» sussurrò in tono confidenziale uno dei pezzi grossi del reparto, che si era precipitato sul posto nonostante non fosse in servizio dopo aver appreso che il crimine coinvolgeva un poliziotto. «Preferivo che ti facessi un'idea della scena prima del nostro intervento. Le cose che non quadrano sono parecchie, e il povero Marino ha i pantaloni abbassati.»

«Cosa? Giustina che ha detto?»

«Praticamente nulla. Farfuglia minchiate, è visibilmente sotto shock.»

«Ora le parlo.»

L'altro lo trattenne per un braccio. «Valerio, poi mi aiuti a capire che cazzo sta succedendo. Ieri eravamo in zona per una povera barbona seviziata e ammazzata, e oggi per un collega che stava con noi.»

«Ne so quanto te» si giustificò il commissario prima di avvicinarsi alla Rebellin. Lei era di spalle e sembrava sproloquiare. Pavan le appoggiò delicatamente una mano sulla spalla. Giustina si voltò di scatto e appena lo riconobbe balzò in piedi e cercò conforto tra le sue braccia.

Pavan la lasciò sfogare, osservando gli occhi sbarrati di Cristoforo Marino e, con grande sconcerto, il dettaglio dei calzoni. Pazientò qualche istante prima di dirle in tono comprensivo ma fermo: «Vieni con me, Giustina, andiamo a parlare in un posto tranquillo».

Lei scosse la testa. «È tutta colpa mia.»

«Ora me lo racconti» disse l'uomo mettendole un braccio intorno alle spalle e costringendola a camminare.

«Spiegami perché eravate qui fuori servizio con un furgone dell'Antidroga che nessuno vi aveva autorizzato a usare.»

Pavan era gentile ma la voce gli tremava per la rabbia. Avrebbe voluto afferrarla e scuoterla. Voleva, doveva conoscere in fretta la verità, prima che il caso esplodesse a livello mediatico.

«Cristoforo mi ha chiesto di accompagnarlo a prelevare delle ragazze minorenni probabilmente fuggite da casa, in una cascina qui vicino» iniziò a spiegare in tono agitato Giustina. «Mi ha detto che erano amiche di Stella Gassani, la ragazza trovata morta ieri, e che voleva portarle in una struttura protetta.»

«E come mai nessuno in questura sapeva nulla di questa iniziativa?»

«Non lo so, Valerio. Ero certa che Cristoforo ti avesse avvertito e fosse stato autorizzato.»

«Non raccontare cazzate. Lo sai bene che non avrei mai approvato un'operazione del genere. Tantomeno se a condurla era Marino.»

La donna ricominciò a frignare e Pavan fu costretto a cambiare tono per riuscire ad avere informazioni utili. «E poi cos'è successo?»

«Il collega è voluto salire con le ragazze nel vano posteriore.»

«Non poteva, soprattutto se armato. Perché glielo hai permesso? Eri superiore di grado.»

«Pensavo si trattasse di una semplice raccolta di informazioni.»

«Quante erano le ragazze?»

«Sei» rispose Rebellin fingendo uno sforzo di memoria. «A un certo punto ho sentito uno sparo. Ho perso il controllo del mezzo, che si è piantato in un fosso. Ho battuto la testa, e quando sono scesa ero così intontita che non mi sono accorta che una ragazza mi puntava addosso una pistola.»

«La Beretta in dotazione all'ispettore capo Marino» precisò il superiore.

Giustina notò il cambiamento di tono e comprese che poteva anche piantarla di recitare la parte della poliziotta disperata per la morte violenta del partner.

«Sono stata disarmata e costretta ad ammanettarmi al volante.»

«Da una senzatetto?»

La donna non rispose, si limitò ad abbassare lo sguardo. Pavan era furibondo: «E adesso abbiamo sei sbandate che hanno ucciso un collega e girano armate di due pistole appartenenti alla polizia di stato».

«Cristoforo era esperto, non capisco come possa essersi fatto disarmare.»

Il superiore sbottò. «Mentre il collega "raccoglieva informazioni" con i pantaloni abbassati, tu sei finita in un fosso per il rumore di uno sparo. Dici sul serio? Dopo tanti anni di servizio e con almeno un paio di conflitti a fuoco all'attivo?»

«Lo ammetto. Ho avuto paura» tentò di difendersi.

Ma il commissario la incalzò. «Cos'è successo veramente nel retro di quel cazzo di furgone?»

«Non lo so.»

«Sono troppe le cose che non sai, Giustina» la rimproverò Pavan.

«Te l'ho già spiegato: mi sono fidata di Marino, abbiamo lavorato insieme per tanti anni e non ci sono mai stati problemi. Lasciami condurre le indagini e vedrai che ritrovo quelle randagie assassine e chiudo l'inchiesta.»

Anche se avrebbe preferito evitare, il commissario le rise in faccia. «Quella botta in testa ti ha fatto perdere del tutto la ragione? Come diretta superiore di Marino hai commesso gravi violazioni del regolamento e della legge, che hanno provocato la morte di un poliziotto. Potrai considerarti fortunata se riuscirai a evitare la galera. La carriera te la sei fottuta.»

Giustina, sdegnata, fece appello a tutti i suoi successi precedenti.

«Sono quelli che ti salveranno» disse Pavan, prima di attirare l'attenzione dei colleghi di un'auto pattuglia. «Accompagnate la vicecommissaria Rebellin a casa.»

«Non hai l'autorità per cacciarmi.»

«È un ordine del questore.»

La poliziotta cambiò atteggiamento. «Ti prego, Valerio, non mandarmi via.»

«Sali in macchina» ordinò lui. «Ti aspetto domani mattina nel mio ufficio per la deposizione.»

Lei obbedì senza riuscire a trattenere le lacrime.

Il commissario raggiunse la squadra della Scientifica, alla quale si era unito il medico legale.

La dottoressa Adami era una professionista navigata, oltre che estremamente preparata. Dopo aver porto a Pavan le dovute condoglianze, indicò il ventre del poliziotto ucciso. «Lo sapete che io indago a fondo. Se volete che certi aspetti non vengano presi in esame dovete chiamare qualcun altro.»

Il commissario apprezzò la schiettezza della donna. «Come responsabile delle indagini e a nome del questore le chiedo di non trascurare nulla.»

Dopo aver mangiato, Léa approfittò dell'attesa del caffè per chiedere alle altre di confrontarsi sul loro futuro e, come aveva anticipato, su quanto era accaduto a bordo del furgone.

«È morto uno sbirro» ricordò. «Anche se si è trattato di un incidente, ci stanno dando la caccia, e se ci catturano finiamo in galera per un bel po' di anni.»

«Quel maledetto ha costretto Anna... be', lo avete visto, e ha messo le mani addosso a tutte. Qualcosa conterà» intervenne Claudia. «Quella poliziotta alla radio ha detto che era pronta ad aiutarci.»

«Mentiva per farci tornare indietro. Anche lei è marcia» ribatté Teresa. «Alla cascina mi ha fatto capire che mi voleva. Gli sbirri li conosco, non si comportano così.»

«E poi tra loro parlavano di divertirsi» aggiunse la francese. «Non dobbiamo avere dubbi: erano complici, avevano un piano.»

«E noi ce l'abbiamo?» chiese Domitilla. «Lo chiedo perché sono schedata e le mie impronte, mescolate alle vostre, sono seminate ovunque; sinceramente non mi sento pronta ad affrontare le ristrettezze della reclusione. Ho già vissuto con difficoltà quella in un collegio svizzero.»

«Continuo a credere che il rifugio dalle parti di Ferrara di cui vi ho parlato sia la soluzione migliore» rispose Léa, pescando una sigaretta dal pacchetto. «Voi potreste partire in treno o in autobus domani mattina, mentre io mi occuperei di depistare gli sbirri abbandonando la macchina a Trieste per poi raggiungervi. Magari si convincono che abbiamo attraversato il confine.»

«Possiamo nasconderla nel garage, la macchina» suggerì Teresa.

«Continuerebbero a cercarci ovunque, invece se il trucco funziona guadagniamo tempo prezioso.»

«Forse. Ma lo perdiamo noi aspettandoti, e gli appuntamenti sono sempre rischiosi. Meglio viaggiare insieme.»

«E dopo aver trascorso un ameno periodo di riposo nelle campagne ferraresi?» insistette Domitilla.

«Quasi quasi torno in Francia, anche se non è certo un'idea geniale» ammise Léa, per poi aggiungere in francese, a bassa voce: «Ma non saprei davvero dove altro andare».

«Io invece vado in Senegal da mia madre» disse Rachida in perfetto italiano.

Tutte le altre si voltarono a guardarla, sbalordite. «Allora parli» sbottò Teresa. «Perché cazzo hai fatto la muta tutto questo tempo?»

«E sei pure francofona» protestò Léa, sovrastando i commenti delle altre.

«Non mi fidavo» spiegò Rachida.

«Ti posso capire» tagliò corto Teresa, invitandola a continuare.

La senegalese si sistemò il velo sui capelli. «Qui in Italia ho solo sofferto. Devo tornare tra persone che mi vogliono bene e che mi proteggono. Voglio rivedere il mare. E poi la mamma ha parenti a Capo Verde, non è lontano da dove abitiamo e potrebbe venire a trovarmi spesso.»

«Non capisco» disse Léa.

«Non ci sono trattati di estradizione con l'Italia» rispose in tono saccente Domitilla. «In certi ambienti, quando studi geografia, preferiscono che tu sia al corrente di determinati particolari.»

Nella grande cucina della villa calò il silenzio. Lo ruppe Léa: «Mi piacerebbe accompagnarti, ma non ho il passaporto. La polizia me l'ha sequestrato l'anno scorso».

«Non serve se viaggi con i barconi, basta pagare il passaggio» obiettò Rachida.

La francese scosse la testa. «Sarebbe un suicidio. Sbarcare sulle coste del Maghreb ci esporrebbe al pericolo di finire nelle mani della polizia o delle milizie, che ci venderebbero a qualche bordello dopo averci violentate per giorni. Non vedi quello che sta succedendo alle migranti in Libia? E poi il Senegal è lontano, viaggiando con mezzi di fortuna non riusciremo mai ad arrivarci.»

Rachida allargò le braccia sconsolata. «Devo tornare. In qualche modo ce la farò.»

Teresa pensò che la senegalese era troppo ingenua, il piano che proponeva era destinato a fallire. Però poteva tornare utile al suo, che prevedeva di tornare al Sud. «Ho un'amica che ci può aiutare» disse mentre cercava di mettere insieme spezzoni di verità e menzogna in modo da risultare convincente. «Si chiama Fiore e suo padre ha le conoscenze giuste per procurarci i passaporti e farci imbarcare su una nave mercantile diretta da quelle parti. Certo non è gratis, anzi. Ci vogliono un sacco di quattrini che al momento non abbiamo.»

«Dove stanno questa Fiore e suo padre?» chiese Léa.

«A Gioia Tauro.»

«E tu sei calabrese» constatò Domitilla. «Lo sospettavo: hai lo stesso accento di una cuoca che ha lavorato da noi alcuni anni fa.»

«Tu hai la cuoca a casa?» chiese Claudia.

«Anche un maggiordomo, se è per questo.»

«E che ci fai qui?»

«Una lunga storia penosa che non ho voglia di raccontare.»

Teresa si innervosì. «Allora, avete capito quello che ho detto o volete continuare a cazzeggiare?»

Domitilla si accese una sigaretta. «In questo momento l'idea di trasferirmi in Africa non mi affascina granché, però mi piace stare con voi e potremmo viaggiare insieme e poi decidere cosa fare. La vera domanda è un'altra: una volta arrivate a Gioia Tauro, la tua amica è in grado di procurarci un nascondiglio sicuro?»

Teresa pensò che quella ragazza così bella parlava come una laureata, sembrava una professoressa. Un attimo dopo mentì senza esitare. «Certamente.»

Léa indicò la pancia di Anna. «Anche per lei? Non è nelle condizioni di affrontare una fuga così faticosa, deve fermarsi ed essere accudita fino al parto.»

«Questi non sono affari tuoi» sibilò Claudia.

«Parli sempre al posto suo» fece notare la francese. «Da quando tua sorella ha subìto violenza dal poliziotto non ha detto una sola parola e nemmeno si sforza di farlo, tanto ci sei sempre tu. Ma questo non le fa bene, le vittime...»

Claudia balzò in piedi e si avvicinò minacciosa a Léa. «Ma che ne sai tu?» le urlò in faccia. «Ci devi lasciare stare, hai capito?»

«Stai sbagliando» ribatté l'altra in tono pacato. «Il silenzio aiuta solo gli stupratori.»

La mano di Claudia scattò veloce e colpì forte la guancia della francese. Tra tutte, la ragazza più sbagliata con cui prendersela, vista la notevole esperienza di risse da strada, scontri con la polizia e svariati corsi di autodifesa. Infatti reagì con un gancio seguito da un montante, e Claudia si ritrovò a terra, intontita. Léa l'aiutò ad alzarsi ma l'altra, non appena si fu ripresa un po', tentò di aggredirla nuovamente.

«Ti prego, Claudia, smettila» implorò Anna con un filo

di voce. «La verità è che non ho niente da dire: è successo troppe volte e non riesco nemmeno a pensare a cosa fare con questo bambino che mi cresce dentro.»

Léa si arrese. «Contatta la tua amica» disse a Teresa. «Nel frattempo andiamo al rifugio di Ferrara.»

Teresa aprì lo zaino e prese uno dei cellulari usa e getta rubati al pusher.

«E ti ricordi il numero?» sbottò Domitilla ammirata.

La calabrese annuì. «Anche se volessi non riuscirei a dimenticarlo» disse mentre si allontanava digitando sulla tastiera.

Quando l'amica rispose non le diede il tempo di parlare. Raccontò tutto quello che era successo.

«Stai scherzando, amore mio?» commentò Fiore sbigottita.

«Ti prego mi devi aiutare, qui finisco in galera, sei l'unica speranza che ho» chiarì Teresa all'altro capo. Nonostante lo stupore mostrato per la storia che le aveva raccontato, Fiore la conosceva troppo bene. Non stava scherzando affatto. La faccenda era seria. Molto seria.

«Terè, ci provo, chiedo a mio padre di trovarvi l'imbarco per l'Africa, non sarà per niente facile, cazzo, ma dico io, non te ne potevi stare buona buona a casa con quelli che ti tenevano?»

«No... non era il posto mio, *tu mi sai a me.*»

«Ti so, ti so... ma soprattutto ti voglio, amore mio, lo sai, la cosa buona è che almeno se vieni qui ti vedo, anche se te ne vuoi scappare in Africa, ma magari ti faccio cambiare idea.» Fiore pronunciò quelle parole con un tono che fece venire la stessa voglia anche a Teresa. Sarebbe stato bello. Un sogno a occhi aperti. Ma proprio in quel momento vide avvicinarsi Domitilla, che la scrutò con quello sguardo irresistibile. Che la confuse. E la rapì per un istante.

«Che succede?» la risvegliò Fiore.

«Che dobbiamo scappare» mentì Teresa. «Ti prego, Fiore, trovami l'imbarco, se no sono morta» la implorò chiudendo precipitosamente la telefonata.

Giustina Rebellin era rimasta a casa solo il tempo di una doccia e di un cambio d'abiti. Ora stava aprendo la porta dell'appartamento di Marino. Con le chiavi. Si erano scambiati un mazzo di scorta per ogni evenienza. Il defunto collega viveva da solo, come lei del resto. Entrambi avevano alle spalle tentativi di relazione e convivenza, ma erano naufragati tutti: da un lato per l'impossibilità di condividere certi "desideri", dall'altro perché l'amante di turno prima o poi si accorgeva del lato oscuro che dominava le loro esistenze e si defilava per sparire completamente. In questura girava voce che fosse lesbica. Era vero, ma era sempre stata attenta a non dare conferme. E comunque nessuno dei colleghi aveva mai provato a corteggiarla. Non solo perché non era bella, ma anche perché era sciatta, vestita sempre nello stesso modo, mai un filo di trucco, il solito taglio di capelli.

Marino, al contrario, godeva dell'attenzione di diverse pretendenti. Se fosse stato un po' più furbo e meno rozzo avrebbe potuto sposarsi e mettere al mondo dei figli. La copertura perfetta per divertirsi indisturbato con le ragazzette.

Giustina conosceva a menadito la casa, anche i nascondigli usati dal suo complice, perché in buona parte glieli aveva consigliati lei. Erano vuoti. Le pen drive con i file delle loro imprese erano scomparse. Lei possedeva le copie, ma non era quello il problema. Se Cristoforo aveva detto la verità, in quel momento una sbandata fuggiva ignara di avere in mano il suo destino. Quella scheda di memoria valeva diversi ergastoli. Per togliersi ogni dubbio perquisì il resto dell'abitazione, stando bene attenta a non creare disordine. Non aveva molto tempo a disposizione, presto sarebbero arrivati i colleghi e non si trovava nella condizione di poter fornire altre giustificazioni. Pavan era troppo esperto per non cogliere le evidenti contraddizioni del suo racconto, e ora attendeva impaziente l'esito dei rilievi della Scientifica e del medico legale. I veri guai sarebbero iniziati con la scoperta di un profilo di DNA femminile sul cazzo di Marino. Dallo specchietto retrovisore aveva visto abbastanza per capire che aveva obbligato una delle ragazzette a prenderglielo in bocca. Poteva sempre recitare il ruolo della donna poliziotto vittima dello strapotere maschile: non avrebbe incantato nessuno, ma i grandi capi avrebbero finto di crederle per insabbiare la vicenda. Quello che doveva assolutamente evitare era che venisse identificata, arrestata e interrogata la ragazza che era stata costretta a succhiare l'uccello a Marino. Avrebbe deposto sulla violenza subita e le altre avrebbero testimoniato, smentendola su parecchi dettagli, in particolare sul fatto che nessuna l'aveva minacciata e ammanettata al volante. In quel caso la porta di una cella si sarebbe spalancata, pronta ad accoglierla per un periodo indefinito, da qualche anno all'eternità. Eventualità che non si sarebbe mai avverata. La galera non poteva essere contemplata, per una sbirra accusata di reati sessuali. Le detenute le avrebbero presentato il conto un po' alla volta, una vera e propria tortura, campo in cui Giustina eccelleva. L'inversione di ruoli era fuori discussione.

Frugando tra i rifiuti, nel bidone della plastica trovò la confezione della scheda di memoria. Non c'erano più dubbi: Cristoforo non le aveva mentito.

A quel punto non aveva scelta: doveva arrivare alle fuggiasche prima dei colleghi, recuperare i video e fare pulizia. Il che non significava per forza eliminarle fisicamente: l'ambiente dei predatori non difettava di fantasia e qualche buon contatto negli anni lo aveva coltivato. Potevano semplicemente sparire, aggiungersi alle tante persone che ogni anno diventano numeri per statistiche.

Scese in cantina, attenta a non incrociare i vicini, e recuperò, nascosta nel monitor di un vecchio computer fisso, una pistola con diversi caricatori. Marino l'aveva trovata durante una perquisizione e si era dimenticato di citarla nel verbale. Più tardi, col buio, sarebbe andata in cerca della sua, nascosta insieme ai cellulari delle ragazze. Prima, però, doveva convincere un collega a diventare la sua talpa in questura. Lo aveva già individuato. Si chiamava Marco Baldrati, si erano conosciuti una decina di anni prima quando prestavano servizio alla questura di Bologna. Lei il trasferimento lo aveva chiesto per tornare in Veneto. Lui, invece, aveva ricevuto un calcio in culo perché accettava "regalie" per accelerare certe pratiche. A Treviso si erano ben guardati dall'assegnarlo al lavoro di ufficio e ora, alla soglia dei cinquanta, era ancora di servizio in pattuglia con il grado di vicesovrintendente. Era un ottimo poliziotto, ma lo stipendio non gli bastava mai. Una figlia con qualche problema di salute, una moglie ciclicamente depressa. Adesso si era fatto furbo e arrotondava, quando non era in servizio, lavorando come autista e guardia del corpo di un noto produttore di vini. Non si trattava di un incarico fisso: Baldrati veniva chiamato per occasioni speciali, in particolare viaggi in Svizzera o in Croazia, per difendere il contante nel portabagagli. Il regolamento lo vietava e la legge avrebbe avuto da ridire. Giustina lo aveva scoperto, ma si era ben guardata dal denunciare il collega. Si era limitata a fargli capire che le doveva un favore.

Aveva fissato l'appuntamento con Baldrati in una piccola pasticceria, defilata dal centro e frequentata perlopiù da una clientela di una certa età. A quell'ora del mattino c'erano solo anziane signore, alcune con nipotini al seguito, e qualche pensionato intento a leggere il giornale.

«Mi dispiace per Marino. Era un bravo poliziotto» disse l'uomo in tono affrettato, come se volesse togliersi il pensiero delle condoglianze. In realtà era preoccupato per quello che gli avrebbe chiesto la vicecommissaria Rebellin.

«Che si dice in questura?» chiese Giustina. «Dimmi la verità, per quanto sgradevole possa essere.»

«Pavan ha detto che sei finita, che avete combinato cazzate e che Marino aveva i pantaloni abbassati. Attende l'esito dell'autopsia, ma sospetta che stesse abusando di alcune minorenni.»

«E poi? Mi interessano i sussurri.»

«Più di un collega è convinto che tu ne fossi al corrente, se non sua complice. Eravate partner da troppi anni ed eravate "strani".»

«In che senso?»

«Troppo coppia. Capisci quello che intendo?»

La poliziotta annuì, la bocca deformata da una smorfia amara. «Fa male sentire certe cattiverie dopo tanti anni di onorato servizio.»

«Però quello che è successo è grave, ed è difficile trovare una spiegazione logica al vostro comportamento.»

«Hai perfettamente ragione. L'unico modo per sapere cos'è realmente accaduto nel retro del furgone è ritrovare le minorenni. Solo loro sono in grado di scagionarmi. Per questo ho chiesto di incontrarti: sono stata sospesa e ho bisogno del tuo aiuto.»

«Non so se sono in grado.»

La Rebellin lo interruppe. «Sì che sei in grado» disse in tono fermo e velatamente minaccioso. «Come dicono nei film: sarai i miei occhi e le mie orecchie, mi fornirai tutte le informazioni che ti chiederò.»

Prese dalla borsa un cellulare e glielo passò. «È sicuro. In rubrica troverai un solo numero: il mio.»

Baldrati annuì. Non era affatto contento della situazione, ma era costretto a ballare insieme a lei.

«Scopri se hanno identificato le impronte» ordinò Giustina. «Ho bisogno di sapere come si chiamano quelle maledette troie.»

La mattina seguente le gemelle scesero da un autobus, sfoggiando giacconi nuovi di zecca acquistati con i soldi del pusher in un ipermercato. Entrarono nella stazione di Latisana e comprarono al distributore automatico due biglietti per Ferrara. Poi toccò alla coppia Teresa-Domitilla e infine a Léa e a Rachida. Fingevano di non conoscersi, nemmeno si guardavano e tenevano la testa bassa per evitare di essere inquadrate dalle telecamere di sorveglianza. Avrebbero viaggiato su treni regionali e poi ancora su un autobus per raggiungere la destinazione finale: Tresigallo. Solo Domitilla ne conosceva la storia di "città metafisica", a metà strada tra Ferrara e le Valli di Comacchio. L'aveva visitata con i genitori, era il periodo in cui sua madre non poteva vivere senza immergersi nell'architettura razionalista. Della figlia invece poteva fare tranquillamente a meno. Ricordare le aveva creato una condizione di disagio cui aveva rimediato infilando in bocca mezza pasticca di una delle tante droghe che aveva sottratto a Bepi il pusher. E ora aveva la testa ovattata, l'umore era decisamente migliorato ma non era abbastanza lucida per comportarsi come una fuggiasca ricercata per omicidio. Non si spaventò quando uscirono dal loro ufficio tre agenti della Polfer. Sembrava stessero chiacchierando amabilmente e non fossero interessati ad altro, ma all'improvviso si avvicinarono a due giovani neri per controllare i loro documenti. Rachida artigliò il braccio di Léa e sussurrò in francese: «Capisci perché non voglio più vivere qui?».

Presero posto nello stesso vagone, sedute non troppo lontane. Teresa dovette scendere di corsa stringendo in mano il biglietto che Domitilla si era dimenticata di obliterare. Riuscì a risalire un attimo prima che il treno partisse.

«Non farlo mai più» intimò alla sua compagna di viaggio.

«Quando ti arrabbi il tuo accento calabrese diventa fortissimo» considerò l'altra.

Teresa sorrise dimenticando la rabbia. «Tu invece non ne hai proprio, di accenti.»

«Imitavo la servitù e i miei mi punivano: nulla in confronto al collegio, dove ho imparato a farmi furba. È dura la vita di noi privilegiati.»

«Un giorno mi racconterai perché stai fuggendo.»

«E tu perché non hai voluto che ascoltassi la telefonata con la tua amica Fiore. Comunque non sto scappando, sto semplicemente cercando di sopravvivere.»

«Anche io, appunto ho chiesto alla mia amica di Gioia Tauro di aiutarci a trovare l'imbarco per l'Africa. Niente di misterioso.»

Domitilla annuì. «Ok», e si addormentò quasi subito.

Teresa la fissò per un po' e scoprì che le piaceva, che avrebbe voluto baciarla.

Una signora tanto carina e tanto gentile prese posto davanti alle gemelle e, incuriosita dalla gravidanza, iniziò a infilare una domanda dietro l'altra. Rispondeva quasi sempre Claudia. Anna guardava ostentatamente fuori dal finestrino, pregando che quella ficcanaso chiudesse la bocca. Alla fine la tizia si stancò, prese un quotidiano dalla borsa, inforcò gli occhiali e cominciò a leggere. Claudia si ritrovò a fissare il volto dello sbirro che le aveva aggredite. Il titolo a quattro colonne recitava: "Poliziotto brutalmente assassinato da una banda di minorenni. Le fuggitive sono attivamente ricercate in tutto il territorio nazionale".

Avrebbe voluto strapparlo dalle mani della donna e leggere gli articoli, oppure alzarsi e avvertire le altre. Invece dovette attendere di arrivare alla stazione di Mestre, dove era previsto il cambio. Accompagnò la sorella al binario e poi corse fino all'atrio alla ricerca di un'edicola. Comprò tre copie del quotidiano e senza farsi notare le consegnò anche alle altre due coppie.

Nessuno sembrava badare a loro, forse perché, come sosteneva il giornale, non erano ancora state identificate. Questione di ore e le fotografie di quelle tra loro che erano schedate sarebbero state rese pubbliche.

Domitilla fu la prima a leggere tutti gli articoli, commentandoli con risatine. Teresa cercava inutilmente di calmarla. La bella biondina così allegra attirò l'attenzione di tre ragazzi seduti a fianco. Erano certamente studenti delle superiori, lo si capiva dagli zaini e dai continui riferimenti a professori e compagni. Uno di loro si alzò e andò a sedersi vicino a Domitilla, iniziando a infastidirla. Subito dopo si avvicinarono anche i suoi amici ma restarono in silenzio, lasciandogli campo libero.

«Tornate al vostro posto» ordinò Teresa quando capì che la faccenda non sarebbe terminata in fretta.

«Fatti i cazzi tuoi» ribatté uno che fino a quel momento si era limitato ad assistere.

La calabrese strinse il pugno pronto a colpire, ma Domitilla le appoggiò una mano sul braccio. «Tranquilla, ci penso io.»

Si voltò verso il più molesto e gli sorrise. «Tu sei lo sfigato del gruppo» disse in tono serafico. «Non solo con questi due mentecatti, ma in ogni occasione. Per distinguerti devi fare scherzi pesanti a persone più deboli di te, o battute cattive. Il problema è che sei anche socialmente disagiato.»

La ragazza indicò le sneakers che portava ai piedi. «Costano meno di cinquanta euro, mentre quelle dei tuoi amichetti sono di marca. Mi fai pena, dev'essere difficile vivere così.»

Lo studente aveva gli occhi lucidi e il labbro inferiore gli fremeva di rabbia. Alzò una mano per colpire Domitilla ma venne fermato da Léa, che si era avvicinata per aiutare le sue socie.

«Provaci, stronzo, e ti riempio di pugni.»

Alcuni passeggeri iniziarono a protestare ad alta voce e quando un anziano suggerì di chiamare il controllore, d'incanto la situazione si calmò. Gli studenti cambiarono vagone dopo aver masticato tra i denti insulti e minacce.

«Devi smettere di farti» sibilò Léa a Domitilla, che rispose con un'alzata di spalle.

Inaspettatamente Teresa la difese. «Maschi rompicazzo ne incontri a ogni angolo.»

La francese avrebbe voluto ribattere che la prima legge della fuga impone di passare inosservati, ma aveva altro per la testa. «La poliziotta ha mentito» disse a voce bassa. «Sostiene che l'abbiamo disarmata e ammanettata al volante. Vuole impedirci di raccontare che ci siamo solo difese.»

«Tanto non cambia nulla» commentò Teresa. «Se ci prendono, la verità non servirà a tenerci fuori dalla galera.»

Il commissario capo non spiccicava parola e il suo autista, l'agente scelto Pipitone Raffaele, mal sopportava il pessimo umore del superiore. Pavan non era mai stato un chiacchierone, ma da quando era stato ammazzato Marino parlava pochissimo, giusto per bofonchiare un saluto o un ordine. E sempre con lo stesso tono piatto. Perfino quando parlava con la moglie al cellulare, dalla sua bocca uscivano solo mezze frasi e mugugni. Pipitone iniziò a muovere nervosamente le mani che stringevano il volante. Stavano viaggiando verso Lignano Pineta, dove erano state trovate tracce del passaggio delle ragazze ricercate, e l'agente scelto voleva a tutti i costi avere qualche indiscrezione sulla deposizione della vicecommissaria Rebellin, terminata un paio d'ore prima.

Pavan lo ignorò per un po', poi cedette. «Che hai, Raffaele?»

«Che ha detto la Rebellin?»

Il commissario si girò a guardarlo. L'autista che gli avevano assegnato era un ragazzone siciliano che si era fatto le ossa prestando servizio a Trapani. Pavan lo stimava, non solo per la dedizione ma anche perché conosceva il valore della discrezione e del silenzio.

«Lo sai che non posso dirti nulla, ma potrei sfogarmi in generale.»

«Di me si può fidare.»

«Mi fumano i coglioni» attaccò a raccontare il superiore. «Sto già ricevendo pressioni da tutti, perfino dall'entourage del ministro si sono scomodati per raccomandarmi prudenza, perché hanno intuito che questa indagine può scoperchiare una storiaccia brutta, una di quelle che fanno male a tutti, che ti coprono di merda al punto che la puzza non va più via.

«Il fatto è che io non intendo insabbiare la verità, ma ho una paura fottuta di mettermi di traverso ai dirigenti. Si sa come vanno a finire certe cose: ti stroncano la carriera e se rimani al tuo posto ti fanno passare l'inferno.»

«Allora è vero.»

«Cosa?»

«Che Cristoforo non stava solo interrogando le ragazze nel furgone.»

«Al momento è solo un sospetto, ma se emerge che due poliziotti se ne andavano in giro con un mezzo di servizio per raccattare giovani senzatetto con le quali divertirsi, la stampa, i social, l'opinione pubblica ci faranno a pezzi.»

«Ma perché parla di due poliziotti? La Rebellin guidava.»

«E non era a conoscenza di quello che accadeva alle sue spalle? Le era sufficiente guardare dallo specchietto. E poi non mi convince il suo atteggiamento ambiguo: temo voglia giocare sporco, manipolarci in modo che ci convinciamo della veridicità degli abusi compiuti da Marino perché sa perfettamente che, ai piani alti, la parola d'ordine è salvaguardare il buon nome del Corpo.»

Pipitone staccò una mano dal volante e l'alzò in segno di resa. «Non voglio più sapere niente, commissario.»

Pavan si zittì. Dalla tasca del giaccone tirò fuori una sigaretta elettronica e iniziò a svapare. Dopo un po' disse: «Abbiamo sei ragazzine in fuga. Sono spaventate e armate. Dobbiamo trovarle prima che muoia qualcun altro».

«Meglio per loro se si arrendono subito, perché gli assassini di poliziotti rischiano di fare una brutta fine.»

Era proprio quello che temeva il commissario. Il clima era esasperato e le conseguenze potevano essere imprevedibili. La verità rischiava di non essere più al centro dell'indagine. Pavan si voltò e prese il tablet appoggiato sul sedile posteriore. Lo accese e riguardò per l'ennesima volta le fotografie segnaletiche e le schede dei soggetti nel furgone identificati. Erano tre: una era straniera, francese per l'esattezza. Rispondeva al nome di Léa Fournier, nata a Oullins, non lontano da Lione, diciassette anni prima. Una testa calda secondo i colleghi d'oltralpe, frequentatrice di centri sociali e case occupate. La famiglia non aveva più sue notizie da anni. Era ricercata per aver ferito piuttosto gravemente un sottufficiale della CRS, la polizia antisommossa, durante uno scontro ai margini di una manifestazione sindacale.

La seconda era coetanea della francese, ma arrivava da un paesino tra Palmi e Gioia Tauro, in Calabria. Si chiamava Teresa Zito, nata e cresciuta fino a tre anni prima in una famiglia di 'ndrangheta. Padre assassinato in un agguato, madre vittima di un incidente mentre lavorava in campagna. Una storia di affidi e di fughe. Le note caratteriali la descrivevano come una tipa tosta, abile nei furti e pronta a spaccare la testa di un anziano che l'aveva scambiata per una prostituta, per poi alleggerirlo del borsello. Aveva all'attivo tre arresti, ma la coppia di Genova che la ospitava aveva mosso mari e monti per evitarle il riformatorio e riportarla a casa. Secondo quanto avevano riferito i coniugi, era scomparsa a fine primavera.

La terza invece non era una teppista e non proveniva da ambienti disagiati o criminali. La sedicenne Domitilla Agostinelli Balbi era addirittura nobile e soprattutto erede di un patrimonio notevole. I genitori vivevano di rendita in un bel palazzo di Torino, le vacanze le trascorrevano un po' a Chamonix e il resto in Costa Smeralda. Nessun problema fino a quando la ragazza non era stata iscritta a un esclusivo collegio svizzero nel cuore delle Alpi, con oltre centomila franchi all'anno di retta. Lì era accaduto qualcosa che l'aveva fatta deragliare e trasformata in una tossica, pronta a vendersi, con una predisposizione particolare a cacciarsi nei casini. Era stata fermata due volte mentre barattava i gioielli della madre in cambio di stupefacenti, e una volta a Lugano, nel letto di un ricettatore a cui aveva proposto un quadro di Rosai, staccato qualche ora prima dalla parete del salotto.

Per Pavan, Domitilla era un vero rompicapo. Le altre due gli sembravano ordinaria amministrazione, ne aveva incontrate tante nel corso degli anni, ma lei era diversa anche per il trattamento che avrebbe dovuto ricevere al momento dell'arresto. Non doveva accaderle nulla. Anche se era una reietta, il suo ambiente non avrebbe perdonato l'affronto. Per l'ennesima volta maledisse il destino che lo aveva messo a capo di quell'indagine.

Pipitone non aveva mai smesso di sbirciare lo schermo del tablet. «Non è strano che tre su sei non siano schedate? Che tipo di banda è?»

«Non credo si tratti di un gruppo con intenti criminali» rispose il commissario. «Mi convince di più l'ipotesi che si sia creato nella cascina dove avevano trovato rifugio.»

Una ventina di minuti più tardi giunsero a destinazione. Le auto della questura di Udine erano parcheggiate nei pressi del passo carrabile della villa. In giardino c'era la station wagon usata dalle ricercate, con le portiere spalancate. Pavan notò che la carrozzeria era cosparsa di polvere per rilevare le impronte.

Concluse le presentazioni di rito, il vicequestore Carmen Londero li guidò nell'abitazione dopo aver spiegato che l'effrazione era stata notata da un antennista che stava lavorando sul tetto della villetta confinante. «La Scientifica ha già inviato i rilievi digitali, e corrispondono» spiegò. «Non ci sono dubbi che si tratti delle ragazze sospettate dell'omicidio del collega.»

A Pavan non sfuggì la cautela nel precisare la posizione giudiziaria delle indagate. Il dettaglio dei pantaloni calati di Marino doveva essere arrivato anche a Udine.

«La Scientifica ha trovato qualche elemento utile all'identificazione delle tre sconosciute?»

«No, si è provveduto a raccogliere campioni di DNA e nel cestino del bagno al piano superiore è stata rinvenuta una confezione vuota di acido folico.»

«Una di loro potrebbe essere incinta» sbottò Pavan, pensando che era la prima buona notizia della giornata. Le donne in dolce attesa erano più facili da individuare: erano più visibili, più lente, e se si trattava di ragazzine non passavano inosservate.

«Pensi che stiano tentando di attraversare il confine?» chiese il commissario.

La Londero alzò le spalle. «Abbiamo già allertato tutti i

passaggi ufficiali, quindi non avrebbero nessuna speranza. Magari una sola potrebbe anche farcela, ma sono troppe per non essere notate» disse. «Potrebbero invece percorrere i sentieri che battono i migranti, ma non è facile muoversi di notte, al freddo, con la polizia di frontiera slovena che controlla i valichi.»

Il commissario pretese di visitare tutte le stanze della villa nonostante fossero già state perquisite dal personale locale, che interpretò il gesto come una scortesia. In realtà Pavan cercava solo di farsi un'idea più precisa sulle ragazze, provando a indovinare dove aveva dormito Domitilla, oppure cosa aveva mangiato la francese. Venne interrotto dalla Londero. «Ha appena chiamato la Polfer: vogliono mostrarci le registrazioni delle telecamere» annunciò in tono gelido. «Noi andiamo, tu vieni pure con comodo quando hai terminato di verificare il lavoro dei colleghi.»

Pavan accusò il colpo. «Mi dispiace, non volevo offendere nessuno.»

«E allora sbrigati» tagliò corto il vicequestore.

La stazione di Latisana era uguale a tante altre in tutta Italia. Ai bordi di una piazza, un corpo centrale con un piano sopraelevato e due laterali più bassi, sembrava disegnata da un bambino. L'ufficio della polizia ferroviaria era ordinato e pulito, e l'ispettore Martuscello era un vero "smanettone", come lo definivano i colleghi. Aveva già selezionato le immagini di tutti i soggetti che corrispondevano alle ricercate. La Londero puntò l'indice su una coppia di ragazze. «Questa è incinta» disse. «E non avrà più di sedici anni.»

I volti non si vedevano. Le ragazze erano state attente a evitare le telecamere e fu proprio questo il criterio con cui identificarono le altre quattro.

«E questa è nera» sbottò sorpreso Pavan di fronte al colore della pelle di Rachida. «E la sua amica potrebbe essere la francese, almeno dal fisico e dal taglio di capelli.»

Poi fu il turno di Domitilla e Teresa.

«Se sono queste le ragazze, allora sono salite su un regionale veloce diretto a Venezia» disse Martuscello. «Ci sono cinque stazioni intermedie fino a Mestre: non ci resta che contattare gli uffici interessati per capire dove sono scese.»

«Quanto vantaggio hanno?» chiese Pavan.

«Quasi tre ore» rispose l'ispettore con disappunto. «Sono comunque arrivate a destinazione o hanno cambiato treno. Ci vorrà del tempo per scoprirlo.»

Il commissario si fece inviare il file con le immagini selezionate, mentre il vicequestore Londero si occupava di un altro approfondimento. Dall'espressione contrariata, Pavan capì che non era andato a buon fine.

«Non risultano minorenni incinte ricercate o che abbiano abbandonato famiglie o istituti. Probabilmente non è italiana, magari una nomade. Quelle si fanno ingravidare a quattordici anni.»

Le indagini non autorizzate di Giustina Rebellin avevano portato invece all'identificazione della misteriosa ragazzina in stato interessante. E della sua gemella. Dopo aver recuperato i cellulari delle fuggitive e gli altri oggetti nascosti nel bosco, la donna aveva scoperto che solo uno dei telefonini non era protetto da PIN. Con l'aiuto di Baldrati, che era risalito all'intestatario del numero, ora sapeva che la ragazzetta che piaceva tanto a Cristoforo si chiamava Anna Campanini, mentre il nome della sorella gemella era Claudia.

Erano fuggite dall'appartamento di Novara in cui vivevano dopo che Claudia aveva piantato nella pancia del padre Ilario un coltello da cucina. Classica lite domestica con tragedia finale: la famigliola è seduta a tavola e a un certo punto la discussione trascende, uno dei commensali afferra il primo oggetto utile a portata di mano e lo usa come arma. Il genitore aveva avuto fortuna e si era salvato, ma nonostante avesse minimizzato l'accaduto, descrivendolo come un incidente, Claudia ora era ricercata per tentato omicidio. A convincere i carabinieri che non si trattava di un evento fortuito era stata la registrazione della concitata telefonata della moglie al 118, in cui accusava la figlia di aver accoltellato volontariamente suo marito.

Giustina parcheggiò l'auto nella via parallela a quella in cui vivevano i coniugi Campanini. Dopo una breve passeggiata si ritrovò di fronte a un condominio, tipico esempio di edilizia popolare degli anni Sessanta. Il citofono era mezzo scassato, e la Rebellin scandì le parole per qualificarsi come vicecommissaria. La donna che la attendeva sulla porta era una quarantacinquenne sciupata dallo sguardo sfuggente. Giustina pensò che si sarebbe anche divertita.

«Roberta Barbieris?» chiese, usando il nome da nubile.

L'altra annuì. «Le avete trovate?»

«Ora ne parliamo.»

La poliziotta la prese per un braccio, spingendola con delicatezza all'interno. L'istinto di predatrice le fece registrare ogni singolo particolare che poteva tornarle utile: ceto medio-basso, religiosi, poche foto incorniciate, nessuna delle figlie. Quella casa puzzava di dolore, squallore e tristezza.

«Suo marito?»

«È al lavoro.»

«Di che cosa si occupa?»

«È giardiniere comunale.»

Giustina indicò alla signora un divano nel salottino, poi prese una sedia dal tavolo con il centrino di pizzo e si piazzò davanti a lei. Volutamente vicina, con le ginocchia si sfioravano: serviva a mettere a disagio gli interrogati.

«Anna è incinta, lo sapeva?»

La donna si piegò come se avesse ricevuto un pugno alla bocca dello stomaco. Iniziò a dondolare su e giù, frignando piano. La Rebellin si convinse che non aveva mai nemmeno immaginato che la figlia fosse in stato interessante.

«Dal calcolo dei tempi risulta chiaro che si è fatta ingravidare mentre abitava ancora in questa deliziosa casetta» continuò imperterrita la poliziotta. «E allora, dato che noi crediamo poco alle coincidenze, viene spontaneo domandarsi se il ferimento di suo marito non sia in qualche modo collegato.»

La madre delle gemelle non reagiva, non rispondeva, sembrava affogare nella disperazione. Giustina si alzò, raggiunse un mobile bar, riempì un bicchierino di brandy e costrinse la donna a berlo d'un fiato.

«Ho letto i rapporti e le deposizioni, e la favoletta della famigliola felice non mi convince» spiegò la poliziotta. «Avete dichiarato che Claudia è impazzita all'improvviso e ha colpito il padre senza motivo, ma se è vero non si capisce perché sia fuggita anche Anna, e per quale motivo non vi abbia mai contattati.»

La madre aveva smesso di piangere e respirava affannosamente, la bocca aperta per ingoiare aria. «Se ne vada, la prego» mormorò.

Giustina le prese il viso tra le mani e appoggiò la fronte alla sua. Era arrivato il momento di cambiare registro. «Se accendi il televisore e ti sintonizzi su un qualsiasi notiziario del cazzo scoprirai che un poliziotto è stato ucciso da sei ragazzine. Le tue figlie sono coinvolte, probabilmente sono state proprio loro a premere il grilletto, perciò, anche se evitano l'ergastolo, vent'anni non glieli leva nessuno. Sono poco più che bambine, sono carine e passeranno il tempo a leccare la fica alle negre e alle zingare.

«Posso aiutarle ma devo trovarle in fretta. Ho bisogno di sapere chi si scopava la piccola Anna, i nomi delle amichette del cuore, tutto quello che mi può essere utile.»

L'altra cercò di divincolarsi, ma Giustina glielo impedì. «Se non apri quella bocca ti porto in questura e ti chiudo in cella per complicità in omicidio.»

«Mio marito» sussurrò la signora Campanini.

«Tuo marito cosa?»

«Ilario.»

All'improvviso, Giustina capì. «Un bell'incesto con tanto di figlio in arrivo» sghignazzò. «E si scopava anche Claudia?»

La donna scosse la testa. La poliziotta intuì che paparino aveva scelto la più debole: la sorella gli avrebbe tirato un bel calcio sui coglioni. E infatti non aveva esitato a bucargli le trippe.

Da quel momento la madre non oppose più resistenza. Si fece maltrattare e umiliare come se dovesse scontare il più grande dei peccati e rispose a tutte le domande, fornendo nomi e indirizzi. A mano a mano che ascoltava, Giustina si rendeva conto che la pista delle gemelle Campanini non portava da nessuna parte. Fuggivano senza meta, alla ricerca di una soluzione per quella pancia che si ingrossava ogni giorno di più, devastate dall'inferno che erano state costrette a vivere per chissà quanto tempo. Avrebbero seguito le altre fuggitive.

Prima di andarsene, la Rebellin afferrò per i capelli la donna. «Tu sapevi, vero?»

Lei annuì, ma la poliziotta non mollò la presa: non aveva terminato. «Sei fortunata che non me ne frega un cazzo dei vostri ménage familiari, ma se racconti a qualcuno di avermi vista io sbatto dentro Ilario e tu rimani senza soldi per campare, con i vicini che ti sputeranno in faccia ogni volta che ti incontrano.»

Una volta recuperata la macchina, la Rebellin chiamò Baldrati. Gli disse di sbrigarsi a craccare gli altri cellulari. Il collega li aveva affidati a un cinese, proprietario di un negozio di assistenza, che teneva per le palle.

Pavan guardò distrattamente il display del cellulare che squillava e vibrando si spostava leggermente sulla superficie di finto legno della scrivania. Susanna Zanetti, la "voce" di Radio Collina, lo stava chiamando. Agli altri giornalisti non aveva risposto, delegando all'ufficio stampa della questura il compito di ribadire che a quello stadio delle indagini non era possibile rilasciare dichiarazioni. Ma Susanna era diversa, capiva e sapeva accontentarsi anche dei rifiuti. E poi, da quelle parti, erano in tanti ad ascoltare *Microfono aperto*, la sua trasmissione. Forse poteva addirittura tornare utile.

«Lo so che stai per andare in onda, ma non posso dire nulla» esordì il commissario.

«Non ti ho chiamato per questo» ribatté la donna, «ma per avvertirti che nessuno che indossi una divisa apre bocca. Tutti, indistintamente, indicano te come l'unico a cui rivolgersi. Sai cosa significa, vero?»

Pavan avvertì una fitta allo stomaco. «Che la rogna da grattare è tutta mia. Sono il diretto superiore dei due poliziotti coinvolti e il mio destino ora è strettamente legato al loro.»

«Stai attento, Valerio» disse Susanna prima di riattaccare. Bevve una lunga sorsata di un'ottima birra prodotta da una sua amica e fece segno al tecnico di mandare la sigla.

«Salve gente, oggi voglio parlare del poliziotto ammazzato pare, e sottolineo pare, da sei minorenni. Andrò dritta al punto. Due ragazzine seviziate in modo orrendo pare, e sottolineo pare, appartenenti allo stesso gruppo di quelle che ora sono ricercate su tutto il territorio nazionale. Qui non siamo a Chicago, questo territorio è ricco e tranquillo, la nostra vita consiste nel lavorare senza risparmiarci per guadagnare tanto e vivere felici e contenti lontani dai guai. Adesso non iniziate con le telefonate perché forse avete colto una vena polemica in alcune mie affermazioni. Mi conoscete, sapete come sono fatta. Voglio invece che vi concentriate sugli omicidi. Due ragazzine e un poliziotto: Titti Colella, Stella Gassani e l'ispettore capo della polizia di stato Cristoforo Marino. Noi di Radio Collina siamo giornalisti seri e abbiamo visto il materiale girato sulle scene del delitto delle due ragazzine, e abbiamo notato che Marino era presente in entrambe. Con la sua collega e superiore Giustina Rebellin. Mi chiedo, e so che ora ve lo state chiedendo anche voi: perché uccidere un poliziotto impegnato nelle indagini per identificare un feroce assassino, che per giunta aveva preso di mira proprio loro? E qui, gente, possiamo solo attendere l'esito delle indagini che sono in mano al commissario Valerio Pavan della questura di Treviso. Di lui mi fido e so che non ci deluderà, ma nel frattempo anche noi abbiamo indagato e abbiamo scoperto che le ragazzine giravano per il paese da un po' di tempo. Tanti di voi le avranno notate: si nascondevano in uno dei casolari deserti sulle nostre belle colline coperte di vigne di Glera. E va bene, lo confesso: le avevo notate anch'io, e non mi ero posta nessuna domanda. Come giornalista ho sbagliato. Avrei dovuto chiedermi come mai delle minorenni vivono lontane dalle famiglie. E sapete perché? Perché tocca a noi adulti occuparci dei giovani, offrire loro una possibilità.

«Cari ascoltatori, vi conosco: ora mi subisserete di telefonate sottolineando che si tratta di assassine, di vagabonde, puttane e drogate. Ma a me fanno pena. E sapete bene che non sono una buonista radical chic. Forse è perché sono femmine, o perché sono piccole. Sarò sincera: non lo so. Quello che so è che arriveranno giornalisti di tutte le testate, che nostro malgrado diventeremo famosi e dobbiamo essere preparati. Delle ragazzine si parlerà a lungo, i social ci sguazzeranno, famelici come barracuda. D'accordo, ho parlato anche troppo, ora tocca a voi.»

Susanna ingollò la birra che rimaneva nel bicchiere e fece segno alla regia di mandare in onda la prima telefonata.

# CLAUDIA

*Sui social dei vecchi, e pure su Instagram mi pare, gira da un sacco di tempo un post che dice che bisogna parlare con le persone prima che muoiono. No, non dice così. Dice che bisogna dire ti voglio bene a chi ami prima che muore e non puoi dirglielo più.*

*È una cazzata che ogni tanto uno dovrebbe andare da chi ama per dirglielo. Perché che ne sa quando muore l'altro? E poi quante volte bisogna dirlo? Una, cento, ogni giorno? Boh, è una cazzata.*

*Al mondo io amo una persona sola: Anna. E non glielo dico mai che la amo, ché tanto già lo sa. E poi se muore mi ammazzo, quindi anche lei lo dovrebbe dire a me ogni cinque minuti, ti amo. Perché che ne sa quando muore e quindi quando mi ammazzo? Lei me lo dice ti amo, però.*

*A te invece non ti ho detto proprio niente. Non è che ti amassi, che esagerazione, ma mi piacevi. Più delle altre mi piacevi, da quella volta che ci siamo trovate a fare due chiacchiere fuori, al buio, da sole.*

*Anna dormiva come fa lei, cioè come una bambina stanca di giochi e di corse. Vorrei sapere proprio come cazzo fa mia sorella, come ci riesce. Secondo me non dorme, va in coma. E fa bene, così almeno si riposa pure per me, che ho il sonno di un animale tra i pericoli. Di notte mi sveglio in continuazione e per riaddormentarmi ce ne vuole che ce ne vuole.*

*Lì, al buio, non si vedevano bene nemmeno le nostre facce e ti sei aperta con me, ti sei confidata. Non me lo aspettavo; come dire, non sono una tipa con cui si parla volentieri. Ho un brutto carattere, al contrario di Anna. Forse se avessi avuto un modo di fare più... meno... Insomma, se fossi stata diversa, quello che è successo non sarebbe successo ad Anna, ma a me.*

*Ci stavamo smezzando una Peroni grande. Non eri mica ubriaca, hai parlato perché volevi parlare: avevamo fatto solo un paio di sorsi e per ubriacarsi con le Peroni ce ne vuole che ce ne vuole.*

*Prima l'hai presa a ridere. Ti sei messa a fare l'imitazione di tua madre mentre ti cazziava. Che roba. Sei stata capace di farmi ridere e, credimi, per farmi ridere ce ne vuole che ce ne vuole.*

*Poi mi hai detto che tua madre se n'era andata. Ma mica me lo hai detto dandole la colpa, la colpa te la sei presa tu. Che a me è venuto di sventolarti una mano aperta davanti alla faccia. Oh, ti ho detto, svegliati: guarda che la stronza è stata lei.*

*Ci sei rimasta male e bene. Male, perché non ti piaceva che qualcuno desse della stronza a tua madre; bene, perché ti sei alleggerita un po' dalla colpa.*

*Ecco, se fossi stata un'altra avrei potuto esagerare,*

*avrei potuto dirti ti voglio bene. Ti amo no, non lo dico nemmeno ad Anna, figuriamoci se l'avrei detto a te. Guarda, non te l'avrei detto neanche se avessi saputo che saresti morta dopo cinque minuti.*

*Comunque, invece di dirti ti voglio bene, ti ho detto di mia madre. Ti ho detto che se fosse stato sgozzato un neonato, mia madre si sarebbe messa a pulire bene, anche negli angoli, sotto il tappeto, fuori dalla porta, su per le scale, lasciando il neonato e il sangue proprio al centro del salotto. Non lo avrebbe visto. O avrebbe fatto finta, ma bene, così bene che dopo un po' se ne sarebbe convinta pure lei. Vedi? Non c'è nessun neonato, mi avrebbe detto.*

*Ti sei bloccata nel buio. Ti sei fatta immobile con la Peroni in mano. Perché?, mi hai chiesto.*

*A quel punto sono tornata in me: Perché mia madre sta sempre a pulire, ti ho risposto.*

*Ho risolto così, perché non esageriamo: a piacere, mi piacevi, ma per il resto, anche per parlare, c'è solo Anna. E mica perché lei capisce, no, proprio per l'esatto contrario. Ad Anna posso dire qualsiasi cosa, qualsiasi, lei resta dove sta. Cioè le parole, anche quelle peggiori, non sciupano le sue parole e quindi i suoi pensieri. Non la smuovono neppure per sbaglio. Forse per questo riesce a dormire in quel modo che pare un coma.*

*Tu hai capito che avevo voluto arrangiare una risposta per sbrigarmi, ma non te la sei presa. E cosa più strana, non hai perso la sincerità di prima. Cioè, io al tuo posto mi sarei chiusa in una cassaforte e avrei dimenticato la combinazione, invece tu hai continuato a parlare senza dire stronzate.*

*Capita che quando qualcuno vuole sapere i fatti tuoi,*

*ti dice i suoi, ma mi è sembrato che con te non funzionava così. Raccontavi senza volere niente in cambio. Ne ero quasi sicura. Dico quasi perché non si può essere completamente sicuri proprio di niente, altroché.*

*Così, quando hai finito di dire tu, ti ho detto di Anna. Mica tutto, ché per farmi vuotare il sacco per intero ce ne vuole che ce ne vuole.*

*Ti ho detto di come Anna mi ama di amore puro. Non l'avrei mai conosciuto, l'amore puro, senza di lei. Ti ho confessato una verità: mica lo sapevo se era un bene conoscerlo, perché poi il resto fa ancora più schifo. Ti ho raccontato di quella volta che Anna si è venuta ad accucciare sulle mie cosce come un gatto e come un gatto ha miagolato di gioia: Che bello, Claudia, con te passa tutto. Tutto.*

*Invece non ti ho detto che mentre lei parlava mi è salita la scimmia e ho pensato: Non è vero che bisogna dire solamente ti amo prima che l'amato muore. Bisogna dire pure ti odio prima che l'odiato muore, magari per mano tua.*

*Dopo qualche giorno ho litigato con te per una cazzata. In verità siamo partite da una cazzata, ma poi siamo arrivate alle cose pesanti.*

*Tu avevi preso una cinta di Anna dallo zaino, senza chiedere il permesso né a lei né a me. Quando ti ho chiesto come ti eri permessa, mi hai risposto: Che cazzo se ne fa della cinta tua sorella se non le sta più? Invece a me mi cadono le braghe a furia di non mangiare mai e correre sempre. Te lo avrei detto che l'avevo presa io, la cinta. Mica l'ho nascosta, me la sono messa addosso. Te lo avrei detto.*

*Da una cosa piccola siamo passate alle cose grandi. Abbiamo tirato in ballo le mamme con cattiveria.*

*Ho cominciato io.*

*Si vede che hai avuto una madre stronza che non ti ha insegnato come si campa.*

*Certo, invece tua madre sì che non è una stronza, ti ha insegnato che non si leva via il sangue dal salotto.*

*Non siamo passate alle mani solo perché Léa si è messa in mezzo e ci ha afferrate per il collo.*

*Non ci siamo parlate più per un po', poi abbiamo ricominciato come se non fosse successo niente. Non ci siamo spiegate, non abbiamo chiarito.*

*In verità io ci ho provato, ero stata io a iniziare. Non si usano le confidenze per offendere e io lo avevo fatto. Non è che ti ho chiesto proprio scusa, perché io chieda scusa ce ne vuole che ce ne vuole, ma ti sono venuta vicino per prima.*

*Tu ti sei sfilata la cinta e ti sono caduti i pantaloni. Riuscivi a farmi ridere, non ci è più riuscito nessuno.*

*Mi fai ridere, ti ho detto.*

*Mi piaci non te l'ho mai detto, ma che mi facevi ridere sì.*

*Forse è bastato. Certe volte ridere in mezzo alla merda vale più del bene.*

# 2

Quando Pavan bussò all'ufficio del magistrato David Durante in procura si rese conto di essere in lieve anticipo e si sentiva tutt'altro che tranquillo. Durante era noto per essere un magistrato inflessibile, integerrimo, brusco e non particolarmente simpatico. Si era fatto le ossa all'Antimafia e non era certo il tipo di inquirente che avrebbe avuto un occhio di riguardo nel gestire un caso come quello, solo perché coinvolgeva due poliziotti. Il commissario capo la pensava esattamente allo stesso modo, ma sapeva anche che trovarsi a condurre indagini su colleghi comportava un'infinità di problemi, a livello lavorativo e personale, di cui avrebbe fatto volentieri a meno. La voce di Durante lo invitò a entrare, e Pavan aprì la porta. Vide subito che il magistrato non era solo in ufficio. Con lui c'era il medico legale incaricato dell'autopsia sul corpo di Marino.

«Pavan, buongiorno.»

«Dottor Durante...»

«Lei conosce la dottoressa Adami, non è vero?»

Pavan annuì, e strinse la mano a entrambi.

«Sono contento che sia già qui, così la dottoressa può aggiornare anche lei sugli esiti dell'esame autoptico condotto sull'ispettore capo Marino.»

La Adami non perse tempo. Dopo una breve introduzione tecnica, passò a elencare una serie di informazioni tutt'altro che rassicuranti sulla condotta etica e morale della vittima. Nel suo sangue erano state trovate tracce di amfetamine. Più che semplici tracce, in realtà: parliamo di percentuali allarmanti. Marino abusava occasionalmente di psicofarmaci più o meno legali, ed era un consumatore abituale di cocaina, anche se in dosi ridotte. Inoltre, assumeva steroidi anabolizzanti per aumentare la massa muscolare. Altre molecole che influivano pesantemente sul suo equilibrio psichico. Ma non era finita là, precisò la Adami.

«Sul suo corpo sono state rinvenute tracce di diversi DNA femminili. Una sul viso che potrebbe corrispondere a uno sputo, un'altra sugli slip e sul pene...»

Pavan sbiancò. La situazione era anche peggiore di quanto si aspettasse. Per qualche momento perse il filo di ciò che la dottoressa stava dicendo. Colse solo la fine del suo discorso.

«... in sintesi, il mio parere professionale è che si trattava di un individuo in evidente stato di alterazione. Di certo non era in grado, nel modo più assoluto, di svolgere al meglio il proprio compito in quelle circostanze. Perciò è possibile, anzi probabile, a giudicare dai riscontri, che abbia usato violenza a una o più delle minorenni sul furgone, prima di essere colpito e ucciso.»

Durante era immobile come una statua. «Per violenza intende...»

«Aggressione sessuale.»

«Ha sentito, Pavan?»

«Perfettamente, dottore.»

«Lei conosceva l'ispettore capo Marino.»

«Certo. Ufficialmente era alle mie dirette dipendenze, ma lui e la Rebellin hanno sempre goduto di una certa libertà di azione che li rendeva di fatto autonomi. Era un trattamento di favore disposto dal questore per i risultati ottenuti.»

Sul volto del giudice apparve una smorfia di disappunto. «Non le consiglio di proseguire su questa strada per cercare di alleggerire la sua posizione.»

«È la verità.»

«Poco importa. Non le servirebbe a nulla. Comunque, che idea si era fatto su Marino?»

Pavan esitò, prima di rispondere. Il suo senso etico, e anche un certo spirito di corpo, gli impedivano di infierire su un collega, per di più deceduto. La verità era che Marino gli era sempre stato sulle palle. Era un prepotente pezzo di merda che avrebbe buttato volentieri fuori a calci dalla questura. Detto ciò, i risultati che lui e la Rebellin portavano in termini di arresti e casi risolti avevano sempre fatto comodo a tutti. Soprattutto ai piani alti.

«L'ispettore capo Marino era un buon poliziotto» dichiarò, senza nascondere un filo di imbarazzo. «Non nego che certi suoi metodi potessero apparire discutibili, ma sapeva fare egregiamente il suo lavoro.»

«Sì, ho esaminato la sua scheda. Un numero di arresti impressionante, come lo era quello dell'altra collega.»

«La vicecommissaria Rebellin.»

«Proprio lei. Come definirebbe il rapporto fra i due?»

«Non ho informazioni sufficienti per rispondere a questa domanda.»

«Suvvia, Pavan. Un'idea se la sarà fatta.»

«Operavano sempre insieme.»

«E quindi pensa che la Rebellin potesse tollerare o addirittura incoraggiare certi comportamenti estremi del suo sottoposto?»

«Non ho informazioni sufficienti, dovrebbe chiederlo a lei.»

«L'ho già convocata. Ma conto che continui a indagare in questa direzione: ho bisogno di queste informazioni. E non c'è bisogno che vengano rese note al personale.»

«Riferirò soltanto a lei, dottore.»

«Siamo d'accordo. Ah, un'altra cosa.»

«Dica.»

«Passi parola ai colleghi in questura. Riporti pure in modo testuale, me ne assumo io la responsabilità: che nessuno si azzardi a insabbiare le indagini su questo caso. Se individuerò dei tentativi in tal senso, perseguirò i responsabili come complici di qualunque reato l'ispettore capo Marino possa essersi macchiato, con o senza la Rebellin. Sono stato chiaro?»

«Chiarissimo, dottore.»

«Molto bene. Può andare, Pavan. Buona giornata e buon lavoro.»

Il commissario capo lasciò l'ufficio con la camicia zuppa di sudore. DNA femminili sul pene della vittima, arresto ingiustificato, sottrazione non autorizzata di un furgone di servizio, due pistole d'ordinanza nelle mani di minorenni in fuga... Ce n'era abbastanza perché quel caso gli scoppiasse fra le mani come una bomba. Poteva fare a pezzi più di una carriera, una faccenda simile. Non solo quella della Rebellin, che sembrava già fottuta. Quante volte in passato la questura aveva coperto le intemperanze, a definirle in modo gentile, dell'ispettore capo Marino? Tutti quei vecchi, sporchi segreti potevano venire fuori, uno dopo l'altro. I giornalisti ci si sarebbero fiondati come cani su un osso.

Sarebbe stato un disastro.

O forse l'occasione per fare un po' di pulizia, suggerì un'altra parte di lui. Quella per cui si recava al lavoro ogni mattina con l'idea di poter rendere davvero un servizio alle persone e allo stato. Quella che faceva di Pavan uno sbirro con la schiena dritta, lontano anni luce dalle porcherie di un predatore bastardo come Cristoforo Marino.

Un po' di pulizia.

Ma sarebbe costata, a lui e a tutti quanti, pensò. Forse più di quanto in quel momento osava immaginare.

Attese in corridoio la dottoressa Adami, che lasciò l'ufficio qualche minuto dopo. «Non ci sono margini di dubbio, vero?»

«Purtroppo no» sospirò lei. «Ma se può esserle in qualche modo di consolazione, Marino è spirato alla fine di una lunga e dolorosa agonia.»

Pavan la guardò sorpreso. «Non mi conforta affatto: in fondo era un collega.»

«Non si violentano le ragazzine, Pavan» sussurrò Adami. «E se vuole un consiglio: non continui a recitare la parte del poliziotto che difende a tutti i costi i colleghi, altrimenti Durante le toglierà l'inchiesta.»

Poi si girò e si allontanò. Lui rimase a fissarla, ascoltando il rumore dei suoi tacchi.

Il tribunale non era lontano da casa sua. Pavan chiese a Pipitone di accompagnarlo, dopo aver avvertito la moglie che sarebbe tornato per pranzo.

«La passo a prendere alle due, dottore?»

«No, ci vediamo più tardi in questura. Torno a piedi.»

«È un bel pezzo di strada.»

«Sto seduto alla scrivania tutta la settimana, Raffaele. Due passi mi faranno bene.»

«Come comanda» disse Pipitone. Era una delle rare volte in cui avevano scambiato più di qualche parola, e sembrava contento. Pavan sapeva che avrebbe approfittato della pausa per andare a trovare Marianna, la fidanzata, una giovane precaria che vedeva poco perché i loro orari di lavoro non coincidevano. Era uno che non si risparmiava, Pipitone, sgobbava come un mulo senza lamentarsi. Pensò che meritasse un po' di respiro.

Anche a casa il commissario capo non era esattamente un gran conversatore. Sua moglie Gemma, professoressa di liceo in aspettativa e munita della pazienza di una santa, gli fece trovare in tavola un risotto come Dio comanda. Il figlio Martino, quindici anni, aveva ereditato dal padre l'attitudine a tenere la bocca chiusa. Quando non era a scuola trascorreva buona parte della giornata a digitare sullo smartphone, o al computer in camera sua. Pochi amici, niente fidanzate, nessuna di cui Pavan avesse notizia, quantomeno. Gemma per fortuna conversava per tutti e tre. Mise al corrente il marito di una serie di novità del condominio, compresa una lite fra dirimpettai al primo piano e la delibera su certi lavori alla tromba dell'ascensore.

«Ci costerà un po'» aggiunse. Lui annuì, rassegnato, come a dire che la spesa era inevitabile. Poi rivolse un'occhiata al televisore in fondo alla sala. Era acceso, a volume basso, sul canale delle notizie. Gemma non sopportava la pubblicità e azzerava l'audio ogni volta che partivano gli spot. Da qualche minuto, tuttavia, era ricominciato il notiziario. La foto di Marino campeggiava sullo schermo, e sotto il suo faccione scorrevano i titoli: POLIZIOTTO ASSASSINATO DA UNA BANDA DI MINORENNI. Vennero trasmesse alcune immagini delle ragazze, anche se di pessima qualità. Qualcuno se le era vendute, pensò Pavan. Durante si sarebbe incazzato e gli avrebbe chiesto spiegazioni.

Gemma colse l'occhiata del marito e decifrò il cambio di espressione, anche se aveva riportato subito lo sguardo sul piatto. Lo conosceva fin troppo bene.

«Te ne occupi tu, non è vero?»

«Di cosa?»

«Di quell'ispettore. Quello a cui hanno sparato.»

Pavan mandò giù un'altra forchettata prima di rispondere.

«Sai che non ne posso parlare.»

«Non ne puoi parlare, ma il caso è tuo.»

Lui non fece altri commenti. Le guardò i capelli. Ricrescevano in fretta, la neoplasia era in fase di remissione. Aveva avuto fortuna, tutti e tre avevano avuto fortuna. Finì il risotto, leccandosi le labbra.

«Era buono.»

«Certo che era buono. È la mia specialità. A te è piaciuto, Martino?»

Il ragazzo mosse la testa su e giù senza staccare gli occhi dal cellulare. Lo teneva posato sulle ginocchia, sotto il tavolo.

«Ti verrà la gobba» lo rimproverò Gemma. Poi al marito: «Quanti anni hanno quelle ragazzine?».

«Quindici, sedici» si lasciò sfuggire lui. Nulla di compromettente, il particolare era già stato comunicato alla stampa.

«L'età...»

«L'età di Martino, sì.»

Si voltarono verso il ragazzo, nello stesso istante. Lui alzò gli occhi dal telefono.

«Oh, che avete da guardare?» esclamò.

Pavan sorrise e pensò che le avrebbe trovate. Lo doveva fare, perché sei ragazzine di quindici, sedici anni, non erano a casa quel giorno. Non avevano davanti un piatto caldo e i loro problemi non riguardavano i voti presi a scuola, una nuova cotta o le discussioni con i genitori.

Rischiavano il carcere, forse la vita, tutte quante.

E forse non meritavano che gli si desse la caccia come capi di selvaggina.

Quindici, sedici anni, cazzo.

Le avrebbe trovate e avrebbe dato a ognuna l'occasione per discolparsi. Lui non era Cristoforo Marino, e non era neppure Giustina Rebellin.

Le avrebbe portate al sicuro.

Gemma ogni tanto gli leggeva nel pensiero, sul serio. Ne era stato convinto fin dai primi anni del loro matrimonio. Mentre pensava alle fuggitive la vide sorridere. Sorrise di nuovo al suo sguardo interrogativo.

«Le troverai» disse poi a bassa voce. «Con te saranno al sicuro.»

E andò a tirare fuori l'arrosto.

Un paio d'ore più tardi le sei fuggiasche giunsero a Tresigallo, ignare che gli sbirri stessero mappando il loro tragitto. Anna era stanca e psicologicamente provata dalla lettura del quotidiano. La francese spiegò che il rifugio distava una buona quarantina di minuti a piedi. Era sceso il buio e il freddo si faceva sentire. Claudia fece presente che la gemella non era in condizione di affrontare la camminata. Allora Rachida disse di avere avuto un'idea, si diresse verso il centro del paese e dopo una decina di minuti tornò spingendo un carrello, preso in prestito da qualche supermercato. Appoggiarono sul fondo un paio di zaini e aiutarono Anna a salirci su. Non era il più comodo dei mezzi di trasporto, ma avrebbe funzionato.

Il rifugio indicato da Léa stava a un paio di chilometri dal paese, vicino alla chiusa di Valpagliaro, sul Po di Volano. Non era facilissimo da raggiungere, specie con il buio, ma la francese aveva un buon senso dell'orientamento. Camminava in testa al gruppo, seguita da Teresa e Domitilla. Dietro di loro, Rachida e Claudia spingevano il carrello con Anna seduta dentro. Lungo la strada ogni tanto Claudia si metteva a correre, facendo prendere velocità al carrello. Anna sussultava e tratteneva il fiato, ma poi le veniva da ridere. Rachida, che doveva accelerare per raggiungerle, non capiva il senso di quelle manovre.

«Cosa fai?» diceva a Claudia. «Non è mica una bambina.»

«Sono io la bambina» rispondeva lei, e ripartiva di corsa. Le risate delle gemelle risuonavano nel buio.

«Ci siamo tirate dietro due deficienti» fu il commento di Teresa, anche se lo capiva perfettamente perché si comportavano così. Erano ragazzine. Ragazzine cresciute troppo in fretta, proprio come lei, come Léa, come Rachida e Domitilla. Sapevano che la loro situazione era drammatica, pericolosa, e affrontavano l'angoscia prendendola come un gioco. Era una cosa stupida, ma inevitabile. Dopo il primo chilometro, comunque, la stanchezza cominciò a farsi sentire e Claudia smise di giocare. Faceva freddo, dal fiume saliva una nebbiolina vagamente sinistra e il gracidio delle rane era l'unico rumore nei dintorni.

«Sicura che è la strada giusta?» domandò Teresa alla francese. «Non c'è un cazzo di niente, qui.»

«*Fais moi confiance.*»

«Che hai detto?»

«Fidati di me.»

«Mi fido, mi fido, ma guarda che mi fanno male i piedi.»

«Anche a me» le fece eco Domitilla.

Teresa però non ci stava, a entrare in empatia. Raddrizzò la schiena e le rivolse un'occhiata storta. «La signorina si sente stanca? Le mando a chiamare l'autista?»

Domitilla sorrise, anche se il tono della battuta non le era piaciuto. «Ho detto solo che mi fanno male i piedi, come a te.»

«Girare di notte per la campagna non è roba da fighette piene di soldi.»

Stavolta Domitilla accusò l'insulto. «Smettila. Cosa ti ho fatto?»

Teresa scrollò le spalle. Non sapeva neppure lei perché le era venuto quell'attacco di stronzaggine. Forse solo perché era bella, quella figlia di papà. Le piaceva. Le piaceva e le stava sul cazzo, ecco. Soprattutto quando cercava di esserle amica.

«Scusa» mugugnò alla fine, alzando una mano in segno di pace. Poi vide Léa che si fermava.

«Siamo arrivati.»

«Dove? Non vedo niente.»

La francese puntò un dito in direzione del fiume. Le altre non notarono subito il rifugio, nascosto dietro una fitta pineta. Solo guardando meglio Teresa ne distinse il tetto, poco più di una sagoma confusa in mezzo alla nebbia.

«Cos'è?» disse a Léa.

«Un mulino. Almeno, una volta lo era.»

«Un mulino a vento?» Anna si sporse in avanti, curiosa.

«E tu sei don Chisciotte!» Claudia spinse il carrello per spaventarla, attenta però a non farla cadere.

«Ehi!» strillò Anna. «Il bambino!»

«È meglio se la fai scendere» suggerì Rachida. «E comunque è un mulino ad acqua.»

Claudia prese le mani della sorella. «Aspetta, dài, ti aiuto.»

La sollevò e la abbracciò, per farsi perdonare. «Nessuno farà male al piccoletto» sussurrò. «È tutto nostro.»

C'erano stati giorni in cui avrebbe voluto che non nascesse affatto, in realtà. Anche di questo avrebbe dovuto farsi perdonare.

«È nostro, sì.» Anna ricambiò l'abbraccio fino a quando la sorella non la mise giù. Teresa intanto era già nella pineta, appresso a Léa. A un certo punto, superati gli ultimi alberi, si trovarono di fronte la facciata in pietra del vecchio mulino. Il tetto era messo male, ma il resto sembrava a posto. Qualcuno aveva perfino verniciato gli infissi, alla meno peggio. Davanti alla porta, ben chiusa, videro un tavolaccio con diverse sedie scompagnate, un Vespino d'epoca mezzo arrugginito e un secchio pieno di lattine di birra vuote. Accanto all'ingresso pendeva una lampada a gas. Teresa si fermò appena fuori dal cerchio di luce.

«È disabitato, quel coso?» chiese a Léa.

«Dannunzio c'è quasi sempre. Magari a quest'ora sta dormendo.»

«D'Annunzio? Come il poeta?» Domitilla le aveva raggiunte in quel momento.

«È un nome» precisò la francese. «Si scrive tutto attaccato.»

A un tratto, un vocione rauco le fece sobbalzare.

«Chi c'è?»

Veniva dal mulino. Léa sorrise mentre le altre si guardavano, inquiete.

«È lui, Dannunzio.»

«Oddio!» sussurrò Anna. Anche lei e Claudia erano arrivate, insieme a Rachida, e non sembravano affatto tranquille. La francese indicò la porta.

«Venite, non c'è da aver paura» disse, e andò avanti decisa. «Non fa male a nessuno. Magari solo un po' a se stesso.»

Bussò due volte, poi altre tre, quindi di nuovo due. Un segnale convenuto. Dopo qualche istante risuonò il cigolio di un chiavistello, la porta si aprì e finalmente Dannunzio fece la sua comparsa nel cortile. Era arruffato ma ben sveglio, e aveva addosso un accappatoio sdrucito.

«Ma guarda chi si rivede» gracchiò. «La piccola francese.»

Léa sorrise e lo baciò tre volte sulle guance. «Ho portato delle compagne.»

Dannunzio rivolse un'occhiata alle ragazze, vagamente sospettoso.

«Anche loro nei gruppi antagonisti?»

«Qualcosa del genere. Ci serve un appoggio, solo per qualche notte.»

«Sono un po' giovani. Ce li avete i soldi?»

«Stesso prezzo dell'altra volta?»

«Stesso prezzo, se non fate casino.»

«Nessuna farà casino, tranquillo» disse Teresa, avvicinandosi con il marsupio di Cristoforo Marino. Poi a Léa: «Quanto gli diamo?».

«Cento euro a notte, e non ci chiederà i documenti.»

«Cento euro? Per questo rudere?»

«Se non ti va potevate risparmiarvi la strada» fece Dannunzio, piccato. Poi indicò un punto in direzione nord. «Il Grand Hotel è da quella parte.»

Teresa stava per ribattere, ma Léa la prevenne, conciliante. «Dentro non è così male, vedrai.»

La calabrese tirò fuori cinque pezzi da venti dal marsupio. «Lo spero proprio» borbottò.

Dannunzio si mise a contare le banconote, a una a una, e lei ne approfittò per guardarlo bene. Era sulla sessantina, abbastanza alto, magrissimo, con lunghi capelli bianchi raccolti in una coda di cavallo. Un tossico di vecchia data, pensò. Un sopravvissuto. Gli occhi spiritati e la barbetta caprina completavano il quadro.

Teresa preferì sorvolare sull'accappatoio pieno di buchi e sui denti marci. Almeno non puzzava, era già qualcosa.

«Venite dentro» lo sentì dire. «*Mi casa es su casa.*»

«Lo credo bene, con quello che ci costa.»

Léa le diede di gomito, mentre lo seguivano all'interno. «Piantala. Guarda che è permaloso.»

Teresa sbuffò ma non fece altri commenti. La francese aveva ragione, dentro non era così male. Si ritrovarono tutte in una specie di ampia zona giorno, con le pareti tappezzate di poster, vecchie stampe e batik raccattati chissà dove. C'era una cucina rustica con davanti un tavolo da pranzo, una libreria piena di fumetti e gialli economici, e perfino un divano, coperto da teli colorati. Una casalinga avrebbe avuto da ridire sui riccioli di polvere che albergavano un po' dappertutto, ma il pavimento era stato lavato, non c'erano piatti sporchi dentro il lavello e nell'insieme si notava un certo ordine. L'ambiente era in parte riscaldato da una vecchia stufa elettrica. Unico particolare stonato: un televisore rotto, con lo schermo sfondato, abbandonato in un angolo.

«Una sera la suprema stupidità di quei programmi mi ha fatto talmente incazzare che l'ho preso a calci» spiegò Dannunzio, davanti agli sguardi interrogativi delle ragazze. «Poi l'ho lasciato là, a monito imperituro.»

«Internet però ce l'ha, vero?» azzardò Claudia. La faccia scandalizzata del padrone di casa la zittì all'istante.

«Per farmi monitorare meglio dai cazzoni là fuori? Niente internet e niente wi-fi, tesoro. Ho solo il cellulare, ma lo tengo spento quasi tutto il tempo.»

«Meglio così, no?» sussurrò Léa a Teresa, mentre Dannunzio apriva una porta interna.

«Se ci collegasse alla morte dello sbirro...» disse lei.

«Esatto. Potrebbe cacciarci fuori in un minuto.»

«Le camere sono di là» le informò Dannunzio, voltandosi verso di loro. «Ne potete prendere due, ci sono letti per tutte. C'è anche un bagno, in fondo al corridoio. Sarà solo per voi. Io uso il mio dall'altra parte.»

«Ha la doccia?» chiese Domitilla.

«Certo che ce l'ha. Dovrete solo accendere il boiler e anche le stufette per riscaldare le stanze.»

«Si è allacciato alla rete pubblica e non paga la corrente» confidò ancora Léa a Teresa, a bassa voce. «Finché non lo scoprono.»

La sistemazione comunque sembrava migliore del previsto. Anche le stanze, a parte un leggero odore di chiuso, erano pulite. Sui letti c'erano vari sacchi a pelo. Domitilla guardò il suo con una smorfia.

«Chissà chi ci ha dormito.»

Dannunzio si affacciò alla porta, alle sue spalle. «Niente pulci né zecche. Metto sempre il prodotto. Potete usarli senza problemi.»

«Consolante, grazie.»

«Di nulla. Se avete fame, stavo per preparare la cena.»

«Quella è gratis?» domandò Teresa, sporgendosi dall'altra stanza.

«Niente è gratis, bambina» si sentì rispondere. «Viviamo in un mondo difficile.»

Alla fine, con altri venti euro ricevettero un piatto a testa di rigatoni al sugo, cracker, acqua minerale e perfino un po' di birra. La cena intorno al tavolo della cucina fu abbastanza cordiale. Dannunzio raccontò di come aveva occupato quel vecchio mulino, trent'anni prima, insieme ad altri tossici disperati come lui. Avevano costituito una specie di piccola comune, condividendo le spese e ristrutturando in economia una parte dell'edificio. Poi, a poco a poco, il gruppo si era ridotto di numero. Alcuni erano partiti, altri erano morti, e alla fine Dannunzio si era ritrovato solo. Lui no, non se n'era andato, e non aveva tirato le cuoia. Per uno che si faceva da quasi quarant'anni era un mezzo miracolo.

«Mangio bene, bevo poco e mi tengo in forma» spiegò, ignorando le smorfie che faceva Teresa per non sghignazzare. Léa invece lo guardava con rispetto.

«Però non hai smesso» constatò.

«Non ho smesso, certo. Perché dovrei? Negli ultimi tempi, poi, la roba costa davvero poco. Cinque euro la dose, ci pensate? Il paradiso dei consumatori.»

«Come gli outlet» fu il commento di Claudia.

Dannunzio annuì. «È il progresso.» Poi osservò Domitilla, con gli occhi esperti del vecchio tossico. La ragazza abbassò i suoi, un attimo troppo tardi. Lo vide annuire, impercettibilmente. Giocavano nella stessa squadra, lui lo aveva capito subito, ma ebbe il buon gusto di non fare commenti.

«Non si sta male, qui» considerò Claudia, guardando le altre ragazze. La stufa riscaldava abbastanza e avevano tutte la pancia piena.

«Metto un po' di musica» propose il vecchio tossico, alzandosi da tavola.

«Niente revival anni Settanta, però» gli gridò dietro Teresa mentre l'uomo scompariva nella stanza accanto.

Dannunzio tornò con un'enorme radio ricoperta di adesivi. Leggeva i cd e sembrava arrivare direttamente da Harlem. Un momento dopo le note di *I Fought the Law* nella versione dei Clash fecero tremare i muri del mulino.

«Ci sono anni Settanta e anni Settanta, bambina» dichiarò ad alta voce.

Teresa si indispettì. «E due. Non sono la tua bambina.»

Ma lui non aveva voglia di litigare. Senza darle retta, alzò ancora il volume e cominciò a ballare al centro della stanza. A un certo punto si sciolse i capelli e lasciò che frustassero l'aria, mentre fingeva un assolo su una chitarra elettrica inesistente, seguendo quello di Mick Jones. Era grottesco e affascinante insieme. Léa lo raggiunse. Prese a muoversi con lui al ritmo della musica, rigida e sgraziata ma piena di energia. Una dopo l'altra, quasi tutte le ragazze la seguirono, perfino Anna. Solo Teresa rimase a tavola, a sgranocchiare gli ultimi cracker. «Se non fossimo in un tale mare di casini ci sarebbe proprio da ridere» commentò. Ma il volume era troppo alto perché la potessero sentire. Prese allora a guardare Domitilla, che ballava un po' in disparte, con gli occhi chiusi. Si muoveva bene, dovette ammettere, con una certa grazia. Forse mammina le aveva fatto fare un po' di danza classica, da piccola. Guardandola ancheggiare con le mani sopra la testa, morbida e sinuosa, Teresa si accorse che non riusciva a staccarle gli occhi di dosso. Fu così che notò il suo cambio di espressione, e un movimento rapido delle pupille sotto le palpebre. Sembrava che la musica avesse scatenato in lei pensieri dolorosi.

*Muoviti, non fare la cretina.*

*Ti metti a fare i capricci, stronzetta?*

Quelle frasi risuonavano nella testa di Domitilla come se qualcuno le avesse appena pronunciate. Però non smise di ballare.

*Vedrai, sarà divertente.*

*Non devi dirlo a nessuno, hai capito?*

Ai Clash seguirono i Ramones, e quelle parole, quei pensieri, si trasformarono in lacrime. Le rigarono il viso mentre il suo corpo continuava a muoversi, le braccia tese verso il cielo come in cerca d'aiuto.

«Va tutto bene?» le gridò all'orecchio Léa. Solo allora Domitilla si fermò.

«Sono stanca, me ne vado a dormire.»

Lasciando le altre in cucina, tornò in camera da letto. La stufetta spinta al massimo cominciava appena a scacciare il freddo. Nel suo zaino c'erano le pillole che aveva rubato a Bepi Braido, mentre le altre pensavano ai soldi. Il vecchio tossico aveva di sicuro della roba più forte e a buon mercato, ma lei non si bucava, non l'aveva mai fatto.

Ne mandò giù due, senz'acqua, e si lasciò cadere sul grande letto matrimoniale, in mezzo ai sacchi a pelo lasciati da Dannunzio. Si augurò che la chimica, come un plotone di esecuzione, facesse giustizia dei suoi pensieri.

Le altre ragazze si ritirarono molto più tardi. Claudia e Anna, insieme a Rachida, presero la stanza accanto, che aveva un letto a castello e una branda singola. Léa e Teresa, invece, raggiunsero Domitilla in quella matrimoniale. Videro che giaceva immobile e pallida in modo allarmante, con un filo di bava fra le labbra socchiuse.

«Sembra morta» sussurrò Teresa, mentre la francese si avvicinava alla giovane compagna e le tastava le giugulari.

«Il battito c'è. E respira bene.»

«Non è un sonno normale. Ha preso qualcosa.»

«Sono affari suoi, per quanto mi riguarda.»

«Se esagera e ci muore qui, col cazzo che sono affari suoi.»

«Non morirà.»

«Fammi sentire.»

Teresa sedette sul letto accanto a Léa. Posò la testa sul seno di Domitilla per ascoltarle il cuore. Batteva forte, e avvertì il calore della sua carne morbida sotto i vestiti. Le venne una gran voglia di accarezzarla. La voce della francese la fermò, richiamandola alla realtà.

«Dorme. Non sente niente.»

«È vero» disse, staccandosi da lei. «Peccato.»

Léa si sfilò la maglia. Aveva un busto quasi maschile, magro e forte, segnato da qualche cicatrice e da un paio di piccoli tatuaggi.

«Lei ti piace?» domandò.

«È una tossica, come quel vecchio. E viziata, per di più.»

«Non ho chiesto se è viziata o tossica.»

Si guardarono per un momento. Poi Teresa abbassò gli occhi.

«Un po' mi piace, sì. Non so nemmeno perché.»

«È bella: è normale desiderarla. È successo anche a me, prima.»

Teresa tornò a fissare la francese, incuriosita.

«Credevo scopassi solo con i maschi.»

«Lo faccio anche con le donne, se capita. *Il n'y a rien de mal.*»

«Ma guarda.»

Léa si sfilò anche i jeans. Sorrise a Teresa, con le sole mutandine addosso.

«Sono sporca» disse. «Puzzo. Anche lei. E anche tu.»

«Abbiamo una doccia, di là» fu la risposta di Teresa. «Ho lasciato acceso il boiler. L'acqua sarà abbastanza calda.»

«Potrebbe non bastare per tutte e due.»

«O forse sì. Ti va se proviamo?»

Léa annuì. Si presero per mano e uscirono dalla stanza. Domitilla, immersa nel suo sonno chimico, non si accorse di niente.

Nella camera accanto, anche Rachida e le gemelle dormivano della grossa.

«Qualcuno è stato qui prima di noi.»

«Che cosa?»

«Ci ha preceduti, Raffaele.»

«Se lo dice lei, dottore.»

Pavan era arrivato a casa di Cristoforo Marino insieme a Pipitone. I colleghi della Scientifica li avrebbero raggiunti di lì a poco. C'era voluto qualche giorno per ottenere le autorizzazioni e solo quella mattina avevano potuto accedere all'appartamento, ovviamente con guanti e soprascarpe. Sembrava tutto in ordine, ma dopo un primo giro di ispezione nel cervello di Pavan era scattato un campanello d'allarme. Certi piccoli particolari, un cassetto non perfettamente richiuso, la spina della tv infilata male, gli avevano fatto capire che l'alloggio era già stato perquisito con cura, da qualcuno che sapeva il fatto suo.

«Vedi lì?» disse a Pipitone, e premette un tasto sul telecomando dell'enorme schermo OLED nel soggiorno, senza che accadesse nulla. «Qualcuno ha staccato la spina per spostare il televisore e controllare dietro. Poi l'ha reinserita a metà: per questo non si accende.»

«Se siamo fortunati ha lasciato qualche impronta» commentò l'agente scelto.

«Nessuna impronta, fidati. Non è così stupida. Indossava guanti in lattice, come i nostri.»

«Ha usato il femminile.»

Pavan non rispose, e si limitò a fissarlo. Pipitone avrebbe voluto approfondire, ma in quel momento bussarono alla porta.

«È arrivata la Scientifica» disse il sottoposto.

«Vai ad aprire.»

I colleghi, dopo un breve scambio di saluti e informazioni, iniziarono i rilievi mentre Pavan e Pipitone scesero in strada.

«La Rebellin conosce i nostri metodi ed è in grado di depistare le indagini» disse il commissario.

«Che significa?»

«Che se vogliamo scoprire la verità sul suo reale coinvolgimento non dobbiamo fare troppa attenzione al regolamento.»

«Intende noi due?»

Pavan decise di giocare a carte scoperte. Di Pipitone poteva fidarsi.

«Voglio che ti incolli alla Rebellin. Credi di farcela?»

«Nessun problema, a parte i turni.»

«Ti copro io, tranquillo.»

«Ricevuto. Lasci fare a me.»

Pavan accese la sigaretta elettronica, mentre Pipitone risaliva in auto. *Bravo ragazzo*, pensò ancora una volta. Si sarebbe appiccicato alla collega peggio di una zecca. Il suo istinto gli diceva che Giustina era dentro fino al collo in quella storia. Probabilmente lavorava per coprirsi le spalle, e magari anche per arrivare alle ragazzine prima di lui.

Questo, cascasse il mondo, non lo avrebbe permesso.

Cascasse il mondo, cazzo.

Domitilla si presentò per ultima a colazione. Sembrava ancora un po' confusa, torpida, ma aveva una fame da lupi e spazzolò la sua porzione di pane, burro e marmellata. Dannunzio ne aveva messo in tavola a sufficienza, insieme a tè, caffè e gallette, annunciando: «Servizio completo per le signore».

«Questo almeno è gratis?» aveva domandato la solita Teresa, imburrando una fetta di pane.

«Non gratis: compreso nel prezzo.»

«Ci va di lusso, allora.»

«Da vere principesse.»

Si erano fatte tutte la doccia prima di mettersi a tavola, e si sentivano meglio. Finalmente avevano la lucidità e la calma necessarie per programmare la tappa successiva. Cominciarono a parlarne non appena Dannunzio uscì per recarsi in paese, in sella al Vespino arrugginito. Miracolo, anche quel catorcio camminava ancora, e lui si era vestito quasi elegante, in jeans, camicia a fiori e giacchetta di pelle. Andava di sicuro a trovare il suo pusher, ora che aveva raggranellato un po' di contante.

«Potremmo fermarci per un po'» propose Claudia. Pensava soprattutto alla sorella: voleva evitare che si strapazzasse troppo.

«Non se ne parla» fu la risposta di Léa. «Siamo già sui giornali. Non possiamo entrare in Rete, ma scommetto che sui social si parla di noi. Ci sono le foto. Prima o poi ci identificheranno e a quel punto sarà caccia aperta. Potremmo averli già alle costole.»

«Difficile che ci trovino qui» azzardò Claudia, molto meno convinta.

«Io non ne sarei così sicura.»

«Ascoltate un attimo.» Era stata Domitilla a parlare. Tutte si girarono verso di lei. Aveva gli occhi cerchiati, le pupille dilatate, ma sembrava abbastanza in sé. «I miei hanno una vecchia casa nelle Marche, vicino ad Ascoli Piceno. Non la usano da anni. Evitavano perfino di parlarne, per non litigare sulla ristrutturazione o la vendita. E se ci nascondessimo là?»

«Non mi sembra una grande idea» dichiarò Teresa. «Gli sbirri non sono mica rincoglioniti. Passeranno al setaccio ogni proprietà di famiglia.»

«Ha ragione» aggiunse Léa. «Saranno i primi posti in cui ci verranno a cercare.»

«Però...» Domitilla si sforzava di pensare, contrastando gli effetti residui della droga. Era come nuotare nella melassa.

«Però cosa?» domandò Claudia.

«Non è detto che dobbiamo andare proprio a casa mia.»

«Spiegati meglio.»

Ecco l'idea: venne a galla nel mare di melassa. Domitilla sembrò illuminarsi sotto gli occhi delle altre. Una volta di più, Teresa si disse che era proprio bella, quella stronzetta.

«Per anni abbiamo trascorso le vacanze laggiù. Conoscevo i proprietari delle case vicine, quasi tutti. Giocavo con i loro figli, da bambina.»

«E allora?» chiese Léa, interessata.

«E allora, pochi di loro sono residenti. La maggior parte delle ville resta chiusa, in questo periodo dell'anno. Posso indicarvi quelle più sicure. Alcune non hanno neppure l'allarme, basterà forzare la porta o al massimo una finestra.»

«Ma sentitela, un vero talento criminale» la provocò Teresa. Non riusciva proprio a resistere.

«Secondo me invece potrebbe essere una soluzione, almeno temporanea» considerò Léa. «Una villa vuota, con tutte le comodità... E gratis.»

Le gemelle annuirono all'unisono. Dannunzio era simpatico, ma a cento euro al giorno le loro finanze si sarebbero prosciugate in fretta.

«Resta un problema da risolvere» disse ancora la francese. «Come ci arriviamo, nelle Marche?»

Teresa rifletté. «Escluderei i treni e gli autobus: polizia ferroviaria, biglietterie, telecamere nelle stazioni... Finora l'abbiamo scampata, ma non è detto che ci vada sempre così bene.»

«Servirebbe un mezzo privato» commentò Claudia.

Teresa scosse la testa. «E quale? Sul Vespino del vecchio non ci stiamo.»

«Potrebbe portarci una alla volta.»

«Era una battuta, scema. Sono più di trecento chilometri. E anche se trovasse una macchina, come lo paghiamo? Favori sessuali? Per me nemmeno gli tira più.»

«Ho ancora un po' delle pillole di Braido» rivelò esitante Domitilla. «Forse le accetterebbe.»

Le costava dare fondo alle sue scorte, ma lo avrebbe fatto per portarle tutte in salvo. Teresa, suo malgrado, lo apprezzò. Per una tossica non era un gesto da poco.

«A uno come Dannunzio le pillole non fanno un cazzo» obiettò comunque. «E poi lo ha detto lui stesso: l'eroina costa poco. Portarci giù invece è un rischio grosso. Ci starebbe solo se paghiamo bene.»

A quel punto la conversazione languì. Tutte cercavano di spremersi le meningi, senza cavarne nessuna idea decente. Dopo un po', la francese si alzò e senza farsi notare prese uno dei cellulari rapinati allo spacciatore. «Vado a fare due passi lungo il fiume. Ho bisogno di pensare.»

«Non ti allontanare troppo» si raccomandò Claudia.

«Tranquilla, mammina, torno presto.» Sorridendo, Léa fece ciao ciao con la manina e uscì al sole. Camminò per cinque minuti buoni prima di comporre un numero a memoria, con un prefisso francese. Nessuna risposta, il telefono era spento o non raggiungibile. Non ne fu sorpresa, Julien lo accendeva di rado. Se poteva, prima o poi l'avrebbe richiamata. Fece un altro numero.

«*Allô, qui est à l'appareil?*»

«*Maman?*»

«*Léa! Oh, Seigneur, c'est toi!*»

I suoi erano vecchi, vivevano in campagna e non guardavano molto la televisione. Non pensava che le autorità italiane l'avessero già identificata, ma anche in quel caso c'era la possibilità che non sapessero nulla. Per questo aveva provato. Certo, era un'imprudenza, però... *Putain*, da giorni aveva una gran voglia di sentirli, soprattutto sua madre. Le chiese come stava, come stavano entrambi. Ci fu una pausa strana, prima che rispondesse. Léa fu certa di aver sentito un'altra voce, in sottofondo. Un uomo giovane, uno sbirro, che le dava l'imbeccata. Imprecando, chiuse la conversazione e gettò il telefono nel fiume.

Che stupida. Stupida! *Merde!*

Ripartì a lunghi passi verso il mulino. Aveva fatto una cazzata, una cazzata grossa, proprio lei che doveva essere la più scafata del gruppo. E ora doveva portare le altre via di lì, tutte quante, il prima possibile. Mentre si avvicinava all'edificio dalla parte del fiume scorse Teresa che le veniva incontro. Aveva un'aria strana, eccitata.

«Cos'è successo?» le chiese.

«Vieni, lo devi vedere.»

«Che cosa?»

«Niente domande, vieni con me.»

Si lasciò trascinare in un secondo cortile, sul lato opposto del mulino. Non lo aveva mai notato perché si trovava più in alto rispetto all'ingresso ed era circondato dai pini.

«Guarda» fece Teresa, e le indicò un grosso camper verde mela, parcheggiato vicino al muretto.

Sulla fiancata c'era scritto FLACA LOCA.

Si chiamava Prudencia, e veniva da Bogotà. La più bella transessuale che si fosse mai vista da quelle parti. Flaca Loca era il suo nome d'arte. Andava su e giù per la costa da Chioggia a Cesenatico, sul suo camper verde, a vendere un po' d'amore e allegria ai baldi maschi del posto, e pure a qualche signora. Negli anni Novanta la conoscevano tutti, e tutti le volevano bene. Lavorava su appuntamento, con discrezione, difficile vederla su un marciapiede. Poi però le cose erano cambiate. In Veneto e perfino in Romagna le organizzazioni criminali avevano iniziato a controllare il territorio. Albanesi, rumeni, e in seguito i nigeriani, alleati con le 'ndrine calabresi, pretendevano di far lavorare solo le loro ragazze. Prudencia si trovava lì da molto prima, ma non aveva un clan alle spalle. Era sola, e anche se all'occorrenza sapeva menare le mani non c'era stato niente da fare. Dopo aver visto balenare un paio di lame affilate, aveva fatto onore al suo nome e lasciato la ricca zona costiera per ritirarsi all'interno, verso Ferrara. A volte passava dal vecchio mulino per comprare un po' di roba, e Dannunzio la indirizzava al pusher di sua fiducia. Non era una vera e propria tossica, Prudencia, solo ogni tanto le andava di concedersi una vacanza chimica. Si erano conosciuti così, e piano piano erano diventati amici.

Fu proprio lui a raccontarlo alle ragazze, quel pomeriggio, seduto con loro a fumare in cortile.

«Avreste dovuto vederla nei suoi anni migliori: un metro e ottanta, gambe lunghissime e un culo che Nadia Cassini poteva andare a nascondersi.»

«Chi è Nadia Cassini?» chiese Claudia. Anche le altre guardarono Dannunzio con aria interrogativa.

«Lasciamo perdere» disse lui. «In ogni caso, era una cara amica. Anche ai tempi della comune era quasi di casa. Portava formaggi pregiati, prosciutto, vino buono e altre prelibatezze che le regalavano i clienti. Ogni sua visita era una festa, si mangiava, si beveva e si metteva musica. E come ballava, avreste dovuto vederla. Uno spettacolo.»

«Ci hai scopato?» s'informò l'inevitabile Teresa, prima che Léa riuscisse a zittirla. Ma Dannunzio non aveva problemi. «Ovvio che ci ho scopato. Fra le esperienze migliori della mia vita, anche se ero sotto eroina.»

«Dunque sei frocio, non ci dobbiamo preoccupare.» Stavolta la gomitata di Léa arrivò bella secca, e Teresa si interruppe con un gemito.

«Ahia, cazzo!»

«Dannunzio non è omosessuale, e anche se lo fosse non sarebbero affari nostri» dichiarò la francese. «Ma hai ragione, non ti devi preoccupare perché è un amico e un uomo gentile. Non metterebbe mai le mani addosso a nessuna di noi.»

«Grazie, piccola francese» disse lui, sorridendo.

«*De rien.* Continua a raccontare.»

«Insomma, con gli anni la vita si è fatta un po' dura per lei. Era invecchiata e anche ingrassata, non era più la Flaca Loca dei tempi d'oro. Ma noi eravamo rimasti buoni amici. Si spostava sempre meno con il suo camper, e a un certo punto è venuta a stabilirsi qui. La vecchia comune non c'era già più, ero solo e avevo un mucchio di spazio. Siamo stati bene. Mi ha aiutato a tenere in ordine questo posto, e a dirla tutta mi ha dato delle buone abitudini: cucinare, lavare, perfino la raccolta differenziata. Mi sono rimaste, e le devo a lei.»

«Che fine ha fatto?» chiese Léa, accendendosi un'altra sigaretta.

«L'AIDS. Lo aveva da anni e alla fine se l'è portata via. Non c'erano ancora le cure di oggi, si moriva come mosche, a quei tempi. Io non l'ho mai preso, non so perché. Forse sono immortale.»

«Comincio a crederlo anch'io» scherzò Teresa.

Per una volta fu Rachida a porre la domanda successiva. «E il camper?»

«Me l'ha lasciato. Non aveva parenti, e così prima di farsi ricoverare lo ha intestato a me. Sapeva che non sarebbe più tornata. Solo che non me ne facevo nulla, di quel coso. Ho provato a venderlo, ma nessuno lo voleva, davvero, come se fosse impestato. La gente è strana. Comunque dopo un po' l'ho parcheggiato in quel cortile ed è rimasto là, dove lo avete visto.»

«Cammina ancora?» chiese Domitilla, dando voce al pensiero di tutte le ragazze.

«Che ne so? Non lo metto in moto da anni. Ha le gomme a terra, e ormai la batteria sarà andata.»

«Non sarebbero problemi insormontabili» commentò Léa. Dannunzio la guardò, poi guardò le altre, incuriosito.

«Cosa avreste intenzione di fare? Sentiamo.»

«Un'offerta.» Léa si alzò in piedi e andò a mettersi davanti al vecchio tossico, seria. «Se cammina, vorremmo farti un'offerta.»

Prima di prendere servizio, Baldrati si recò dal cinese, quello che teneva per le palle, e si fece riconsegnare il cellulare della Agostinelli Balbi. Lo riebbe sbloccato e zeppo di ottime informazioni. Fra le altre, scoprì che la ragazza chiamava abbastanza spesso un certo numero di telefono e fu semplice scoprire che era intestato all'anziana domestica di casa. Evidentemente le era affezionata. Il poliziotto chiamò Giustina dalla macchina, usando il cellulare sicuro, e le passò la dritta, dettandole anche il numero di telefono e l'indirizzo della vecchia.

«Ottimo lavoro» disse lei. «Le schede?»

«Dovrei riuscire a prelevarle stamattina. Il problema sarà farne delle copie.»

«Arrangiati, quella roba mi serve.»

«Potrei fotografarle con il cellulare e spedirti le immagini.»

«Non so se sei così bravo a evitare che ti intercettino, preferisco il cartaceo.» In realtà aveva bisogno di toccarle, di passare la punta dell'indice sui contorni dei volti ritratti nelle fotografie.

«Se non ti fidi potevi rivolgerti a un altro.»

«Vuoi litigare per questo?» lo sfidò Giustina.

L'altro scosse la testa.

«Allora procurati quelle cazzo di fotocopie e poi ci vediamo. Portami anche il cellulare della ragazzina, voglio darci un'occhiata di persona.»

«Va bene, ma dopo saremo pari.»

«Dopo saremo pari.»

Baldrati riattaccò e parcheggiò nel cortile della questura. Sudava freddo. Se lo avessero beccato a fare quelle fotocopie poteva accampare qualche scusa, certo, ma sarebbe finito nel mirino di Pavan e forse anche in quello di Durante. Quella troia della Rebellin lo aveva messo in una posizione scomoda, però non poteva più tirarsi indietro. Teneva al suo culo, come aveva detto lei. Ci teneva molto, dunque gli toccava stare al gioco.

Prima di entrare in ufficio ricevette un'altra telefonata. Il produttore di vini voleva ingaggiarlo per una delle sue trasferte a Zagabria. Due giorni di viaggio, ristorante, hotel di lusso e pagamento cash appena tornati in Italia. Soldi sicuri. Una buona notizia, pensò. La vita tornava a sorridere.

Doveva solo fare quelle dannate fotocopie e levarsi dal cazzo la Rebellin, una volta per tutte.

Dannunzio accettò la proposta di Léa: trecento euro e, se fossero riuscite a farlo ripartire, il camper sarebbe stato tutto loro. Era un ricordo di Prudencia, certamente, ma il vecchio tossico si era stufato di vederlo arrugginire in cortile.

«Non ha bollo, né assicurazione» spiegò. «E non posso darvi neppure i documenti, perché sono intestati a me.»

«Non importa» rispose la francese, conciliante. «Ci porterà dove dobbiamo andare, e tanto basta.»

«Se ce la fate a resuscitarlo.»

«Ce la faremo.»

Per prima cosa diedero una bella ripulita, all'interno e all'esterno. Il tetto del camper era coperto dalla resina dei pini. Toccò a Rachida e a Domitilla sfregare la carrozzeria con spugne e sapone fino a darle una parvenza decente e staccare la scritta dalla fiancata. Era adesiva, venne via con un litro di alcol e tanta pazienza. Teresa si occupò di mettere un po' di carburante nel serbatoio e di gonfiare le gomme con la pompa del Vespino. Un lavoraccio. Claudia e Anna pensarono all'interno. Era impolverato e pieno di cianfrusaglie, ma una volta a posto si rivelò gradevole: una piccola garçonnière foderata di pelliccia, con luci soffuse e un letto comodissimo.

«Potremmo dormire qui, finché non arriviamo» disse Claudia alla sorella. «Ci sono altre due brande e un posto dietro i sedili. Staremo comode.»

«È un po' vistoso. Se ci fermano?»

«Non succederà. Almeno lo spero.»

Léa non era con le altre ragazze. Dannunzio l'aveva portata da uno sfasciacarrozze amico suo, uno fidato, e con altri cento euro avevano comprato una batteria adatta, quasi nuova, e due targhe contraffatte. Al tramonto, il camper aveva la batteria, la targa, le gomme a posto, era pulito, profumato e pronto per la partenza.

Teresa provò a girare la chiave. Si sentì solo il miagolio dell'avviamento, ma il quattro cilindri non ne voleva sapere di mettersi in moto.

«C'è benzina?» chiese Léa.

Teresa sbuffò. «Ne ho messe quattro bottiglie. Bastano per arrivare fino alla prima pompa. Se parte potremo riempire anche il bombolone del GPL.»

«Se parte» fece Anna, cupa. La sorella le posò un braccio sulle spalle. «Partirà.»

Alla fine decisero di provare a strappo. Dannunzio le aiutò a spingere il camper fino alla piccola discesa verso il fiume. Una volta lì, fu facile fargli prendere velocità.

«Metti la seconda, molla la frizione e poi dai gas!» gridò il vecchio tossico a Léa, che aveva sostituito Teresa al volante. Lei obbedì. Al secondo tentativo, il motore emise un bel ruggito. Una grossa nuvola nera esplose dallo scarico, facendo tossire Domitilla, e il camper si mise in moto. Léa si sporse dal finestrino. Mostrò il pollice in segno di vittoria e sorrise a Dannunzio e alle ragazze, che le correvano dietro lungo la discesa.

«Frena!» urlò Rachida in quell'istante, e fu la prima volta che la sentivano alzare la voce. Léa inchiodò d'istinto prima ancora di girarsi e il camper si arrestò, a due metri dalla riva del fiume.

«Per andare va, ma secondo me non naviga» scherzò il vecchio tossico, sospirando di sollievo. Le ragazze si guardarono. Erano zuppe di sudore, arruffate e ancora più sporche della sera prima. E morivano di fame.

«Fatevi una doccia» suggerì Dannunzio. «Vado a comprare delle pizze.» La proposta suscitò un'autentica standing ovation. Ognuna fece la propria ordinazione, margherita per Léa e Rachida, diavola per Teresa, quattro stagioni per le gemelle e vegetariana per Domitilla. E Coca e birra per tutte. Teresa aprì il marsupio per pagare il conto, ma inaspettatamente il vecchio tossico rifiutò.

«Offro io» disse. «Guai a voi però se lo raccontate in giro.»

Léa lo abbracciò e lo baciò tre volte sulle guance. «Lo sapevo che avevi un cuore d'oro, *mon cher ami.*»

«Stammi lontana, piccola francese sudata» protestò lui. Ma si vedeva che era contento.

Approfittando di un cambio di turno, la mattina seguente Baldrati riuscì a sottrarre, dalla scrivania di un ispettore della Postale, le schede delle ragazzine già identificate: Domitilla Agostinelli Balbi, Teresa Zito e Léa Fournier, e a fotocopiarle senza farsi vedere. Contenevano un mucchio di informazioni sulle fuggitive e sulle rispettive famiglie: generalità, indirizzi, numeri di telefono, precedenti penali, perfino le multe non pagate. La Rebellin sarebbe stata soddisfatta. Nello stesso momento, in ufficio, Pavan riceveva una chiamata da Lione. I colleghi della Police nationale, da lui contattati dopo l'identificazione della Fournier, gli riferirono della telefonata fatta ai genitori. Lavorando in sinergia, i tecnici della questura individuarono rapidamente la cella telefonica da cui era partita la chiamata: un posto nel ferrarese, nei dintorni di Tresigallo. Pavan non era pratico della zona. Radunò comunque gli uomini disponibili e saltò in macchina, dopo aver allertato il commissariato locale. Raccomandò a tutti di non mettere in allarme le ricercate, e soprattutto di non intervenire prima del suo arrivo. C'erano sempre due pistole d'ordinanza nelle mani delle ragazzine, e ci mancava solo un conflitto a fuoco con qualche collega un po' esaltato. Non poteva assolutamente rischiare. Lasciò la città con tre macchine e otto agenti esperti e bene equipaggiati. In autostrada, ordinò di azionare le sirene. Mentre filavano a centottanta all'ora sulla corsia di sorpasso, pregò che la Fournier e le altre fossero ancora lì. Doveva riuscire a catturarle, vive e incolumi.

Solo con le loro testimonianze avrebbe potuto mettere la parola fine a quella storia di merda.

«Siamo state bene» disse Léa a Dannunzio poco più tardi, mentre infilava le ultime cose nello zaino. Anche le altre erano quasi pronte a partire. Lui la prese da parte, abbassando la voce.

«Non si trattava solo di stronzate antagoniste, non è così?»

Lei esitò per un istante, poi scosse la testa. Il vecchio tossico aggrottò la fronte.

«Rischiate il culo. E io con voi.»

«Scusa.»

«Scusa un cazzo.»

«Non sapevamo dove altro andare.» Léa era una ragazza tosta, Dannunzio lo sapeva bene. Si stupì nel vederla con le lacrime agli occhi.

«Sono successe delle cose... *Un putain de bordel.*»

«Non voglio sapere nulla» fece lui, con un tono un po' più dolce. «Ho accettato di ospitarvi, nessuno mi costringeva. Va bene così.»

Léa si passò una mano sulla faccia, dopo essersi guardata intorno. Nessuna delle altre l'aveva vista.

«Grazie» disse.

«Abbi cura di te. E anche di quelle cinque sgallettate.»

«Non sentivo pronunciare questa parola dai tempi del

riformatorio» ridacchiò Teresa, avvicinandosi. Aveva già lo zaino in spalla.

«Ovviamente si tratta di un complimento, da queste parti significa "astute e audaci giovani donne"» mentì il vecchio tossico, facendo l'occhiolino a Léa. Poi aiutò le gemelle a caricare la loro roba sul camper. Sembrava aver recuperato il buonumore.

«Prendi la stradina sterrata che costeggia la pineta fino all'incrocio con la provinciale» raccomandò alla francese. «Ballerete un po' ma eviterete il paese. Più in là, la strada è trafficata. Nessuno dovrebbe fare caso a voi, anche se viaggiate su questa specie di semaforo ambulante.»

«Grazie, Dannunzio.»

«Fa' attenzione.»

Le ragazze si sistemarono sul camper. Léa era un po' nervosa, non aveva mai portato un mezzo così grosso nel traffico.

«Te la caverai» la incoraggiò il vecchio tossico. Lei girò la chiave per avviare il motore.

Niente.

Quel maledetto non partiva, un'altra volta.

Per fortuna, dietro consiglio di Dannunzio, lo aveva parcheggiato all'inizio della discesa.

«Tutte giù» disse alle altre.

«Ci tocca spingere?» chiese Domitilla.

«Secondo te?»

«Oh, no! Non di nuovo» si lamentò Claudia.

Gli agenti del commissariato locale avevano già cominciato a perlustrare la zona. Due pattuglie, senza sirene. Davano per scontato che le ricercate avessero trovato rifugio fuori dal paese, perciò si concentrarono sulle cascine e sui capannoni nei dintorni, vuoti e sfitti per la crisi. Il ripetitore che aveva agganciato la chiamata era vicino alla chiusa di Valpagliaro: facile che le ragazzine si trovassero ancora nei paraggi. Il tragitto portò le due auto a convergere verso la pineta. Ovviamente sapevano della presenza di Dannunzio nel mulino sul fiume. La tolleravano perché il vecchio tossico non aveva mai creato problemi, era una specie di istituzione da quelle parti, ma se lo avessero sorpreso a nascondere un gruppo di latitanti le cose si sarebbero messe male per lui. Pavan e i suoi uomini li raggiunsero a metà strada fra la chiusa e il mulino. C'era una sola carreggiata secondaria, che portava alla pineta. Quando furono abbastanza vicini, il commissario ordinò di proseguire a piedi. I colleghi delle pattuglie locali vennero lasciati indietro, a sorvegliare la via di accesso. Guardarono storto il commissario capo ma non osarono protestare. Il fatto era che Pavan non li conosceva e non si fidava.

«Che nessuno faccia cazzate» disse ai suoi, mentre si inoltravano nella pineta divisi in due gruppi. «Se le vedete, avvertitemi subito. Ci parlo io.»

Proseguirono veloci. Cinquecento metri al vecchio mulino. Trecento. Duecentocinquanta...

Léa frenò di nuovo a pochi metri dal fiume, quasi nello stesso punto dell'altra volta. Il motore se l'era presa comoda, prima di avviarsi.

«Forza, a bordo» gridò, mettendo il muso del camper in direzione del sentiero. Mentre le altre saltavano dentro, rivolse un ultimo gesto di saluto a Dannunzio.

«Ci vediamo presto.»

«Quando vuoi, piccola francese. Io qui sto, e sono immortale.»

Con un sorriso, lei ingranò la marcia. Il camper verde si infilò fra i pini nel momento in cui Pavan e i suoi arrivavano al mulino dalla parte opposta. Il vento alle loro spalle impedì agli agenti di sentire il borbottio dell'automezzo che si allontanava.

Pavan fece un cenno ai colleghi, che circondarono l'edificio. Impugnavano le pistole, ma con la sicura inserita. L'ordine era di non sparare, se non in caso di estremo pericolo.

Sbucando nel cortile, Pavan si trovò davanti una specie di spaventapasseri con i capelli bianchi e una camicia a fiori. Quelli delle pattuglie locali lo avevano informato della sua presenza.

«Sei Dannunzio?» chiese.

«Buongiorno» rispose cortesemente il vecchio tossico.

«Vivi qui, giusto?»

«Da parecchio.»

Pavan fece la faccia dura. «Dove sono le ragazzine? Meglio per te se me lo dici subito.»

Dannunzio, guardandolo dritto negli occhi, replicò da grande attore: «Quali ragazzine?».

Il commissario capì di essere arrivato troppo tardi e che quel vecchio hippie non avrebbe capito quanto fosse importante che lui trovasse in fretta le fuggiasche. Via radio si mise in contatto con i colleghi locali che aveva lasciato indietro.

«Sono scappate, e credo sia accaduto da poco. Bisogna blindare la zona e impedire che si allontanino.»

«Possiamo provarci» ribatté il più alto in grado. «Ma qui ci sono una miriade di stradine che si perdono nei campi e raggiungono le province vicine. Se fossero fuggite a piedi le avremmo già individuate, quindi devono avere a disposizione un mezzo.»

«Glielo avrà procurato Dannunzio?»

«Niente di più probabile.»

Pavan tirò fuori dalla tasca la sigaretta elettronica e l'accese, chiedendosi dove potessero essere dirette le ragazze.

Non erano lontane. Il camper verde sbucò dalla pineta a tre chilometri da lì. Avevano ballato un bel po' ma il vecchio tossico aveva avuto ragione: non c'era proprio nessuno lungo lo sterrato. La provinciale invece era un'altra storia, le auto arrivavano come missili. Léa prese un bel respiro, ingranò la prima, guadagnò l'asfalto. Una berlina tedesca evitò lo scontro per un pelo e proseguì con un furioso colpo di clacson.

«Cominciamo bene» disse Teresa, ma sorridendo.

Erano di nuovo in viaggio, tutte insieme. In qualche modo se la sarebbero cavata.

Si trovarono nella solita pasticceria, in un'ora morta del primo pomeriggio. Giustina ordinò un caffè lungo, Baldrati uno nero e ristretto.

«Allora?» disse lei.

Il collega tirò fuori un incartamento dallo zainetto che si era portato dietro. Lo posò su una sedia vuota accanto al tavolino, mentre la cameriera portava gli espressi. Aspettarono che tornasse al banco, prima di parlare.

«Non ti devo più niente» dichiarò lui. «Questa è l'ultima volta che ci vediamo.»

«Al tempo, collega. Fammi verificare che il materiale sia quello giusto. Hai il telefono di quella stronzetta d'alto bordo?»

Baldrati tirò fuori il cellulare di Domitilla. Posò anche quello sulla sedia, sopra l'incartamento.

«Sbloccato e pronto per la consultazione.»

«Sei stato bravo.»

«Prendi tutto. Se non ti sento entro stasera butto via il tuo cellulare. Come ho detto, non ci vedremo più.»

«Mi sta bene. Grazie, collega.»

«Grazie un cazzo. Mi hai fatto rischiare grosso. Ringrazia i tuoi santi, piuttosto, che non mi sia fatto beccare.»

«Sei sempre stato un cagasotto, Baldrati. Hai scelto il mestiere sbagliato.»

«Vaffanculo, Rebellin.»

Il vicesovrintendente buttò giù il suo caffè in un unico sorso, poi si alzò. «Pago io. Non ti muovere finché non sarò uscito.»

«Tranquillo, mica siamo dilettanti.»

Mentre lui andava alla cassa, Giustina pensò che, se messo alle strette, Baldrati l'avrebbe tradita. Recuperò l'incartamento, il cellulare e li infilò nella borsa, soddisfatta. Grazie a quell'imbecille poteva rientrare in gioco.

Né lei né il collega fecero caso al grande specchio dietro il bancone. Dall'esterno del locale, attraverso la vetrina, Pipitone aveva seguito tutte le fasi dell'incontro riflesse in quello specchio. Fingendo di mandare un messaggio, aveva usato il cellulare per fotografarli. Aveva colto il passaggio dell'incartamento e quello del telefono. E aveva scattato anche decenti primi piani di entrambi, mentre confabulavano. Baldrati appariva nervoso, la Rebellin doveva tenerlo in pugno in qualche modo. Precedendo di un istante l'uscita del collega, Pipitone si allontanò senza fretta. Il capo aveva visto giusto, pensò. Come sempre. Aspettò di essere in macchina prima di chiamare Pavan.

Con la sua testimonianza e quelle fotografie, Baldrati

sarebbe finito in un mare di casini. E Giustina Rebellin era definitivamente fottuta.

Pipitone non era affatto orgoglioso di essere riuscito a incastrare i colleghi. Anzi. Non era per svolgere compiti del genere che si era arruolato. Era sempre stato consapevole dell'esistenza delle mele marce, ma ora aveva scoperto quanto potessero sporcare la divisa che portavano.

Sentì il bisogno di chiamare Marianna.

«Sto lavorando» lo rimproverò dolcemente.

«Avevo solo voglia di sentire la tua voce.»

Il camper era comodo su strada, si manovrava bene.

«Deve avere gli ammortizzatori rinforzati» commentò Teresa. «Per forza, con tutte le porcherie che combinavano qui dentro.»

«Meglio non pensarci» scherzò Claudia, ma Léa non era d'accordo.

«Non c'è niente di male a fare sesso. Davanti, di dietro, fra uomini, fra donne. *Putain*, cos'è tutto questo moralismo?»

«Non siamo moraliste» protestò Domitilla. Anna invece aveva un'altra curiosità. «Secondo te Dannunzio era innamorato?» domandò alla francese.

«Di Prudencia, dici?»

«Hai sentito come ne parlava.»

«Credo che le abbia voluto bene, e molto, a modo suo. Ma ha amato solo l'eroina. È stata quella la sua vera compagna di vita.»

«Che tristezza, però.»

«L'ha scelto lui. Ha vissuto così e morirà così. Nessuno può farci nulla.»

Un colpo di clacson le interruppe. Il camper arrivava al massimo ai settanta all'ora. La quarta non entrava e non c'era verso di farlo andare più forte, perciò nei tratti stretti di strada si formava una lunga coda di macchine. E dopo un po', inevitabilmente, cominciava il concerto.

«Accosta, falli passare» suggerì Teresa. La francese si infilò in una piccola area di sosta, attenta a non far spegnere il motore. Mostrò il dito medio a un paio di automobilisti che rallentavano per mandarla affanculo, fra le risate delle altre. Poi, quando la strada fu libera, si rimise in viaggio.

«Almeno abbiamo fatto il pieno di GPL» disse Claudia. «Questo affare può portarci lontano.»

«Ci basterà arrivare nelle Marche» precisò Domitilla. «Poi dovremo liberarcene.»

«Ha ragione.» Per una volta Teresa era d'accordo. «È troppo lento, e troppo vistoso.»

«Non c'è un po' di musica?» chiese Claudia.

Léa guardò in basso. Il camper aveva un lettore di audiocassette, e nel vano sotto il cambio c'era un mucchio di compilation fatte in casa. Musica salsa, vecchie canzoni di Nada, Orietta Berti e della Vanoni. Prudencia doveva andarne matta.

«Non provare a mettere quella roba!» intimò Teresa, ma Léa non le diede retta. Inserì una TDK conciata meno male delle altre e un momento dopo l'abitacolo fu avvolto dalle note del *Cielo in una stanza*, nella versione di Gino Paoli e Ornella Vanoni. Un pezzo del 1985, così era scritto a penna sulla cassetta. Teresa si portò le mani alle orecchie, sbuffando, ma Domitilla conosceva le parole e prese a cantarle sulla musica.

Le gemelle le andarono dietro e un momento dopo

cantavano tutte in coro, compresa la calabrese, mentre il camper proseguiva piano verso sud. Fu un bel momento, uno dei pochi da quando gli sbirri le avevano portate via.

Non sarebbe durato.

Al tempo dei cori seguì quello delle confidenze. Il traffico si era diradato e i chilometri si succedevano l'uno all'altro, monotoni. Domitilla venne a sedersi davanti, fra Léa e Teresa. Sembrava non rendersi conto del sottile desiderio che suscitava in entrambe. Quasi senza accorgersene, la francese cominciò a parlarle di sé, e dei motivi per cui si era ritrovata in Italia. E di Julien.

«È stato a causa sua» raccontò. «Il cognome non lo ricordo, forse non l'ho mai saputo. Per me era Julien, e basta. Fu lui a presentarmi agli altri compagni. Con lui ho fatto le prime manifestazioni, i primi cortei. Ci credevo, e ci credo ancora. Lo consideravo il mio *maître*, il mio maestro. So che è una cosa strana da dire, credo che non avesse più di vent'anni.»

«Era il tuo compagno?» chiese Domitilla.

«Non l'ho mai vista così. Non avevamo un rapporto esclusivo.»

«Però scopavate.» Per Teresa era un chiodo fisso.

«Lo facevamo, sì. Ed era bello. Ma soprattutto condividevamo le stesse idee, la nostra lotta.»

Poi, un giorno, era scoppiato il casino. Un corteo per le strade di Lione era stato caricato dalla polizia. La situazione era degenerata, ed era nata una vera battaglia fra CRS e manifestanti. Léa a un certo punto si era trovata separata dai compagni. Mezza accecata dai lacrimogeni, con un orecchio che fischiava per un colpo di manganello, aveva vagato ai margini del corteo, schivando gli agenti con gli scudi. A un tratto aveva sentito la voce di Julien.

Gridava il suo nome, anche lui la stava cercando. Lo aveva avvistato, sul bordo della strada, nel momento esatto in cui una specie di armadio in tenuta antisommossa lo sbatteva a terra e iniziava a tempestarlo di manganellate. Julien era un veterano fra gli antagonisti, sapeva come darle e anche come prenderle. Si era rannicchiato su un fianco, ginocchia contro il petto, faccia tra i gomiti, per proteggere la testa e gli organi vitali. Ma lo sbirro non si accontentava dei lividi, voleva fargli male per davvero. Gli aveva sferrato un calcio nel gomito, per costringerlo a spostare il braccio. Il secondo calcio era arrivato dritto in faccia, e Léa aveva sentito un rumore disgustoso. Si era guardata intorno. Lo sbirro le dava le spalle ed era grosso il doppio di lei. Se l'avesse affrontato avrebbe ricevuto lo stesso trattamento. A meno che... Raccolse un mattone da terra, bello pesante. Qualcuno lo aveva divelto dal muretto della siepe vicina. Valutò in un momento la bardatura del *flic*. Julien aveva spiegato a lei e agli altri compagni quali erano i punti deboli, durante un'assemblea al centro sociale, e Léa aveva buona memoria. Colpì secco proprio sull'osso sacro, appena sotto il bordo del giubbotto. L'omone strillò, con una nota insospettabilmente acuta. Il dolore doveva essere atroce. Léa gli girò intorno, schivò una manganellata e calò di nuovo il mattone sul lato della gamba, sopra la ginocchiera. E poi di nuovo al mento, sotto la visiera, quando lo vide crollare in ginocchio. E ancora, e ancora, fino a farla a pezzi, la visiera, e arrivare a quella faccia di merda. Fu Julien, straziato e sofferente, a urlarle di fermarsi. Riuscì a tirarsi su, l'abbracciò per calmarla, le tolse di mano il mattone grondante sangue e fuggì con lei nel fumo denso delle auto e dei cassonetti in fiamme, mentre la battaglia infuriava poco lontano.

Quella notte, sfiniti e doloranti, avevano fatto l'amore per l'ultima volta. Poi Léa era partita. Troppo pericoloso restare insieme.

«*C'est tout*» disse a Domitilla. «Sono venuta qui, speravo che con il tempo avrebbero smesso di cercarmi. E invece...»

«Invece sei finita dalla padella nella brace.»

«*Siamo* finite. Tutte quante» precisò la calabrese.

«E tu?» Domitilla si era voltata a guardarla. Quegli occhi grandi trasmettevano a Teresa un calore insieme piacevole e fastidioso, perché era fuori dal suo controllo.

«Io cosa?» domandò, guardinga.

«Qual è la tua storia? Perché sei qui?»

«Sai come si dice dalle mie parti, signorinella? Chi si fa i cazzi suoi campa cent'anni.»

«Scusa, non volevo essere indiscreta.»

«Brava. Non esserlo.» Teresa incrociò le braccia e si chiuse in un mutismo ostile. Nessuno doveva sapere perché andava a sud. Il vero motivo. Era una cosa sua, e basta. Léa guardò Domitilla, che alzò le spalle. Le altre dormicchiavano nel lettone dietro di loro, le gemelle abbracciate, Rachida un po' in disparte, come sempre.

«Metto un'altra cassetta?» domandò la francese. Domitilla approvò. «Però stavolta scelgo io.»

Molti chilometri più a nord, Giustina superò il casello dell'autostrada in direzione Torino. Aveva una macchina piccola e veloce, e di solito se ne fregava dei limiti di velocità. Prima di partire si era studiata bene le schede che gli aveva fornito Baldrati, e aveva dato una scorsa ai contatti della ragazzetta figlia di papà. Il collega aveva ragione, chiamava spesso la vecchia domestica, e con un po' di fortuna nessuno era ancora andato a interrogarla. Ci avrebbe pensato lei: magari poteva tirarle fuori qualche informazione preziosa.

Superò un camion, poi un altro, e diede strada a un imbecille su un'auto sportiva, solo per attaccarglisi al culo a duecento all'ora e farlo cagare sotto. Dopo qualche chilometro, però, sollevò il piede dall'acceleratore. Non doveva attirare l'attenzione: far finire la targa nel sistema di controllo della velocità era un'ottima maniera per ritrovarsi alle calcagna Pavan e compagnia bella. Rallentò ancora, si piazzò nella corsia di destra, e nelle ore successive lasciò correre liberamente i pensieri. A un certo punto la sua mente tornò al primo omicidio compiuto in compagnia di Marino. La prima ragazzetta. Ricordò i modi in cui l'avevano violata, percossa, piegata a ogni loro capriccio. Un momento di delirante piacere, di cui avvertiva la mancanza come se fosse in astinenza. Si fermò alla prima area di sosta e guardò per l'ennesima volta il video che Marino aveva girato mentre lei si divertiva. Come sempre si eccitò e la realtà svanì. In un'altra occasione si sarebbe masturbata, invece ripartì, uscì dall'autostrada e raggiunse la periferia di Milano. Conosceva abbastanza bene quella zona.

Fece un giro in certe strade, meta dei puttanieri locali. La scelse straniera, giovane e fragile. Prima di portarla via si qualificò con il protettore, minacciandolo. Gli mise in mano cinquecento euro e aprì la giacca perché vedesse la pistola. Poi gli spiegò cosa intendeva fare con la ragazza, nei dettagli. La vide aprire la bocca, e richiuderla subito a un cenno dell'uomo. Lui accettò il denaro, l'equivalente di dieci prestazioni normali, e chiese solo di non rovinarla troppo.

Giustina lo rassicurò con un sorriso e si portò via la giovane, muta e terrorizzata.

«Che figlia di puttana!» Pavan non riuscì a trattenersi, vedendo le immagini della Rebellin che prendeva un cellulare e un plico di documenti da quell'imbecille del vicesovrintendente Baldrati. Li aveva fregati bene, proprio mentre lui era fuori sede. Pavan avrebbe scommesso un mese di stipendio che stava un passo avanti a loro. Probabilmente aveva informazioni che si era ben guardata dal condividere, e ora, con quei documenti, doveva essersi fatta un quadro più completo. Il commissario capo non dubitava delle capacità della collega: era un'investigatrice di prim'ordine. I motivi per cui cercava le ragazzine in fuga tuttavia lo preoccupavano molto. La sua carriera era finita nel cesso, ma un'accusa di complicità con Marino l'avrebbe esposta a un processo vero e proprio, quasi sicuramente al carcere. E finire dentro, per una sbirra come lei, equivaleva a una sofferenza infinita. Per questo, Pavan ne era più che certo, avrebbe fatto di tutto, di tutto, pur di salvarsi il culo. Provò a chiamarla, ma il telefono era staccato. Con ogni probabilità lo aveva lasciato a casa. Doveva averne un altro, o forse più di uno, sotto falso nome. Ci avrebbe pensato più tardi. Chiese a Pipitone di convocare Baldrati.

«Mandalo nel mio ufficio, ho proprio voglia di fare due chiacchiere con quello stronzo!»

Quanto alla Rebellin, ne avrebbe parlato con Durante. Era sempre più convinto che fosse indispensabile emettere un mandato di cattura, per impedirle di aggiungere altri reati a quella che pareva delinearsi proprio come una sordida, fetida storia di violenza e sopraffazione.

Pipitone si schiarì la voce. «Che c'è, Raffaele?»

«Perché ce ne siamo accorti così tardi?»

Pavan non rispose subito. Quella domanda meritava una risposta sincera e ponderata. «Succede sempre. Gli sbirri corrotti o disonesti si nascondono dietro i buoni risultati. E noi ne abbiamo così bisogno che, alle volte, evitiamo di andare oltre il semplice sospetto.»

Pipitone annuì, ma il commissario non aveva terminato. «E poi se ti sbagli rischi di rovinare la vita a un collega. È già capitato.»

Qualche minuto più tardi il vicesovrintendente Marco Baldrati entrò nell'ufficio di Pavan, che l'accolse con un sorriso gelido.

«Siediti» disse indicando una delle due scomode poltroncine di fronte alla scrivania.

Il sottoposto era visibilmente a disagio. Quella convocazione puzzava di guai. Il commissario prese un fascicolo e glielo passò. Conteneva le stampe delle foto scattate da Pipitone. Gli bastò un'occhiata per crollare. «Posso spiegare» attaccò con la voce spezzata.

Pavan pensò che era la prima cosa che dicevano tutti i corrotti quando venivano smascherati. Gli fece segno di continuare, tanto sapeva dove sarebbe arrivato. Una decina di minuti più tardi, dopo aver raccontato con dovizia di particolari le difficoltà, i problemi che lo avevano spinto a diventare succube della Rebellin, Baldrati giocò la sua carta: «Ho conservato il cellulare con cui comunicavamo. Insomma, se troviamo un accordo posso mettermi a disposizione».

Pavan scosse la testa. «No» ribatté secco. «Non ti permetterò di cavartela un'altra volta. Da questo momento non sei più un poliziotto. Non ti arresto perché tua moglie ha bisogno di te e non merita di essere travolta da uno scandalo.»

«E dove lo trovo un lavoro, alla mia età?»

«Sei un parassita, Baldrati. Quelli come te alla fine se la cavano sempre.»

Il commissario allungò una mano. «Dammi il cellulare.»

Baldrati esibì uno scatto d'orgoglio. «Niente accordo, niente cellulare.»

«Mi stai facendo pentire di aver deciso di non arrestarti.»

«E non si rimangerà la parola. Non è nel suo stile.»

«Ti sbagli. Conto fino a tre.»

Baldrati si affrettò a tirare fuori il cellulare dalla tasca della divisa.

Pavan puntò l'indice sulla scrivania. «Se fossimo in un film americano, ora il commissario ti obbligherebbe a lasciare pistola e distintivo, invece da noi sono i piani alti a decidere.»

Poi premette un tasto del citofono e chiamò Pipitone, che fece il suo ingresso dopo una manciata di secondi. «Accompagna Baldrati al suo armadietto e poi assicurati che lasci la questura.»

L'agente scelto annuì e gli porse i fogli che teneva in mano. «Le ultime informative sulle ricercate.»

Pavan iniziò a scorrere le segnalazioni. Il clamore del caso aveva scatenato mitomani e solerti cittadini convinti di aver avvistato le fuggiasche. Tempo prezioso perduto a verificare indicazioni con tutta probabilità prive di fondamento. Il commissario decise che era arrivata l'ora di concedersi un paio di svapate della sua sigaretta elettronica. In realtà voleva solo prendere tempo prima di bussare alla porta del questore, che non avrebbe gradito la faccenda ma lo avrebbe appoggiato. Fino all'epilogo di quella vicenda era intoccabile, poi gli avrebbero fatto pagare l'errore di non essersi accorto che Marino era uno stupratore. Sempre che la Rebellin non avesse riservato sorprese a sua volta.

Si fermarono in un'area di parcheggio poco frequentata, vicino ad Ascoli Piceno. Léa la scelse perché, all'apparenza, non c'erano telecamere.

«Staremo qui fin quando non farà buio» annunciò. La casa di Domitilla era abbastanza vicina, avrebbero potuto raggiungerla a piedi, quella notte, ma era meglio che il camper verde rimanesse a distanza di sicurezza dal loro nuovo rifugio.

«Peccato» sospirò Claudia, accarezzando le pareti foderate di pelliccia. «Cominciava a piacermi, questo coso.»

«Un giorno ne compreremo uno tutto per noi» promise Anna.

La sorella le fece una carezza. «Ci puoi giurare.»

Seguì un momento di silenzio. Rachida faceva pipì nel bagnetto in fondo all'automezzo, Léa aveva spento il motore ed era scesa per sgranchirsi un po' le gambe, Teresa taceva e Domitilla sembrava persa nei suoi pensieri.

«Cos'è che vi manca?» disse a un tratto, come risvegliandosi.

«Cioè?»

«Intendo, cosa vi manca di più. Del passato, della vecchia vita. Tutte noi ne avevamo una.»

Teresa non rispose, ma nessuna se l'aspettava. Le gemelle si guardarono. Forse fino a quel momento non si erano fermate a pensarci. Domitilla si girò verso di loro. «Comincio io. A me mancano i social. Mi manca internet, il mio tablet, forse ancora più della droga. È come se... come se avessi perso una parte del corpo.»

«I social? Tu sei scema» mugugnò Teresa. Claudia invece era d'accordo. «Da quando ci hanno sequestrato i cellulari siamo sorde e cieche. Non sappiamo niente di quello che succede. Quando Dannunzio ha detto che non c'era il wi-fi mi sono girate le palle, lo confesso. È come se il mondo fosse diventato più piccolo.»

«Invece è diventato più grande, fidati» replicò Léa, che era appena tornata a bordo. «Di sicuro più grande di una cella. Se avessimo avuto i telefoni con noi ci avrebbero già beccate.»

«A me invece non mancano» rifletté Anna, a bassa voce. «I social, dico. La Rete. Anche i giochini del cazzo. Nei primi giorni, forse. Ma adesso... È una cosa strana.»

«Ti stai disintossicando» disse Léa. «Tutte noi, in realtà.»

«Ora parli come una vecchia» scherzò Domitilla.

«Una *boomer*» precisò la francese, con un sorriso.

Avevano delle provviste, nel camper. Qualche ora prima si erano fermate in un paesino lungo la strada. C'era un piccolo mercato e le gemelle, insieme a Rachida, avevano fatto un po' di spesa. Tirarono giù il tavolino reclinabile e si prepararono a consumare un pasto che era insieme merenda e cena.

«E a te?» chiese Domitilla a Léa, porgendole un panino al formaggio. «A te cosa manca?»

La francese addentò il panino, pensierosa, prima di rispondere. «Mi mancano i compagni, le assemblee, quello che avevamo costruito. Quello che condividevamo. Mi manca Julien. E mi manca mia madre.»

«Tua madre?»

«Sono andata via di casa presto. Per molto tempo ho

pensato che lei e papà fossero dei *moutons*, dei pecoroni. Mai una volta che esprimessero un'opinione, mai una protesta, un moto di rabbia. Con tutto quello che succedeva nel nostro paese, per non parlare del resto del mondo... Così li ho mandati al diavolo, ho preso lo zaino e sono partita per Lione. Chiamavo solo di tanto in tanto, giusto per fargli sapere che ero viva.»

«E loro?»

«Niente. Mio padre parlava poco, come sempre, mia madre diceva solo che era preoccupata per me e io mi incazzavo. La consideravo una violenza sottile, una forma di ricatto.»

Posò il panino sul tavolo e bevve un sorso d'acqua, accigliata.

«Adesso invece...» intervenne Claudia.

«Adesso è diverso. Da giorni avevo il desiderio di sentirli. Non sono riuscita a resistere» ammise Léa. Poi, con un sospiro, raccontò alle altre della telefonata a casa.

Ci fu qualche sbuffo, qualche imprecazione, ma stranamente nessuna la rimproverò. Anzi, il fatto che avesse fatto una cazzata in qualche modo la riportava sulla terra. La faceva sentire più simile a loro. Fragile e casinista. Teresa le posò una mano sulla spalla, la guardò negli occhi. Ciò che avevano condiviso qualche notte prima, un momento di intimità fra due anime disperate, un po' la avvicinava a lei. «Non importa se vanno a cercarci là. Ormai siamo lontane. Dannunzio, piuttosto, potrebbe passare qualche guaio.»

«Dannunzio se la caverà. Se la cava sempre» ribatté la francese, e pregò di avere ragione.

Teresa si girò verso Domitilla. Guardò anche lei, per una volta, quasi con dolcezza.

«Vuoi sapere cosa manca a me?» le chiese.

L'altra non se l'aspettava. «Ma certo.»

«Titti e Stella, mi mancano. Ecco cosa.»

«E così, non la sente da un po'.» Giustina scelse un pasticcino, il terzo. L'ex domestica degli Agostinelli Balbi, la signora Musso, aveva più di settant'anni. Abitava in una casetta a Moncalieri e l'aveva accolta senza alcun sospetto, quando si era presentata alla sua porta. Non si era chiesta perché non avesse chiamato prima, né aveva preteso di vedere il distintivo. Si fidava delle forze dell'ordine, e si era fidata di lei. L'aveva fatta sedere in un salotto pulitissimo, su un vecchio divano a fiori, le aveva servito tè e dolciumi e si era dichiarata pronta a rispondere a tutte le sue domande.

«Non le nascondo che sono un po' preoccupata per lei» confidò a Giustina. «Con i genitori non c'era questo grande rapporto, me lo lasci dire. Ma con me era diverso. Lo sentiva, sa, che le volevo bene.»

«Sono sicura che era ricambiata.»

«Domitilla è una ragazza intelligente, e bellissima. La mettevo sempre in guardia, perché qualcuno dei suoi amici avrebbe potuto approfittarsene.»

«I ragazzi d'oggi. Non rispettano niente e nessuno.»

«Lo penso anch'io. Per fortuna ci siete voi, a proteggere i più deboli. E anche noi anziani.»

«Lei non sembra affatto anziana» la blandì Giustina. «Anzi, la trovo in gran forma.»

La signora Musso arrossì. «Mi piaceva lavorare per i signori.»

«La famiglia Agostinelli Balbi?»

«Sì, i suoi genitori. Hanno un palazzo... lo vedesse, sembra un castello.»

«I miei colleghi sono andati a interrogarli.»

«Lo tenevo come uno specchio, non c'era un filo di polvere. I vetri erano sempre lucidi, l'argenteria brillava. I signori erano così contenti.»

«E poi, cos'è successo?»

«Niente è successo. Sono passati gli anni. La signora ha pensato che non ero più abbastanza svelta e mi ha lasciata a casa.»

«Avrà preso la buonuscita.»

La Musso annuì, malinconica. «Anche qualcosa fuori busta... Mi scusi, sa, faccia finta di non aver sentito. Ma non era una questione di soldi. Ho la pensione del mio povero marito, e i figli ormai sono grandi. È che adesso non ho niente da fare tutto il giorno. E poi, Domitilla... Sento tanto la sua mancanza. Prima veniva spesso a farmi visita.»

«Prima?»

«Prima che la mettessero in collegio, in Svizzera. Pensavo che sarebbe andata a stare bene, l'avevo perfino incoraggiata. Ma negli ultimi tempi, quando chiamava, sembrava così strana, triste. Ho avuto l'impressione che frequentasse della brutta gente.»

«Sa di chi poteva trattarsi?»

«Amici suoi, compagni di corso, magari. Anche ragazze, di quelle invidiose. Non alla sua altezza, mi capisce?»

«La capisco benissimo.»

«Forse i signori avrebbero fatto bene a riportarla in Italia per un po'. Per schiarirsi le idee.»

Giustina decise di parlare chiaro. «Perché è in collegio che è cambiata. Domitilla è diventata una tossica pronta a rubare e a prostituirsi.»

Il volto della signora Musso si rigò di lacrime. «Quando era disperata chiedeva a me il denaro, ma io potevo dargliene poco. L'errore dei suoi genitori è stato insistere perché rimanesse in Svizzera, come se volessero tenerla lontana. Pensi che mi ero perfino offerta di stare con lei nell'altra casa, lontane da tutto.»

«Quale casa?»

«Ah, già, parlo senza pensare, lei non può mica saperlo. La casa dove andavamo in vacanza quando era piccola. Ho tanti bei ricordi di quel posto.»

Giustina bevve un sorso di tè, tranquilla, rilassata, perfettamente nella parte.

«Posso avere un altro pasticcino?»

«Tutti quelli che vuole.»

«Sono buonissimi.»

«Si serva pure.»

Ne prese uno alla crema. Era davvero delizioso.

«Mi parli di quella casa. Era al mare? In Sardegna? O a Chamonix?»

«No, l'altra casa.»

Ora Giustina era interessata. «Non sapevo ne avessero un'altra.»

«E invece sì. In campagna, ad Acquasanta Terme, vicino ad Ascoli Piceno.»

La Rebellin si pulì un po' di crema dal labbro, con un tovagliolo ricamato.

«Ascoli Piceno?» disse poi. «Per caso ha l'indirizzo?»

Dopo l'omicidio del poliziotto la tranquilla routine di Radio Collina sembrava un lontano ricordo. I proprietari erano soddisfatti, gli ascolti erano alle stelle e stavano arrivando nuovi sponsor. Il merito del successo era di Susanna Zanetti: la sua trasmissione *Microfono aperto* ora era ascoltata via web su tutto il territorio nazionale. E anche lei era diventata una stella nel firmamento del circo mediatico che seguiva ossessivamente la fuga delle ragazzine. I colleghi la intervistavano, appariva spesso nei notiziari. Susanna aveva scelto di non approfondire il caso dal punto di vista delle indagini e tantomeno si era schierata. Aveva puntato tutto sulla storia personale delle fuggiasche. Era stata la prima a parlarne quando nemmeno si conoscevano i nomi di alcune di loro. Aveva scavato in paese, ricostruendo i movimenti, i contatti delle due ragazzine assassinate, dove andavano a fare la spesa o a bere un latte macchiato. Il primo scoop era stato scoprire che Stella Gassani, la seconda minorenne ritrovata uccisa, frequentava un bar tabacchi sulla provinciale e talvolta si fermava dopo la chiusura a fare le pulizie. La proprietaria le allungava qualche soldo di nascosto dal marito, che di zingare e vagabonde non voleva sentire nemmeno parlare. La donna aveva parlato di lei con quel ruvido rispetto che spetta a coloro che non sono completamente in regola con la vita, ma alla fine aveva ammesso di essere tanto dispiaciuta che fosse stata ammazzata. Poi, una famiglia che viveva in campagna aveva raccontato che pagava Titti per piccoli lavoretti. E che era una brava ragazza, tanto sfortunata.

Susanna Zanetti era stata abile a mettere in evidenza la storia di due minorenni in fuga – una da una situazione familiare disagiata, l'altra da un padre vedovo che si era risposato con la matrigna cattiva delle favole –, così fragili e indifese da diventare vittime di un maniaco omicida, ponendo una domanda che aveva alimentato un dibattito che, come da copione, aveva diviso l'opinione pubblica. Davvero le ragazzine in fuga sono solo da condannare e sbattere in galera oppure sono esse stesse vittime di adulti che hanno reso la loro vita un inferno?

E così aveva avuto gioco facile quando erano state rese pubbliche le identità di Teresa, Léa e Domitilla. Le loro biografie si erano rivelate perfette.

Da giorni aveva annunciato che quella sera avrebbe intervistato al telefono lo spacciatore che forniva le pasticche alla nobile Domitilla Agostinelli Balbi. Bepi Braido, dopo la rapina subita dalle ragazzine, aveva confidato l'accaduto a un paio di amici fidatissimi e la voce era arrivata alle orecchie della giornalista, che non aveva esitato a ricattarlo: «Ti do in pasto alla stampa con tanto di nome e cognome. Sputtanato e poi dritto in galera».

Come sempre, Susanna stappò e versò una birra gelata nel suo bicchiere portafortuna e bevve un gran sorso mentre ascoltava la sigla.

«D'accordo, gente, non perdiamo tempo. Non so se ve ne siete accorti, ma la maggior parte dei media ripete sempre le stesse notizie. Noi qui li definiamo "menarrosto". Invece noi di Radio Collina abbiamo profondo rispetto per i nostri ascoltatori. Abbiamo promesso un'intervista con il pusher che procurava droga alla bella e ricca Domitilla, e infatti lo abbiamo in linea. Ovviamente rispetteremo il suo anonimato, non tocca certo a noi doverlo assicurare alla giustizia – voglio ribadire il concetto per tutti gli sceriffi a cui piacerebbe risolvere questa vicenda a colpi di pistola –, e su sua richiesta lo chiameremo Zio Billy.

«Buonasera.»

«Buonasera a lei» ribatté una voce deformata da un distorsore.

«Allora, lei procurava droga a Domitilla, giusto?»

«Sì.»

«Non le chiedo cosa, le chiedo invece il valore complessivo della merce che le ha procurato.»

Braido rimase in silenzio per qualche istante, prima di balbettare. «Diciamo qualche migliaio di euro.»

«Che Domitilla pagava in contanti, con assegno, bonifico?»

Il pusher capì che la donna lo stava fregando e che non aveva modo di sottrarsi, altrimenti avrebbe fatto il suo nome. Si schiarì la voce. «In natura.»

«Zio Billy, mi faccia capire bene: la minorenne Domitilla veniva a letto con lei per procurarsi la droga?»

«Sì.»

«A me sembra stupro. Ma non chiedo il suo parere sul punto, saranno gli ascoltatori a esprimersi. Invece voglio sapere se corrisponde a verità che Domitilla e le ragazze in fuga siano venute a casa sua dopo l'omicidio dell'ispettore capo Marino.»

«Domitilla ha suonato, le ho aperto e poi quella del Sud, Teresa Zito, mi ha puntato contro una pistola.»

Lo spacciatore raccontò quanto era successo e Susanna Zanetti lo congedò. Il copione prevedeva di riprendersi del tutto la scena.

«Avete capito, gente? Le ragazzine, dopo l'omicidio, irrompono a casa dello spacciatore e gli rubano i soldi, e questo ci sta; si fanno consegnare le chiavi dell'auto e ci sta pure questo, ma quello che non torna è il furto degli indumenti caldi: piumini, giubbotti e così via. Significa che erano state caricate sul furgone vestite in modo inadeguato al rigore della stagione. Ma vi sembra normale? Mi piacerebbe intervistare la vicecommissaria Giustina Rebellin, la partner del defunto ispettore capo Cristoforo Marino, ma non riusciamo a metterci in contatto con lei.

A dire la verità nessuno, e sottolineo nessuno, riesce a trovarla. Sembra sia scomparsa. Dottoressa Rebellin, mi chiami. I nostri ascoltatori ora vogliono sapere – e ne hanno tutto il diritto – perché sei minorenni non ricercate o non accusate di aver commesso crimini gravi sono state prelevate dalla cascina dove dormivano e fatte salire su un mezzo della polizia senza nemmeno potersi coprire. Abbiamo verificato la temperatura di quella notte: due gradi centigradi.»

# ANNA

*Claudia non vuole nemmeno che lo penso. Non vuole che penso quello che penso da quando sono incinta.*

*Sul serio può capire quello che io penso? Credevo di sì, perché mi beccava sempre. Mi diceva: Non ci pensare nemmeno a fare questa cosa o quella cosa. E io stavo proprio pensando di fare quella cosa. Smettevo subito di pensarla perché non voglio che lei si dispiace: non se lo merita, Claudia. Fa tutto per me.*

*Per esempio quella notte che dormivano al mulino di Dannunzio, che ci aveva dato due camere pagate, ho potuto pensare anche alle cose che lei non vuole.*

*Nei sogni i pensieri non entrano. O sì?*

*Era meglio se mi allontanavo, tanto dovevo andare in bagno.*

*Da quando ho il bambino nella pancia mi sveglio sempre di notte per fare pipì e lei ogni volta che apro gli occhi, mi sente e dice: Che c'è? Io le rispondo: Dormi, devo fare pipì. Ma quella volta, al mulino, non mi ha sentito, forse dormiva meglio perché aveva bevuto.*

*Russava.*

*Mi sono alzata piano piano, lei ha allungato una mano nel sonno. Mi sono immobilizzata. Russava di nuovo, mi potevo muovere.*

*Non mi sono messa le scarpe. Il bagno era in fondo al corridoio e non volevo andare fino in bagno senza la luce accesa. Il buio mi farà sempre paura.*

*E pace, ho pensato che avrei pisciato sul rialzo che stava all'aperto, vicino a dove dormivamo. Presi i fazzoletti di carta.*

*Che freddo che faceva lì fuori, avrei fatto meglio a portarmele appresso, le scarpe.*

*A me il freddo mi piace e pure il caldo mi piace. I giorni sono belli, ognuno a suo modo. In questo periodo solo una cosa mi dà fastidio: il sangue, che scende con i dolori di pancia; come se ci fosse dentro qualcosa a strizzarmela.*

*Ho controllato il fazzoletto di carta dopo essermi pulita: meno male, c'era poco sangue.*

*Il pensiero dei meno male è un pensiero di quelli che fanno arrabbiare Claudia.*

*Ma che ci posso fare se a me viene da pensarli, i meno male.*

*Quasi quasi resto un poco qui, ho pensato. Quando non sono proprio dentro alla notte, ma la vedo dal di fuori, il buio non mi fa paura. E poi lì fuori c'era un po' di luna, mentre dentro era tutto scuro.*

*All'aperto, fuori dalle case, dico, un po' di luce c'è sempre.*

*Un gatto camminava su un muretto, si è fermato e mi ha guardato. L'ho salutato con la mano e lui ha capito che non ero un pericolo. Così si è messo comodo, come si può stare comodi su un muro, e si è lavato. Forse il gatto era una gatta incinta.*

*Da quando sono incinta mi pare di vedere tutti gravidi, anche gli uomini. Per questo pensiero qui, Claudia perderebbe la pazienza. Ne sono sicura.*

*Il fatto è che lei non lo vuole, il figlio. O, meglio, a volte dice che lo vuole, a volte no.*

*Le ho spiegato che il bambino è nostro, solo mio e suo, che non deve avvelenarsi il sangue, quello che a lei non esce. Claudia ha un'idea fissa: come ci è finito il figlio dentro la mia pancia? Non lo deve pensare, lo deve dimenticare. È bello che siamo diventate una famiglia vera. Perché non lo capisce?*

*Un'altra cosa che non capisce è che ogni tanto sono felice.*

*Mamma mia, come si incazza!*

*Sei felice? E di che cosa sei felice, fammi capire.*

*Di tutto.*

*Pure dei dolori di pancia, sei felice?*

*No, di quelli no, ma non tanto per i dolori, ché a me i dolori non mi fanno niente, ma per il sangue che viene dopo. Per la paura di perdere il figlio.*

*E perdiamolo, questo cazzo di figlio! Senti a me, perdiamolo.*

*Non mi voglio abortire, per me sarebbe un dispiacere. È nostro figlio.*

*Non è nostro figlio, cazzo! Non è nemmeno solo tuo, come accidenti può essere nostro! Guarda, non lo pensare nemmeno.*

*Comunque ogni tanto Claudia lo dice che il figlio è nostro, ma secondo me non lo dice convinta, lo dice perché sa che mi fa piacere che lo dice. Lei fa tutto per me, tutto.*

D'altra parte è vero che spesso lei capisce quello che penso. Per esempio se mi tocco la pancia, cerco di non fare la faccia contenta, perché poi lei mi dice: Ci risiamo! Allora per non farle capire quello che penso faccio una smorfia di dolore. Ma lei non ci casca nel trucco e mi dice: Piantala di essere felice per questa fottuta gravidanza. Poi dopo poco dice che il figlio è nostro, ma solo per farmi contenta, lo sa che soffro quando le salgono i nervi per il figlio.

Allora io sorrido e smetto di fare finta. Che faccio finta a fare? Tanto lei l'ha capito quello che penso davvero. E a me piace, perché mi fa sentire amata da lei. In fondo chi ama capisce, chi non ama non capisce proprio niente.

Per esempio io capisco gli animali. Quando scappammo, all'inizio, solo Claudia e io, dico, ci trovammo ad attraversare una terra. Non mi ricordo come ci eravamo finite, io seguivo Claudia e pensavo solo ad andare veloce, le stavo appresso senza sapere dove andavamo. Tanto decideva lei dove dovevamo scappare.

Ci piegammo sotto un filo spinato e continuammo a correre, lei avanti e io dietro.

A un certo punto lei si bloccò e mi fermò con un braccio.

Che succede?, le chiesi. Non lo vedi?, disse Claudia.

Più che vederli, i cani, li sentii. Ringhiavano, ma non forte. Facevano un grrrr lunghissimo: per non far finire il grrrr, non abbaiavano.

Che si fa?, chiese Claudia, che non ha molta dimestichezza con gli animali. Non l'ha mai avuta. Io sì e lei lo sa. Perciò domandò a me cosa dovevamo fare.

Lentamente la superai e mi misi davanti a lei, spingendo la pancia in avanti. Nostro figlio era lo scudo.

*Dissi a Claudia di non muoversi nemmeno di un passo: i cani avevano ragione, eravamo noi che eravamo entrate nella loro terra. Quindi c'era poco da fare: se ci muovevamo, ci avrebbero preso a morsi.*

*Il capo era un maremmano enorme. Era lui che dovevo convincere, gli altri lo avrebbero seguito nel fatto di non attaccarci o di sbranarci. Un po' come faccio io con Claudia.*

*Eppure non avevo paura. Era un bene. Chi non capisce gli animali non si rende conto di quanto puzza la paura e di cosa può combinare. Le bestie sentono la puzza e si dicono: Se questa qui ha paura, non è una persona a posto.*

*Che cosa vuole da noi?*

*Mi venne un'idea. Muovendomi come una lumaca zoppa mi infilai una mano dentro alle mutande e senza paura offrii la mano al capo.*

*A pensarci, quella fu la prima volta che vidi che mi usciva il sangue. Si appiccicò sulle dita.*

*Il pastore maremmano si avvicinò, forse voleva leccarmi la mano ma non la leccò. Smise di ringhiare e annusò l'odore che gli arrivava al naso. Gli altri cani si misero giù a sedere, aspettavano l'ordine del maremmano.*

*Restammo in quella posizione per un po': io con la mano tesa verso il muso del cane, Claudia dietro di me, gli altri cani del branco seduti ad aspettare.*

*Il contadino arrivò bestemmiando noi e tutti i santi. In sardo. Io il sardo lo conosco perché pure Ánghelu di scuola è sardo.*

*Tu,* madraffa, *e quell'altro* calloni, *cosa ci avete in testa, non lo sapete che a entrare nelle terre che non sono vo-*

*stre* vi si magnani li gani? *Porco questo e porco quest'altro. Volete crepare giovani, tu e il tuo* amigu?

*Ci aveva prese per una coppia. Mi fece piacere e sorrisi.*

*Lui si incazzò peggio:* Ti pighidi una guta serena. *Questo non lo capii.*

*Il maremmano, tranquillizzato dall'arrivo del padrone, finalmente mi leccò la mano e il sangue.*

*Quando continuammo a scappare mi sentii importante e corsi a fianco a Claudia, ma dopo un poco rallentai per una fitta e tornai a correre dietro di lei.*

*Che ci fai qui fuori?, mi ha detto all'improvviso una voce nel buio dove ero rimasta, fuori nel rialzo all'aperto del mulino di Dannunzio.*

*Ho riconosciuto la voce. Sei tu? Pensavo che eri mia sorella.*

*No, sono io, Rachida, non riesci a dormire?*

*Mi scappava, ho detto a Rachida, ma non le ho detto che avevo fatto pipì sul rialzo, anche perché lei ci è finita con i piedi dentro. Meno male che aveva le scarpe.*

*Rachida è sempre gentile con me. Non si dispiace che sono incinta, anzi, certe volte sembra che le fa piacere.*

*Ne vuoi? Mi ha passato la tazza che aveva in mano.*

*Cos'è?*

*Un infuso. Acqua bollente e* feuilles de laurier, *foglie di alloro. Prova, magari ti piace.*

*Lo zucchero c'è?*

*Non ce l'ho messo. Ride. Non ti fa mica tanto bene lo zucchero.*

*Mi sono fatta il film che lei aveva preparato acqua e alloro per me.*

*Rachida si è seduta per terra, abbiamo appoggiato le schiene contro il muro. Voleva parlare, ma io non sapevo cosa le dovevo dire. Non sono abituata a parlare con le altre. Parlo solo con Claudia.*

*Sei molto bella, le ho detto, e basta. Un po' gliel'ho detto perché lo penso davvero che lei è bella, un po' gliel'ho detto per farle capire che non era che non volevo dirle niente, era che non mi viene bene parlare.*

*Rachida forse ha capito, perché mi ha raccontato delle cose.*

*Non è giusto quello che le hanno fatto; dentro di me, là nel buio, ho promesso che non lo avrei detto a nessuno, nemmeno a Claudia, che non ci avrei pensato nemmeno più a quello che mi aveva detto, per conservare il segreto.*

*L'ho bevuto tutto, l'infuso. Le ho passato la tazza vuota. Scusa, l'ho finito, non me ne sono accorta.*

*Non ti preoccupare, mi ha detto e mi ha dato una piccola spinta con la spalla, come se mi avesse capita.*

*Forse glielo potevo dire il fatto dei meno male. E così gliel'ho detto.*

*Sai, Rachida, io mi lamento, ma certe volte non ci credo tanto al lamento che sto facendo. Sì, ho paura di perdere il figlio, questo sì, ma se ho paura di perderlo significa che lo voglio. Che sono contenta. E meno male che riesco ancora a essere contenta.*

*La mia lingua si era sciolta, forse perché avevo bevuto l'acqua calda. Perciò ho continuato.*

*Io sono stupida, lo so. Ma meno male, almeno non sto sempre lì a incazzarmi. E poi meno male che non sto più a casa. Io amo molto mia sorella, e pure lei era a casa con me, ma questo era pesante: quando succede il terrore ti fa male per due, se ami molto. Tu ami qualcuno?*

*Mia madre, mi ha risposto.*

*Ecco, allora mi puoi capire: se ti succede qualcosa di male, stai male per te e per lei. Infatti io la prima volta che è successa una cosa molto brutta, a Claudia non gliel'ho detto. Ho fatto finta che stavo come al solito. Per non farle scoprire i miei pensieri, mi sono convinta di molti meno male. Meno male che cammino, per esempio, che ho due piedi. Meno male che capisco le bestie. Meno male che ho una sorella. Meno male che mi piace mangiare. Domitilla si prende le pasticche, io mi arrangio con le cose belle. Sono stupida, te l'ho detto.*

*Forse sei la più intelligente di tutte.*

*Oh, lo so che non è vero, ma a me l'intelligenza mi fa schifo. Porta solo guai. L'intelligenza va bene solo nelle vite lisce. Lo sai che l'infuso mi ha fatto passare il mal di pancia, Rachida?*

*Vedrai che ora dormi.*

*C'era il sonnifero dentro? Me lo puoi dire.*

*No che non c'era. Non ti darei mai del sonnifero senza dirtelo. E poi farebbe male al bambino.*

*A te piace il fatto del figlio?*

*Non deve piacere a me, ma a te. A te sola.*

*Là fuori, nel buio, mi è salita una contentezza sfrenata, mi sarei messa a ballare. La tristezza cattiva non lo fa, ma la contentezza abbastanza buona fa ricordare bene le cose, perciò mi ricordo parola per parola di quella notte.*

*Meno male, Rachida, ma mi piacerebbe che lo volesse anche Claudia. Noi tre siamo una famiglia. Quando saremo in salvo, forse si convincerà. Ma si convincerà davvero, non una volta sì e una no. Come fa adesso.*

*Rachida mi ha aiutata ad alzarmi, abbiamo aperto la porta e siamo entrate.*

*Mi sono infilata nel letto, Claudia mi ha sentito.*

*Dove sei stata? A fare pipì.*

*Porca miseria, anche se non volevo mi è tornato in mente il segreto di Rachida e poi anche il mio. Quella non era la prima volta, Claudia, ho pensato senza bugie. E nemmeno la seconda, era la terza volta che succedeva. Mi faceva troppo male dirtelo, hai dovuto accorgertene da sola. Mi hai vista nel buio, nonostante il buio, nella stanza di mamma, ma mamma non c'era.*

*Mi dispiace tanto per te, Claudia. Più per te che per me, mi dispiace, ché io ho i meno male che ti stanno tanto sul culo.*

*Ho aspettato che tu capivi i miei pensieri. Sono stata buona e ho aspettato. Invece tu mi hai detto di certe canzoni che erano nel telefono, che non avevi più. Ne hai cantata una a bassa voce.*

*Ho aspettato.*

*Senti, Claudia.*

*Che c'è, Anna?*

*Cosa sto pensando?*

*E che ne so cosa stai pensando? Dimmelo tu.*

*Allora sono stata bene: non è vero che Claudia può capire proprio tutto quello che ho nella testa, meno male.*

*Ti amo, sorella. Questo sto pensando.*

# 3

Il loft della Rebellin era stato costruito per un'altra destinazione d'uso: la zona uffici di un capannone di periferia, quasi ai confini della città. In origine l'immobile, ora di sua proprietà, era suddiviso in due stanzoni dove si amministrava la contabilità di un'azienda che produceva casse per imballaggio e bancali in legno.

Quando la città aveva oltrepassato le antiche mura che la circondavano da secoli, la periferia era diventata quasi centro, e la fabbrica si era spostata più in là. Poi aveva traslocato ancora e ancora fino ad approdare in Bulgaria.

Per accedere al loft era necessario entrare in un parcheggio protetto da muri alti, un tempo luogo di carico e scarico.

Pavan non era così stupito che la Rebellin non abitasse in un condominio o in una delle innumerevoli villette che erano spuntate come funghi nel corso degli anni. Non era nel suo stile. Si era ben guardato dal chiedere l'autorizzazione a perquisire la casa, immaginando la reazione nervosa dei piani alti, ma aveva bisogno di farsi un'idea più precisa della vicecommissaria prima di andare a parlare col giudice, perché non desiderava ritrovarsi nella situazione di non sapere cosa rispondere. E quando si era ricordato di aver trovato nell'appartamento di Marino un mazzo di chiavi con una targhetta su cui era scritto GIUS, non era riuscito a resistere alla tentazione di infrangere il regolamento e un certo numero di articoli del codice penale.

Il commissario capo aspettò che non ci fossero macchine nei paraggi e azionò il telecomando del cancello.

Al suo passaggio i sensori accesero le luci: dall'esterno non potevano essere notate perché le imposte sigillavano il loft. Pareva che non fossero mai state aperte.

Pavan fu quasi assalito dall'eccesso di bianco. Bianco ovunque: sui pannelli che dividevano gli spazi abitativi, nel marmo del pavimento, sulle pareti, sui mobili.

Infastidito, inveì a mezza voce: «Quanta purezza di merda».

Iniziò la perquisizione partendo dall'ingresso, poi si spostò negli altri ambienti senza trascurare alcun dettaglio. Niente, non trovava nessun indizio. Nei cassetti la roba era sistemata secondo un ordine inanimato; ogni oggetto era lecito, non era presente nessun nascondiglio.

Non solo non c'erano indizi, ma pareva che la casa avesse ricevuto il comando di non parlare della Rebellin, di non confessare particolari che la riguardassero. E che lui voleva conoscere.

*Andrebbe bene anche una piccola macchia che stoni con tutto questo bianco del cazzo*, pensò Pavan, spostandosi dietro il pannello laterale che nascondeva un baldacchino, dal quale cadevano sul letto veli nuziali, leggeri e immacolati.

Gli venne voglia di strapparli.

Un ronzio discreto interruppe il silenzio: era un robot aspirapolvere che si ostinava a pulire all'orario comandato dal timer che si portava in corpo. Pavan schiacciò il pulsante di spegnimento insistendo col piede, come per uccidere uno scarafaggio.

Avrebbe voluto pestare con le suole anche i mobili color ghiaccio.

Imprecò e si allontanò dal letto troppo grande, su cui la coperta restò tesa a disegnare un lago gelato, liscio.

In bagno scoprì che la lavatrice non era mai stata usata e la cesta della biancheria sporca era vuota e immacolata.

L'uomo si convinse che non avrebbe trovato niente. A quel punto se ne voleva andare e basta, ma le solite redini del maledetto dovere imbrigliarono i suoi passi e lo portarono in cucina: l'unico ambiente che non aveva ancora ispezionato a fondo.

Considerò che anche il fornello, il lavandino, il tavolo parevano non essere mai stati adoperati, come d'altronde il resto degli arredi.

Prese una sedia, la girò e poggiò i gomiti sullo schienale. Si mise lì come se fosse affacciato a una ringhiera per guardare il panorama. Ispezionò i fuochi del fornello e si convinse che non erano mai stati accesi, né tantomeno rilevò tracce di calcare sui rubinetti.

*Questa accidenti di casa pare un negozio di arredamenti*, pensò spalancando gli sportelli dei pensili.

E l'imprevisto comparve: una massa di vermi bianchi si muoveva, inquieta.

«Finalmente qualcosa che ti somiglia, Giustina» ghignò Pavan, e gli passò la fretta di andarsene.

Poggiò la schiena contro il bracciolo del divano di pelle bianca e allungò i piedi sulla seduta. Un segnale acustico lo avvertì che aveva ricevuto un messaggio. Puntò i piedi sulla candida pelle per sollevare il bacino e prendere il cellulare dalla tasca posteriore dei pantaloni. Osservò con un certo godimento l'impronta che avevano lasciato le scarpe.

Lesse un messaggio della moglie, Gemma: non era riuscita a spedire il figlio a scuola.

Pavan non rispose. Prese la sigaretta elettronica e fumò avidamente.

Suo figlio lo faceva sentire inadeguato, inabile a esprimere quell'affetto semplice che non va cercando chissà cosa per sapersi dire. Prima che il cancro di Gemma si decidesse ad andare in remissione, lei gli aveva chiesto se sarebbe stato in grado di diventare madre e padre, nel caso in cui non ce l'avesse fatta.

Lui non le aveva risposto che non era capace nemmeno di fare solo il padre. Le aveva preso tra le sue la mano amata e le aveva fatto un'altra promessa: «Starai bene».

Sapeva stare zitto, sapeva cambiare discorso, non sapeva mentire alla moglie. Da quando si era ammalata non riusciva più nemmeno a ripetere quelle piccole bugie, infami e quotidiane, che sono il *così sia* per andare avanti.

Per non lasciarsi più.

Lei rideva quando lo vedeva annaspare nella verità. Lui invece si faceva serio. Tutto era inutile, tranne concentrarsi sulla risata di Gemma, per non dimenticarla.

Faceva lo stesso con altri particolari: il modo in cui Gemma sollevava i capelli fermandoli con la prima cosa che le capitava tra le mani. L'abilità di camminare leggera, soprattutto di notte, per non svegliare lui che faceva finta di dormire. Il cantare male e a mezza voce motivi che non riusciva a riconoscere.

Imparava a memoria quei gesti in apparenza insignificanti, li ripassava ogni giorno. Ripeterli nella mente lo estenuava di malinconia, ma non poteva farne a meno.

Prima di andarsene, riaprì i pensili della cucina. I vermi scivolarono sul piano di cottura, sul lavello, sul pavimento.

Pavan raggiunse il centro della città. Il commissario capo non si sentiva a suo agio tra i negozi delle vie belle. Il paesaggio aveva nel retrobottega i suoi vermi bianchi: nascondeva come stavano realmente le cose, il disagio di tutto ciò con cui aveva a che fare ogni maledetto giorno. Purtroppo non poteva fare finta di non saperlo: a volte gli sarebbe piaciuto ma niente, erano anni che non ci riusciva.

All'inizio sì, ne era stato capace, ma il giovane di quei bei tempi non gli somigliava più.

Arrivò al bel palazzo ottocentesco che ospitava il tribunale e si infilò nel vecchio ascensore col ferro battuto, i ghirigori e i pulsanti di madreperla.

Anche la segretaria che lo accompagnò davanti allo studio del giudice David Durante gli sembrò ottocentesca. «Commissario capo, aspetti qualche minuto prima di bussare. Il giudice è quasi pronto per riceverla.»

«Sa, ho un po' di fretta. Ho lasciato la carrozza in divieto di sosta.»

«Mi scusi... non ho capito, commissario.»

«Niente, non fa niente.»

Appena la segretaria girò le spalle, Pavan entrò senza bussare nello studio del giudice Durante.

Il commissario capo restò in piedi mentre il magistrato, imperterrito, continuava a far scorrere le immagini su un tablet; poi lo allontanò, come per disfarsene.

Pavan si sedette senza invito.

«Prego, si accomodi» sottolineò Durante seccato.

Pavan finse di non aver sentito. Espose al giudice quello che voleva dirgli, omise parti dell'indagine che non voleva ancora riferire, poi arrivò al punto: «La vicecommissaria Rebellin sta dando la caccia alle ragazze. È al corrente delle nostre indagini perché ha corrotto un collega, il vicesovrintendente Marco Baldrati. Lo abbiamo incastrato e ha confessato».

«Ma non l'avete arrestato.»

«Lo sbattiamo fuori dalla polizia.»

«Marino, la Rebellin e ora questo Baldrati. Non pensa sia il caso di affidare ad altri le indagini, per manifesta incapacità di gestire il personale?»

Pavan non se lo aspettava. Restò per qualche secondo in silenzio, raccolse una Bic dalla scrivania del giudice e guardò l'inchiostro mezzo consumato, come se fosse in grado di rivelargli tutti i segreti del mondo.

Gli serviva qualche momento per addomesticare il senso di ribellione. Posò la Bic e disse che aveva sempre lavorato bene, lui.

Pensò che *piuttosto* ci sarebbe stato da rivedere il lavoro lento della magistratura e le relative prescrizioni, che avevano lasciato in libertà veri pezzi di merda dopo che lui e i suoi si erano fatti il mazzo per arrestarli.

«Io e i miei abbiamo sempre lavorato bene» ripeté.

«Lo dimostri, Pavan» ribatté il giudice. «Abbiamo bisogno di risultati. Catturi in fretta le ricercate e veda di trovare e mettere discretamente al sicuro la vicecommissaria Rebellin.»

«Che significa, *discretamente*?»

«I suoi superiori non l'hanno informata?»

«No.»

«Hanno lasciato a me il compito» disse Durante con un sorriso amaro stampato sulle labbra. «Giustina Rebellin dovrebbe essere arrestata, ma i piani alti della procura e del ministero sono convinti che sbatterla in galera sposterebbe la simpatia dell'opinione pubblica verso le ragazze.»

Pavan sospirò e ripeté la domanda, aggiungendo che lui e i suoi uomini avrebbero avuto a che fare con una poliziotta scaltra, esperta e probabilmente armata.

Il giudice alzò un indice. «Incarichi un solo uomo di cui si fida di localizzarla, poi penserà al modo migliore per risolvere il problema.»

Pavan si tirò su. Era visibilmente esasperato e confuso. Durante se ne rese conto e tornò a consultare il suo tablet.

Il commissario uscì dal tribunale e si diresse a piedi verso la questura; poi cambiò idea, chiamò Pipitone e gli diede appuntamento in un bar.

L'agente scelto arrivò una decina di minuti più tardi. «Quando stavo all'Anticrimine di Trapani» disse prima ancora di salutare, «se il dirigente ti invitava a prendere un caffè all'esterno della questura significava che c'era un problema da risolvere, ma di media entità. Se si trattava di un aperitivo allora il guaio era serio, ma se ti portava in trattoria per un piatto di busiate cu l'agghia si trattava di una catastrofe. Qui come siamo messi, commissario?»

Pavan pensò che Pipitone sarebbe diventato un poliziotto di prim'ordine. «Secondo questi criteri avrei dovuto portarti in un ristorante stellato» rispose con un sorriso tirato. «Ti devo chiedere di occuparti di una certa cosa, ma se va male gli unici responsabili saremo noi due. Se vuoi ti puoi rifiutare e non te ne farò una colpa.»

«Ho fatto un affare con 'sto trasferimento» tentò di scherzare l'agente.

Il commissario gli spiegò la faccenda in tutti i dettagli. Dopo un lungo silenzio, Pipitone disse: «Pretendono l'impossibile. Se la Rebellin non torna volontariamente, da solo e senza allertare le questure a livello nazionale non ho nessuna possibilità di individuarla».

«I capi vogliono pararsi il culo: se Giustina combina qualcosa di grosso daranno la colpa a noi, perciò a questo punto iniziamo anche noi a giocare con altre regole.»

«Che significa?»

«Che useremo le risorse necessarie, pur mantenendo un basso profilo: emaneremo un ordine di ricerca per una donna, forse straniera, ma la foto sarà quella della Rebellin.»

«Non è quello che servirebbe, ma è già qualcosa.»

Le ragazze avevano sbagliato i calcoli. La strada da fare a piedi era più lunga del previsto, parecchio più lunga. Avevano abbandonato il camper in un'area di parcheggio poco frequentata, al margine della campagna. Per restare al sicuro dovevano scegliere i sentieri nelle pinete demaniali e nella boscaglia mal tenuta: erano sentieri nascosti, bui e accidentati.

Le ragazze inciampavano, cadevano, si ferivano con i rovi.

Si perdevano, tornavano indietro, ricominciavano.

Anna non aveva ancora ceduto alla fatica, teneva duro. Le venne voglia di parlare con Claudia. Di sentire le loro voci nel buio. Lo facevano sempre, a casa.

«Non ti ricorda la Foresta Umbra nel Gargano, questo posto?»

«Insomma, mica tanto. Ma poi cosa mi deve ricordare che non si vede niente?»

«Gli odori, non so. A me sì, la ricorda. In estate, quando eravamo piccole. Non era ancora... Non era ancora successo niente.»

«Non ci voglio pensare, Anna, lascia perdere. Cammina.»

«Sai perché stai peggio di me?»

«No, perché?»

«Perché non sei incinta, Claudia.»

«Levati questa fissazione, per favore.»

«Il bambino è una protezione.»

«Tu sei pazza. Lo sai, sì? Voglio proprio vedere quando nascerà, magari è pure maschio. Sai che sollievo!»

Anna rise. «O forse non nascerà per niente, resterà nella pancia. Diventerò una gigantessa incinta.»

Rise anche Claudia, suo malgrado. «Ma tu ci fai o ci sei? Cammina, Anna, muoviti.»

In quel momento le raggiunse la voce di Teresa: «Dobbiamo tornare indietro, cazzo. C'è un muro di rovi che sbarra il sentiero».

«Un'altra volta?» Ora Anna era davvero stanca.

«Un'altra volta.»

Continuavano a perdersi. Sprecavano energie.

Domitilla non poteva conoscere quei percorsi secondari, quasi impraticabili: nella "Villeggiatura" – come in famiglia chiamavano la grande casa nelle Marche – ci arrivavano in macchina, percorrendo strade larghe e comode. L'autista e il loro lussuoso SUV non avevano certo bisogno di passare inosservati.

La selva era interrotta ogni tanto da piccole radure. Macchie di pineta si alternavano a fitte boscaglie, e non sembrava esserci traccia di abitazioni.

Nella notte senza luna, ogni tanto echeggiava dall'alto il suono di rami spezzati. Le ragazze, a ogni rumore, si portavano le mani sulla testa senza smettere di camminare, cercando di non far caso alle voci delle bestie che arrivavano dalle frasche: grugniti, lamenti di prede, richiami di rapaci, squittii.

Non era facile restare lucide, e neppure evitare di farsela sotto.

Solo Rachida pareva imperturbabile e non si lamentava a ogni cambio di direzione, come facevano le altre. Riprendeva a marciare, a testa bassa, muta.

Intanto si diceva nella sua lingua: *Basta che non mi chiudano dentro. All'aperto resisto, posso comunque respirare aria libera. Ma rinchiusa no, mai.*

Nel corso di quella marcia ostinata cresceva in lei, come nelle sue compagne, un sentimento di angoscia e di rimpianto. Il camper di Prudencia, il vecchio mulino di Dannunzio e prima ancora la cascina nella campagna veneta erano stati rifugi, nicchie protette in cui avevano potuto sentirsi unite, e sperimentare perfino momenti di allegria. La malasorte aveva concesso loro un po' di benessere, brevi istanti, prima di ricacciarle verso un destino infame. Era un crudele, stupido gioco. E mentre la fatica aumentava, insieme ai crampi alle gambe, cominciavano tutte a rendersene conto.

C'era chi si abbatteva e basta e chi sputava bestemmie, in silenzio, per non sprecare le poche forze rimaste.

Léa consegnava al buio l'oscurità dei suoi pensieri. Le mancavano i compagni, con loro non avrebbe temuto niente. Una volta, durante una fuga dopo aver liberato gli animali di un allevamento lager, era svenuta. L'azione non era andata a buon fine a causa di un idiota di custode che aveva dato l'allarme. Lei, invece di correre via, si era accasciata a terra, priva di sensi. Gli amici l'avevano sollevata di peso e se l'erano caricata sulle spalle. Il suo corpo rallentava la corsa di tutti, ma non l'avevano abbandonata. Aveva ripreso conoscenza in un campo, stesa sull'erba fresca. Le avevano dato dell'acqua, senza una parola sul rischio che aveva fatto correre al gruppo. Avevano un ideale, loro, che includeva la volontà di non lasciare nessuno a terra. Pregò di non perderlo mai di vista, quell'ideale, anche se, doveva ammetterlo, non era affatto facile.

Teresa elencava nella sua testa i propositi della vendetta, per recuperare l'energia per il passo successivo. E poi per un altro. E poi per un altro ancora. Quella rabbia doveva portarla fino in Calabria. Nel desiderio spietato di rivalsa si infilò il ricordo della madre, che le ferì lo sterno con una fitta. La vide, bella, che indossava il grembiule. Addosso a lei diventava un manto. La vide con i lividi in faccia, mentre se li copriva con il fondotinta, davanti allo specchio: «Ricorda, Teresa, i lividi non si devono vedere mai, quelli di fuori e quelli di dentro. Comunque, già non mi fanno più male». La vide mentre il nonno le diceva che non doveva sedere a tavola e lei si sedeva lo stesso, nell'imbarazzo delle altre donne. Le anticipavano in un sussurro le punizioni che avrebbe subìto per giustificare il coraggio che non avevano. La vide, stanca, mentre le parlava di Fiore: «Non mi importa niente delle persone a cui vuoi dare il cuore: femmine, maschi, fossero pure bestie, non mi importa, Teresa. Ma non darglielo tutto, conservatene un pezzo, anzi, tienitene tre quarti, che quello, il cuore, già si sciupa da solo con gli anni, non c'è bisogno di distribuirlo in giro». La vide mentre cucinava, la sentì mentre cantava, ma si costrinse a interrompere quel ricordo. La voce della madre era arrivata fin lì, le risuonava dentro, nel buio. E nemmeno il pensiero della vendetta bastava a lenire il dolore.

Rachida infilò il piede sotto un ramo e cadde in un cespuglio di spine. Si rialzò senza un lamento e non si curò nemmeno di asciugare il sangue dei graffi. Ognuno di essi, ogni livido, ogni sforzo e ogni graffio, lo accettava volentieri. Erano il prezzo per la libertà.

La più spossata invece era Claudia. Stava sempre un passo davanti ad Anna, per proteggerla dagli inciampi e dagli altri imprevisti. Non ce la faceva più. Non ce la faceva più a provvedere per entrambe, sentiva di non poter sopportare ancora a lungo quel peso. E poi sua sorella la spaventava, con quei discorsi continui sul figlio: il sangue del maledetto che l'aveva ingravidata forse era entrato in circolo con quello di Anna, lo aveva guastato della stessa pazzia. Aveva paura, Claudia, una paura crescente, che la sfiniva più dei chilometri e della fame.

Intravide nell'oscurità Domitilla, e le sembrò un fantasma leggero che non aveva mai dovuto pensare a niente altro che a sé. Un fantasma fortunato. Si avviò verso di lei.

«Sono ore che giriamo. Dove sta la casa?»

Teresa riconobbe la rabbia di Claudia: era più debole ma simile alla sua, ed era diretta contro la ragazza bella e svagata che era riuscita a catturarle i sensi dopo tanto che non le succedeva. Da quando le era capitato con Fiore, a cui non doveva pensare per nessun motivo. Il ricordo di quell'amore riusciva solo a farla sbagliare e avrebbe finito per farla catturare. Aveva ragione sua madre: di pezzi di cuore ne aveva dati troppi.

Anche per questo, Teresa strinse i pugni e si piazzò a un passo da Domitilla, decisa a difenderla.

Lei però non aveva paura e le spinse un indice sulle labbra per farla tacere. Per dirle: "Ci penso io, ho più risorse di quello che credi".

Ormai vicina, Claudia ripeté: «Sei sorda? Dove cazzo sta la casa?».

Domitilla fece un gesto con il braccio come se stesse indicando una via lontana, misteriosa.

«Vedi, Claudia, i ricchi la bellezza la nascondono. Ostentare il lusso è una cosa volgare.»

«E questo che c'entra?»

«Non edificherebbero dimore di lusso a bordo strada.»

«Secondo te è meglio in questo schifo di bosco?»

«Non mi aspetto che tu capisca. Seguitemi, riconosco questa radura, ci siamo quasi.»

Anna era andata appresso a Claudia, come faceva ogni volta. Senza la gemella non sapeva stare nemmeno un minuto. L'avrebbe seguita anche in fondo al mare. Pure lì avrebbero trovato una bolla che le avrebbe fatte respirare, proprio come quando dormivano abbracciate nella casa paterna per difendersi dal veleno che le appestava, che le voleva morte e senza sogni. Loro sognavano, invece, e non faceva niente se nel sonno vedevano l'impossibile.

Domitilla si incamminò a passo sicuro: sì, aveva riconosciuto il posto. Ora ne era certa.

Dietro il paravento degli alberi comparve una strada carrabile che conduceva a un cancello e proseguiva più avanti.

La ragazza frugò in un anfratto, trovò le chiavi. Le fece tintinnare.

«*Les jeux sont faits.* Ci siamo.»

Anna parlò sottovoce alla sorella. «Trattieniti, non la sfanculare» disse. Appena in tempo.

Aperto il cancello, le ragazze si avviarono. La Villeggiatura era più una tenuta che una villa.

Pini alti venti metri affiancavano la strada carrabile e impedivano di vedere quello che c'era dietro. Non venivano potati da chissà quanto e le chiome a ombrello pesavano sulle biforcazioni dei rami maggiori. Le radici avevano sollevato il manto in frammenti arsi di terreno.

In molti punti la vegetazione selvatica aveva invaso i viali, che non si vedevano quasi più.

Tele fitte di rami secchi formavano un tessuto naturale mosso dal vento.

Non era certo un paesaggio rassicurante, ma le ragazze cedettero ugualmente alla fiducia: la villa ancora non era visibile, ma c'era; loro erano entrate nella tenuta e a breve l'avrebbero trovata.

Avrebbero potuto passare il resto della notte in un luogo sicuro, senza il grugnito pericoloso dei cinghiali, senza cadere nei rovi, senza il buio che rosicchiava gli occhi e la paura.

Respiravano meglio, le ragazze. Potevano perfino ammettere di non farcela più.

Finalmente comparve la casa. La sagoma si riconosceva a stento perché gli alberi ingombravano i contorni della struttura fino ai punti più alti dell'edificio. Si potevano però immaginarne le dimensioni. Non erano ampie in confronto allo spazio circostante. I costruttori avevano voluto privilegiare i luoghi all'aperto. In quelli che dovevano essere stati prati o giardini erano presenti residui di impalcature di gazebo, pali rotti che un tempo avevano sostenuto tendoni candidi.

Domitilla si guardò intorno e rabbrividì. La villa non aveva più niente a che fare con i suoi ricordi estivi: si chiese come fosse possibile che un tempo lì crescessero i fiori, dove fosse finito il laghetto artificiale con i pesci rossi, che accidenti fosse successo all'altalena che per lei bambina funzionava meglio di un acido: poteva diventare una liana, un aeroplano, una battaglia nel cielo.

Mentre cercava tra le chiavi quelle del portone d'ingresso, cominciò a spiegare alle altre, e a rammentare a se stessa, come era l'interno della casa.

«C'è un ingresso, molto grande. Un salone doppio, cucina e bagno. Poi, al primo piano, le camere da letto con vista sul giardino. Ognuna ha...»

«Ma chi sei» la interruppe Teresa, «una minchia di agente immobiliare? Apri e basta.»

Domitilla si azzittì di colpo. Una vampata di rabbia le colorò le guance. Non disse che voleva raccontare com'era la casa perché non la riconosceva più, non sapeva cosa fosse diventata.

E nel disastro di quelle mura, nel loro stato di abbandono

(*Vedrai, sarà divertente.*

*Non devi dirlo a nessuno, hai capito?*)

rivedeva dolorosamente se stessa.

*Fottetevi. Fottetevi, voi e tutti i* com'era *del mondo,* pensò. E aprì.

Le ragazze entrarono nella villa. Appena superato il passetto d'ingresso, il loro sospiro di sollievo si trasformò in un mormorio di stupore.

Un pino si era abbattuto sul lucernario, lastre di vetro

penzolavano minacciose, trattenute a stento dai cavi elettrici. Dalle crepe nelle pareti sbucavano i rovi. La scala di accesso ai piani superiori era crollata e il parquet si era trasformato nel fondo di uno stagno.

*Ecco dov'è finito il laghetto artificiale*, pensò Domitilla.

I muri scricchiolarono. Una pesante lastra di vetro sospesa sopra le loro teste sembrava le stesse aspettando per liberarsi dai cavi, smossa forse dalla porta, e venne giù con un sibilo di mannaia.

Rachida urlò: «Fuori di qui, presto!».

Le ragazze si precipitarono all'esterno, mentre la lastra esplodeva in mille pezzi fra i gradini e l'acqua bassa. La prima a uscire fu Claudia, che trascinò la sorella.

«*Les jeux sont faits* un cazzo, Domitilla.»

«Già» rispose lei senza scomporsi. «Ecco perché chiedevano un patrimonio per la ristrutturazione.»

Le ragazze si fermarono dietro un pino, poco prima di superare di nuovo il cancello.

«Cosa facciamo?» Rachida lo aveva chiesto a Domitilla. Era l'unica che, almeno in apparenza, non ce l'avesse con lei.

Claudia invece l'avrebbe presa a calci. «Che cazzo glielo chiedi a fare? Per poco non ci faceva ammazzare dalla sua villa di merda. Siete ricchi, dico io? E allora usateli, i vostri fottuti soldi: così almeno fate mangiare pure una mandria di lavoratori. Per sistemare tutto questo sfacelo potreste impiegare tutti i licenziati dalla Whirpool.»

Domitilla le oppose un tono indifferente: «Sai, Claudia, penso che dei lavoratori ti importi quanto importa a mio padre, quindi più o meno niente. A voi gli interessi degli altri stanno a cuore solo quando coincidono con i vostri. A te importa solo della tua gemellina. Ci uccideresti una dopo l'altra, pur di salvarla. Non credere che non l'abbiamo capito».

Teresa non poteva mostrare alle altre di essere troppo sbilanciata verso Domitilla, proprio per non farla detestare ancora di più. «Claudia esagera, va bene, ma è possibile che a te non sia saltato in mente che la casa poteva essere inabitabile?»

«Certo, ma non fino a questo punto. E poi ho pensato che comunque questa è una zona che conosco come le mie tasche.»

Claudia rise, cattiva. «Lo abbiamo notato! Forse la conosci come le tue tasche quando sono piene di fentanyl.»

«Tu sì che conosci i miei gusti: il fentanyl è il mio lecca lecca preferito.»

In quel momento Anna sentì l'utero stringersi. Le parve che una specie di artiglio le avesse afferrato le viscere. Prese la mano di Claudia e se la portò sulla pancia.

«Sta morendo soffocato» gemette.

«Non sta morendo, stai calma, è solo una contrazione: hai esagerato con la fatica di questi giorni. Ma ora mi sono rotta il cazzo. Dobbiamo decidere cosa fare e lo dobbiamo decidere prima di subito. Hai capito, Domitilla?»

«Ti sei spiegata benissimo e con un linguaggio davvero alto, complimenti.»

Claudia fece di nuovo per aggredirla, e Teresa scattò. Le bloccò i polsi, glieli strinse con forza e la scaraventò addosso ad Anna.

«La prima che alza le mani su una di noi fa una brutta fine. Ve lo prometto.»

«Ora basta, però.» Anche Léa si era messa in mezzo. «Litigare fra noi è stupido e inutile.»

Domitilla alzò le braccia. «Non è successo niente.»

La faccia di Teresa continuava a fare paura. Domitilla le mandò un bacio con la mano, poi spiegò che poco distante c'era un'altra villa libera: i proprietari non risiedevano più in Italia.

Il *poco distante* si rivelò un'altra mezz'ora di cammino; durante il tragitto ad Anna tornarono le contrazioni, sempre più ravvicinate.

Claudia sentì crescere l'ansia: sapeva che la sorella non avrebbe resistito a lungo.

Quando arrivarono alla villa incustodita, mentre le altre si chiedevano come entrare senza fare troppi danni, raccolse un sasso e ruppe il vetro della porta di servizio.

Il suono dell'allarme rimbombò per tutta la pineta, fino alla provinciale. Le ragazze corsero via, con le mani premute sulle orecchie. Claudia si allontanò per ultima, mortificata.

Non c'era tempo per dirle quello che ognuna stava pensando di lei.

La fuga doveva continuare.

Appena furono sufficientemente lontane dalla villa e dall'antifurto, Léa chiese a Domitilla se da qualche parte lì vicino ci fosse una stazione. Andava bene tutto.

«Di notte qui non ci sono autobus, né treni» fu la risposta. «L'unica è superare i campi coltivati e raggiungere la prima area di servizio. Là potremmo chiedere un passaggio, oppure non so.»

Léa scambiò uno sguardo con Teresa, che riprese la marcia insieme a Domitilla attraverso la campagna. Rachida le seguì senza dire una parola.

Léa chiuse la fila dietro Claudia e Anna. Quando Anna rallentava, le diceva di muoversi, ché la galera non era il posto migliore dove crescere un figlio. Per fortuna in quel tratto il terreno era più agevole. La camminata non fu troppo faticosa, e le condusse finalmente all'area di servizio.

«Nascondetevi là dietro.» Teresa indicò dei cespugli, appena fuori dal cono di luce del bar. «Faccio io, rimanete ferme qui. Claudia, hai capito?» La ragazza mosse la testa in un sì.

Léa si accucciò tra Claudia e Anna, mentre la calabrese si allontanava.

Rachida si mise a contare i suoi passi, poi i numeri diventarono preghiera.

Domitilla si frugò nelle tasche in cerca di una pillola, ma non trovò niente. Le aveva finite, eppure ricordava di averne ancora una o due. Forse le erano cadute, pensò.

Teresa impugnò la pistola e infilò la mano armata sotto il giubbotto. Sapeva cosa doveva fare. Si appostò dietro la pompa di benzina con il cappuccio calato sugli occhi. Sembrava uno dei tanti vagabondi che per qualche spicciolo aiutano gli automobilisti a fare rifornimento al distributore automatico.

E aspettò.

Una Smart e una vettura cinquanta di quelle che si guidano senza patente si fermarono per fare benzina. Non andavano bene, per loro. Poi accostò una Mercedes station wagon e Teresa si preparò, ma la donna al volante si limitò a rallentare, le lanciò uno sguardo e proseguì.

Finalmente la calabrese vide arrivare un furgone che si fermò a pochi metri dai cespugli dove stavano nascoste le altre.

Dal posto di guida scese un uomo: si rivolse in rumeno

a tre donne che restarono nel retro del mezzo e si avviò verso il bar. Poco dopo tornò con un panino e una Peroni. Teresa lo raggiunse alle spalle e gli spinse la canna della pistola contro la schiena.

«Dammi le chiavi.»

L'autista non si scompose e addentò il panino.

«*Dracu', nici măcar mort.* Il furgone non è mio. Sparami. Meglio un colpo di pistola: se non consegno le donne e il furgone, i padroni mi faranno di peggio. Vuoi un sorso di birra? È bella fresca.»

«Lascia perdere la birra.»

L'uomo alzò le spalle. «Come preferisci. *Cocoșii tăi.*» Bevve.

Teresa gli si piazzò davanti, con la pistola spianata. Ogni tanto lanciava uno sguardo ai cespugli dietro i quali erano nascoste le compagne. Era indecisa. Aveva capito che l'autista era un professionista della strada, e che con lui le minacce non servivano.

«E se ti pago?»

«Se mi paghi il giusto, accompagno dove ti pare te e chi sta dietro i cespugli.»

«Va bene.»

Le ragazze, che non avevano perso una parola dello scambio tra i due, sbucarono dal buio e parteciparono alla trattativa. Si accordarono con l'uomo.

Teresa mise via la pistola e infilò una mano nel marsupio sottratto a Marino per prendere i soldi. Nel frugare sentì sotto le dita la scheda nascosta nella tasca interna. Non capì cosa fosse, ma il suo istinto le suggerì che poteva essere importante. Se la infilò nel reggiseno.

Rivide lo stesso gesto che faceva la madre, quando suo padre le dava i soldi. Era un rituale quotidiano: «Per la spesa» le diceva, «fatteli bastare.» La madre contava i soldi e poi se li infilava nel reggiseno.

Tremò di rabbia. Si ficcò le unghie nel braccio per cercare di coprire con il dolore fisico quell'altro dolore, più terribile, che non la lasciava mai.

Le ragazze montarono sui sedili posteriori e Teresa sedette vicino all'autista, per controllare lui e la strada.

I due si capivano, venivano dallo stesso mondo. L'autista minimizzò: la minaccia con la pistola era solo una regola come un'altra per sopravvivere alla vita di strada. Teresa annuì: non aveva niente contro di lui, le serviva solamente il furgone.

«In futuro, comunque, è meglio che non la spingi addosso, la pistola. Sta' più lontana. Se minacci qualcuno da vicino non sai mai quello che può succedere.»

Le parole dell'uomo si ficcarono nella testa di Teresa. Erano diverse da quelle che aveva pronunciato suo nonno quando le aveva regalato la prima pistola.

«Tieni. Tanto si è capito che sei un maschio sbagliato e tua madre non ha saputo fare maschi veri» le aveva spiegato in dialetto. «Con questa non devi avere paura di niente. Comandi tu. E comandare è meglio che fottere. Prendi la pistola e comanda. Non devi avere paura di niente e di nessuno. Solo di me.» Aveva riso e poi l'aveva baciata in fronte, stringendole la testa tra le mani.

Non era vero, aveva ragione l'autista: anche con una pistola in mano non si sapeva mai quello che poteva succedere, e poi fottere era meglio che comandare e per fottere bisognava restare vivi, ma vivi davvero, non come soldati in guerra. Quello era sopravvivere, funzionare, non vivere.

«Mica c'hai da bere?» chiese all'autista.

«Avevo la birra. L'ho bevuta.»

«Peccato. Volevo festeggiare.»

«E che cazzo hai da festeggiare?»

«Il fatto che poi me ne sono andata.» Lui dopo un momento fece di sì con la testa. Non aveva bisogno di conoscere i particolari. Certe cose le poteva capire.

La rumena più anziana fece segno ad Anna di stendersi. Si spostò e liberò parte del sedile. La ragazza poggiò la testa sulle gambe di Claudia, mentre la donna le afferrò i polpacci e li sistemò sulle sue cosce. Con una pressione leggera prese a massaggiarle le caviglie.

Anna pianse le lacrime di stanchezza che fino a quel momento era riuscita a trattenere.

«Certe volte il bene fa peggio del male» le sussurrò Claudia. «Devi resistere. Sono certa che prima o poi lo troveremo un posto dove stare.» Mentiva. Non l'avevano mai avuto ed era convinta che probabilmente non lo avrebbero avuto mai.

«Tra tanti anni, quando avremo il figlio?» Anna stava scivolando nel sonno. Le sue parole perdevano di senso, ma riuscirono comunque a indispettire la sorella.

*Ancora con questo figlio*, pensò, guardandola. *La gravidanza dura mesi nove, nove mesi, non nove anni, dopodiché partorirai in ospedale e il figlio lo lascerai là. Vedrai, non avrai abbastanza parole e lacrime per convincermi del contrario. Lui resterà in ospedale e lo adotteranno dei beati incoscienti. E noi saremo libere. Libere davvero, finalmente.*

Léa, con Teresa distante, aveva campo libero con Domitilla. La tirò verso di sé, l'abbracciò da dietro e le accarezzò il seno. Domitilla la lasciò fare.

«Qual è la tua droga preferita, Léa?»

«Nessuna, a parte l'erba che coltivavamo noi per non incrementare il mercato criminale, che è il miglior complice del capitalismo.»

«La maria mica è droga.»

«Allora diciamo che non mi piace nessuna droga.»

Rachida, che era seduta al loro fianco, posò lo sguardo su Teresa, poi su Léa e su Domitilla. Non disse niente. Non erano affari suoi.

«E ora musica. *Hai sa dansam*» esclamò l'autista accendendo la radio.

Il pezzo finì e lasciò spazio al giornale radio. Le ragazzine in fuga erano la notizia di apertura: lo speaker nominò Domitilla, Léa e Teresa, poi continuò: «Sono questi i nomi di tre delle sei ragazze. Molte le ipotesi sul caso che continua a dividere l'opinione pubblica, in Italia e non solo. Qual è la relazione tra le minori in fuga e l'omicidio brutale di Cristoforo Marino? La polizia e gli organi competenti si trincerano dietro i "no comment". L'ultima notizia risale a poco fa: la polizia postale ha bloccato alcuni siti dove venivano riportate generalità e fotografie delle ragazze e si invitavano gli utenti a partecipare alla caccia. A questo proposito ascoltiamo l'opinione del sociologo Filippo de Harmin, che...».

L'autista cambiò stazione senza dire nemmeno una parola. Prima che una musica spagnola riempisse il furgone, il silenzio si era fatto pesante.

Léa, con un gesto che escludeva il rifiuto, si fece prestare il telefono dalla donna più giovane, che fino a quel momento non l'aveva degnata di uno sguardo. I cellulari usa e getta che avevano preso al pusher non si collegavano a internet. La rumena glielo diede a malincuore, non voleva smettere di far scoppiare le palline del gioco.

Tutti i social erano invasi dai loro nomi, accompagnati da frasi irripetibili, insulti lunghi dieci righe, immagini di forche e altre amenità.

Ma c'erano altrettanti commenti in loro difesa. Erano innocenti. Erano vittime. Erano agnelli sacrificali di un sistema malato. Erano loro le prede dei cattivi.

Léa passò il telefono alle compagne. Osservarono le schermate a una a una, dicendosi con gli occhi che il peggio doveva ancora venire, o forse era già arrivato. Solo Domitilla reagì con un'alzata di spalle, prima di restituire il telefono alla proprietaria, che riprese a far scoppiare le sue palline.

A lei e alle compagne, di quella storia di fughe e invocati linciaggi non importava granché. Avevano tutte i loro guai a cui pensare: gli anni a venire avrebbero visto le due più giovani sulla strada e la più anziana in una casa piena di vecchi a cui fare da badante.

Dalla parte anteriore del furgone risuonò la voce di Teresa.

«Dormiamo, ché domani sarà tosta.»

*Anche il sonno vuole comandare*, pensò Claudia. *'Fanculo... e poi, è già domani.*

Giustina arrivò a pochi metri dalla villa e si passò la lingua sulle labbra. Stava per prendere le ragazze. C'era quasi.

Le avrebbe piegate, a una a una. Avrebbe iniziato con Anna, la fragile, e le altre sarebbero state lì a guardare. Le immaginò legate, che si dimenavano mentre lei procedeva con il suo repertorio preferito. Lo aveva perfezionato negli anni. Era stata brava.

Le ragazzette avrebbero parlato, certo che lo avrebbero fatto, e le avrebbero restituito la scheda. Ma non subito, ché prima doveva intrattenersi con quello che più le piaceva fare.

La voglia si mosse dalla bocca al resto del corpo, poi sparì: i lampeggianti delle auto della polizia illuminavano tutta l'area. Aveva appena perso il bottino che già sentiva suo.

*Cretine*, pensò stizzita e non sazia la Rebellin, mentre si allontanava. *Non riuscite a trovare un rifugio nemmeno per poche ore senza farvi beccare.*

Raggiunse la macchina e guidò fino a un'area di parcheggio fuori mano, dove erano fermi parecchi camion in sosta per la notte. Infilò la rampa di accesso, accostò e nascose l'auto dietro un tir con targa ungherese.

Abbassò il finestrino e respirò l'aria della notte. Le ragazze avrebbero dovuto pagare anche per quella delusione. Le era capitato altre volte: quando stava per soddisfare le sue voglie e qualcosa o qualcuno glielo impediva, le montava nel corpo un travaglio, una disillusione d'amore. In realtà con l'amore non aveva niente a che fare, quella disillusione, ma lei così la chiamava, per sfregio a tutte le menate sulle passioni che dovevano restare lecite. Ma ci erano mai entrati i predicatori a perdere tipo Pavan, nelle stanze vere e perciò segrete dei desideri? Macché, non sapevano nemmeno che cosa fossero.

Ignoranti. Quel mezzo prete innamorato del commissario capo era l'incarnazione di tutti i pipponi moralisti. Comunque, ragionarci su non serviva a nulla: Giustina era rimasta senza carne giovane. Questi erano i fatti, poche storie.

E lei conosceva un solo modo per curare il disinganno e la fame: ricominciare la caccia.

Telefonò al collega Baldrati per ricevere informazioni: un errore colossale. E dire che lo sapeva bene: per cacciare come si deve, qualsiasi frenesia doveva restare fuori dai piedi. Ma lei niente, si era lasciata prendere prima dal desiderio e poi dall'ira di averlo perduto.

Perciò sbagliò. Sentì solo «Pronto?» e attaccò con le domande. Dove erano le ragazze? Si erano fatte beccare? Dove le avevano portate? Baldrati doveva dirglielo, e pure subito.

La voce di Pavan la gelò. «Sono stato a casa tua» disse il commissario capo.

A Giustina bastò una manciata di secondi per ricomporsi. «E sei deluso perché non hai trovato nulla. Comunque, la perquisizione è illegale senza la mia presenza o quella del mio avvocato.»

«Infatti la mia è stata una visita privata. Ho suonato il campanello, non hai risposto e la porta era aperta» rilanciò Pavan.

«Balle.»

«E comunque tu non abiti in quel loft, che con lo stipendio da vicecommissaria non saresti in grado di permetterti.»

«Dimostralo.»

Pavan non accettò la provocazione. «Hai speso un sacco di soldi per quella casa deserta eppure non ci hai mai dormito nemmeno una notte. Un comportamento che suscita curiosità, non trovi? Sembra quasi che tu abbia una doppia vita, e come sai i poliziotti non se la possono permettere.»

«Che ne sai tu della vita? La tua è così grigia e scontata.»

Il commissario le impedì di continuare. Non aveva voglia di sorbirsi i giudizi di quella donna. «Dove ti trovi ora?»

«Cosa te ne importa? Sono sospesa dal servizio.»

«Devi tornare immediatamente per chiarire la tua posizione.»

«Col cazzo che torno: immagino che Baldrati abbia cantato come un usignolo.»

«Stai lontana dalle ragazze» sibilò Pavan. «Sappiamo che le stai braccando con metodi illegali. Non so cosa tu abbia in mente, ma stai rischiando seriamente di finire in galera.»

«Addirittura!» lo canzonò Giustina. Poi si concesse una piccola pausa prima di dire: «Pensavo fossi più in gamba, Pavan. Come sbirro non vali un cazzo. Sto solo cercando di dimostrare la mia totale estraneità».

«Non ne sono così sicuro: c'è dell'altro sotto. È evidente.»

«Non vuoi capire! Cristoforo Marino era uno stronzo, un porco. Io non c'entro. Se la reputazione di Cristoforo salta è un male per tutti. Sarebbe un peccato infangare altre persone specchiate. Il morbo dell'abuso di potere, della sopraffazione violenta può contagiare parti sane della polizia, del nostro gruppo di lavoro. Non credi, Pavan? Nessuno sarebbe in salvo. Nemmeno tu» sospirò Giustina, con un fondo di minaccia.

Pavan non cedette: «Bisogna capire chi ha dato il via al contagio, Rebellin, e schiaffarlo in isolamento. A me importa solo questo, e stai sicura che lo farò».

Giustina riattaccò. Scese dalla macchina e camminò tra i camion in sosta. Un autista la adocchiò ma lasciò subito perdere quella furia che parlava da sola. Doveva essere una matta, meglio non impicciarsi.

Giustina Rebellin stava infatti valutando a voce alta le possibilità che le restavano. Pavan aveva scoperto il suo traffico di informazioni con Baldrati, ma la sua linea difensiva sarebbe rimasta la stessa: lei si era sentita esclusa da un caso la cui soluzione era soprattutto un suo interesse. Perciò aveva chiesto al collega quelle informazioni riservate: voleva aiutare la polizia e dimostrare la propria innocenza. Lo avrebbe ripetuto come un disco rotto. Tanto la sua carriera ormai era andata a farsi benedire, e quello che doveva evitare era il carcere. Le ragazze dovevano risultare colpevoli e lei la vittima prima di Marino, poi delle fuggitive.

Doveva trovare quella maledetta scheda e organizzare la fuga nel caso finisse nelle mani dei colleghi. Poteva anche permettersi di restare in Italia, negli anni aveva costruito una rete di relazioni con criminali che si occupavano di soddisfare desideri particolari di clienti danarosi, e sarebbero stati loro ad aiutarla. Non certo per simpatia o solidarietà, ma per sfruttare le sue doti di predatrice.

Estrasse la carta sim dal cellulare e la spezzò con un gesto secco, pronta a buttarla. Poi ci ripensò, tornò alla macchina, prese un paio di forbici dal vano portaoggetti e la sminuzzò. Fin da quando era bambina aveva imparato che le lame avevano il potere di tranquillizzarla. Finalmente partì, e quando l'auto acquistò velocità gettò i frammenti dal finestrino.

Pavan intanto aveva avvertito Pipitone di localizzare la telefonata, e mentre aspettava di conoscere in quale luogo si trovava la Rebellin, si era concentrato sull'analisi di ogni singola frase pronunciata dalla donna. Aveva l'impressione di aver subìto più che dominato la conversazione. Sull'agenda appuntò che l'intonazione della Rebellin poteva essere qualificata come ossessivo-aggressiva. E dalla memoria riaffiorarono frammenti di situazioni in cui la sua sottoposta aveva usato lo stesso tono, sia con gli arrestati sia con i colleghi. Eppure non ci aveva fatto caso. *Dobbiamo trovarla prima che ammazzi qualcuno*, pensò mentre Pipitone entrava senza bussare. «La Rebellin sta braccando le ragazze. Il cellulare si è agganciato a celle telefoniche in prossimità di Acquasanta Terme, dove è stato individuato l'ultimo rifugio delle ricercate.»

«Parti subito» ordinò il commissario. «Sembra che le nostre minorenni stiano fuggendo verso sud, e Giustina non tornerà indietro fino a quando non le avrà trovate.»

«Posso dire quello che penso?»

«Certo.»

«La Rebellin è diventata pericolosa, e se la trovo l'ammanetto e la trascino qui. Me ne fotto dei piani alti.»

«Non farai niente del genere: chiamerai i colleghi della questura più vicina e ti farai aiutare.»

«Mi perdoni, commissario, ma dato che sono in missione per conto mio credo che deciderò sul momento.»

Alle sette del mattino le ragazze si fecero lasciare alla stazione di Afragola, in provincia di Napoli.

Dopo aver ascoltato il notiziario e aver controllato i social, avevano viaggiato per altre cinque ore sul furgone. Qualcuna era riuscita persino a dormire, ma non Teresa, che aveva continuato a parlare con l'autista rumeno. Le aveva detto di chiamarsi Tommaso e aveva finto, senza impegnarsi troppo, di non aver notato la coincidenza tra le ragazze in fuga del notiziario e quelle che erano nell'abitacolo.

«Certo che è lento 'sto furgone. Non rischi un colpo di sonno?» gli aveva chiesto Teresa quando avevano superato da poco Roma.

«Guido solo di notte, sono abituato. Tu perché non dormi, invece?»

«Devo pensare a come continuare il viaggio. Consigli, Tommaso?»

«I consigli sono *rahat*.»

«*Rahat?*»

«I consigli sono merda.»

«Tommaso, stiamo combinate talmente uno schifo che ci serve pure la merda.»

L'autista ci pensò un po' su: «Facciamo così: vi lascio ad Afragola. Vi dividete e poi salite tutte sul primo Frecciarossa per Napoli. Non li chiedono i biglietti, il viaggio dura pochi minuti e i controllori pensano solo a sedersi comodi a guardare i cellulari. Alla stazione centrale di Napoli potete prendere un intercity, anzi no, meglio un regionale. I regionali sono più sicuri».

«Grazie per la merda, Tommaso. Voi là dietro avete sentito? Scendiamo ad Afragola» gridò Teresa per sovrastare il rumore del furgone.

L'autista sorrise. Quella ragazza era un vero maschiaccio. Gli ricordava suo figlio. Chissà che fine aveva fatto.

Fece per accendere la radio e cercare altra musica, ma ci ripensò. Un altro notiziario avrebbe peggiorato l'umore delle ragazze, che già era una *rahat*, appunto.

Le parole urlate di Teresa svegliarono Domitilla.

«*A Fràgola*, che bel nome, ci porterà fortuna.»

Claudia si grattò la testa, nervosa.

«Cazzo, l'ha detto. Non devi pronunciare quella parola che comincia con la *f*, mai. E poi la stazione si chiama Afragòla.»

Prima di scendere, Domitilla chiese all'autista se avesse un po' di allegria a buon prezzo, che le erano rimasti solo pochi spiccioli. Lui le diede una pasticca di Rivotril. Grazie alla prescrizione del medico l'uomo aveva recuperato una scatola da venti compresse a un euro e ottanta: le diede una pasticca per cinque euro e le disse di berci su, altrimenti sarebbe servita a poco – carine le ragazze, ma il lavoro era lavoro e in fondo gli avevano anche puntato addosso una pistola.

Le fuggiasche arrivarono alla stazione di Afragola giusto in tempo per sentire l'avviso del Frecciarossa in partenza per Napoli. Si divisero e salirono su vagoni diversi.

Soltanto un tizio, che aveva avuto la loro stessa idea su un passaggio gratis Afragola-Napoli, creò qualche disturbo. Voleva vendere con insistenza dei calzini a Teresa, ma la smise quando riconobbe nei suoi modi bruschi qualcosa di familiare. L'atteggiamento di certe persone del suo paese, gente cui era meglio non dare fastidio. Abbozzò allora un inchino prudente.

«A chi appartenete?» chiese a Teresa.

«Alla morte» fu la risposta. Forse era stata scherzosa, ma non lo sembrava.

Il venditore di calzini si scusò e si allontanò, indietreggiando per non darle le spalle.

Per il resto, lei e le altre arrivarono a destinazione senza problemi.

La stazione centrale di Napoli le tranquillizzò. Comitive di turisti affollavano gli spazi davanti ai tabelloni elettronici delle partenze e degli arrivi, i pendolari si ritrovavano per l'appuntamento mattutino, gli autisti degli alberghi sulla costiera cercavano clienti, persone di ogni tipo spingevano valigie ingombranti o portavano a tracolla borse discrete. Il viavai anarchico dominava la scena.

Le ragazze si confusero tra la folla. Separate ma non troppo distanti fra loro. Claudia aveva avuto la tentazione di coprirsi la testa con il cappuccio della felpa ma Léa, che si trovava a pochi metri da lei, l'aveva dissuasa con un cenno del capo. I cappucci sollevati attirano l'attenzione delle guardie. Meglio, molto meglio indossare sciarpe, occhiali e berretti. La francese aveva nascosto il suo taglio di capelli con un foulard. Teresa era passata abbastanza vicino a una coppia di agenti, ma quelli erano impegnati a controllare i documenti di un ragazzo di colore. Non l'avevano degnata di uno sguardo. Quanto alle altre, erano svicolate via senza problemi, confuse tra le studentesse fuori sede che si affrettavano verso la fermata della metro. Poco più avanti Claudia fu fermata da una ventenne che, con un sorriso stampato in faccia, le chiese dove fosse la funicolare. Rispose in un inglese stentato che non lo sapeva, che era straniera. La ventenne ringraziò anche se non aveva avuto l'informazione e si allontanò correndo. Claudia la invidiò: forse in un universo parallelo quella vita sarebbe toccata a lei.

Le ragazze si guardarono intorno, si sentirono parte della confusione e del brusio di sottofondo di quella grande stazione ferroviaria, e si rilassarono.

Forse troppo.

Domitilla si appartò per ingoiare in pace la pastiglia appena acquistata e Anna si avviò lungo la banchina per andare a vomitare sui binari. Claudia la seguì a poca distanza per non perderla d'occhio, fantasticando ancora su quello che avrebbe potuto essere e non era stato.

Teresa, Rachida e Léa si avvicinarono alla bacheca con gli orari: l'intercity per Villa San Giovanni sarebbe partito di lì a venti minuti. Léa cercò di convincerle a prendere il regionale, ma c'era da aspettare più di un'ora.

«Troppo tempo. Ce ne dobbiamo andare subito» si oppose Rachida.

«Qui nessuno fa caso a noi, e i regionali sono più sicuri.»

«Faremo i biglietti, magari non tutti: ci alterniamo a nasconderci nei cessi» disse Teresa, che non voleva saperne di perdere quel treno.

Léa cominciava a sospettare di lei. Non era la prima volta che aveva avuto l'impressione che Teresa avesse stampata in testa una meta precisa e che per raggiungerla si sarebbe giocata tutto, qualunque cosa ne pensassero le altre.

Rachida voleva sbrigarsi. La stazione affollata non sembrava così pericolosa, ma lei aveva conosciuto parecchi guai durante le sue varie partenze: fece notare che in quel momento lei e Teresa erano la maggioranza e la maggioranza avrebbe deciso.

«Ma quale maggioranza? Siamo solo in tre» si innervosì Léa.

«Le assenti non contano» replicò, serafica, Rachida.

«Giusto. Le gemelle sono occupate a vomitare e Domitilla chissà dove sta. Quindi io e Rachida siamo la maggioranza. Eccole, stanno tornando tutte e tre. Vado a fare i biglietti. Quanti ne faccio?» tagliò corto Teresa.

«Tutti, è più prudente.»

«Non se ne parla, Léa. L'intercity costa e i soldi devono durare.»

«Fanne almeno tre, allora. Ce li faremo bastare.»

Salirono sul treno e non poterono vedere lo schermo

del televisore del binario: trasmetteva pubblicità e notiziari e in quel momento si parlava di loro.

Léa decise come sistemarsi sull'intercity: dovevano restare distanti, ma a portata di sguardo nel caso si presentasse qualche imprevisto. Solo le sorelle non ne vollero sapere di separarsi, e si sedettero vicine. Anna dopo cinque minuti russava con la testa appoggiata sulla spalla di Claudia.

Le altre avevano occupato posti lontani nello stesso vagone.

Léa non si dava pace. Come facevano a non capire che i treni erano un posto pericoloso, che bisognava fare attenzione? A volte le sembrava di avere a che fare con delle incoscienti. Le pareva che solo Teresa fosse attrezzata per la clandestinità, ma che la furia che aveva in corpo non la facesse ragionare.

Il treno aveva già fatto una delle fermate intermedie quando Rachida, seduta sul sedile in fondo, cominciò a fissarla. Léa sentì il suo sguardo addosso e con un gesto seccato le chiese cosa volesse: la ragazza le indicò la porta alle sue spalle.

Léa si voltò ma non vide niente. Cominciò ad agitarsi. Cercò nella borsa il prezioso regalo ricevuto da un compagno: l'attrezzo per bloccare le porte di passaggio tra i vagoni. Lo serrò nel pugno e vi si aggrappò come a una speranza.

*Sono già passati a chiedermi il biglietto tre quarti d'ora fa, appena siamo partite*, pensò, *e non è successo niente. Sto perdendo il controllo. È la claustrofobia da treno, la conosco, mi è salita già altre cento volte. Mi sto lasciando condizionare dalla paura.*

Ma la paura, avrebbe scoperto presto, era più che giustificata.

Rachida scattò in piedi: era stata la prima a sospettare.

Aveva intravisto la giacca di un uomo fermo dietro la porta, che pareva aspettare. E quella giacca non era la divisa di un ferroviere.

Tre agenti della Polfer irruppero nel vagone. Era stato il capotreno ad avvisarli: le minorenni ricercate stavano viaggiando sul suo convoglio. Erano saliti alla stazione precedente, decisi a prenderle.

Le ragazze scattarono in piedi come furie, e in un attimo il gruppo si compattò e fu pronto alla fuga.

Non c'era tempo per pensare, ma agirono come guidate da un piano preciso.

Nel corridoio stretto si precipitò prima Rachida, poi Claudia, con Anna per mano, poi Teresa, che spinse Domitilla davanti a sé. Per ultima Léa, che prima di raggiungere le altre afferrò e scaraventò nello spazio tra i sedili due grosse valigie.

Al loro passaggio i viaggiatori si ritraevano, nessuno voleva essere coinvolto.

Léa continuava a lasciar cadere nel corridoio borsoni e valigie di ogni tipo, tirandoli giù dalle cappelliere. Riuscì a rallentare gli inseguitori quel tanto che bastava per bloccare l'apertura di passaggio tra i vagoni.

Avevano guadagnato qualche minuto.

Mentre quelli bussavano come forsennati alle porte scorrevoli, Léa corse veloce e raggiunse le altre. Gli agenti, imprecando, riuscirono ad aprirle, ma le ragazze erano già a due carrozze di distanza.

Continuarono a correre fino alla coda del treno. Arrivarono davanti all'ultima porta, dal vetro si vedevano solo i binari scivolare via.

Le ragazze si guardarono: non c'era bisogno di dirsi ad alta voce cosa restava da fare.

Rachida si aggrappò al freno di emergenza.

Lo stridio delle ruote sui binari fu assordante. Due agenti caddero lunghi distesi per la brusca decelerazione, mentre il terzo finì addosso a un'anziana passeggera, che cominciò a strillare. Il treno non era ancora fermo quando le ragazze si precipitarono giù dal portello di coda, in piena campagna.

Nei piccoli conflitti quotidiani si scontravano. Nella disperazione dovuta all'emergenza diventavano di nuovo una squadra, una cosa sola.

Andava così, ormai l'avevano capito: le distanze fra di loro cadevano solo quando si ritrovavano all'ultima spiaggia.

In un attimo, Teresa e Léa individuarono la via di fuga migliore: dovevano scomparire oltre il rialzo del vicino agrumeto. Ripartirono di gran carriera, seguite dalle altre. Solo uno degli agenti della Polfer scese dal treno. Gli altri due dovevano essersi fatti male nella caduta o forse cercavano di calmare i passeggeri. Léa, mentre correva, lo vide parlare al cellulare, senza tentare di inseguirle. Brutto segno. Quello chiamava rinforzi, forse un elicottero.

Nessuna rimase indietro. Una volta nascoste dalle piante si fermarono solo pochi minuti per recuperare il fiato.

Teresa fissò la gemella incinta, che incredibilmente non pareva affaticata.

«Cazzo, Anna, hai scoperto la nuova cura per le contrazioni: scappare come una lepre.»

Mentre il loro respiro tornava normale, le ragazze scorsero una strada secondaria oltre un avvallamento. Si consultarono brevemente per decidere le mosse successive prima di raggiungerla.

In cinque si accucciarono dietro il guardrail. Domitilla sbottonò la camicia sui seni piccoli e si piazzò a gambe larghe quasi al centro della carreggiata.

La prima macchina che passava inchiodò.

L'uomo che si era fermato pensò alla fortuna che gli era capitata quel giorno: una puttana così giovane e così bella. Chissà che accidenti ci faceva da quelle parti. In genere nella zona l'età media delle "colleghe" superava i cinquanta. Certo, lui si era sempre accontentato quando aveva un'urgenza, ma quella era davvero una sorpresa inaspettata.

Si domandò quanto voleva, quella lì. Di certo più delle altre, ma magari era una tossica e non avrebbe rifiutato i soliti cinquanta euro. Accostò. La ragazza si avvicinò ancheggiando al finestrino. L'uomo abbassò il vetro e si leccò le labbra, guardandola meglio. Era davvero bella, giovane, con una pelle perfetta. Merce rara, pensò, e lui si considerava un intenditore.

«Allora?» disse lei. «Ti sei incantato?»

L'uomo alzò la mano destra. Teneva una banconota da cinquanta fra indice e medio. Sorrise ancora. La ragazza scosse la testa.

«È poco.»

«Ho solo questi» disse lui, pronto. «Non è che qui fuori ci sia la fila.»

La ragazza sembrò pensarci un momento, poi annuì e indicò una siepe a bordo strada. «Va bene, scendi. Ci mettiamo lì dietro.»

«Non è meglio in macchina? Cerchiamo un posticino tranquillo.»

«Per cinquanta non perdo tempo ad andare in giro. Se vuoi, facciamo tutto sul posto. Se no, arrivederci e buon viaggio.»

«D'accordo, d'accordo.» L'uomo porse la banconota alla ragazza, che l'afferrò rapida attraverso il finestrino, poi spense il motore e sbloccò le portiere. Mentre scendeva abbassò lo sguardo sullo specchietto laterale e imprecò. Tre ragazze avevano scavalcato il guardrail e puntavano dritte verso la macchina, dietro di lui.

«Cosa cazzo...»

Domitilla gli afferrò un braccio, mentre le altre arrivavano di corsa.

«Lo tengo» gridò.

«Stronza di una puttana» ruggì l'uomo, furioso e spaventato. Si liberò dalla stretta di quelle dita sottili e con un manrovescio scaraventò Domitilla in mezzo alla strada. Claudia urlò: «Brutto bastardo», ma lui era già risalito in macchina, bloccando le portiere. Mentre due delle ragazze aiutavano la puttanella a rialzarsi cercò la chiave per avviare il motore. Se non si fossero levate subito di mezzo le avrebbe messe sotto, pensò, com'era vero Iddio.

La chiave però non c'era più.

«Cerchi questa?» disse qualcuno alle sue spalle. L'uomo voltò appena la testa. Un'altra ragazza, una stronza con la faccia dura, era seduta sul sedile posteriore. Teneva la chiave nella mano sinistra e con la destra gli puntava alla nuca una pistola del cazzo. Non una giocattolo, una pistola vera, che pesava e puzzava come una pistola vera.

«Apri.»

L'uomo avvertì uno spasmo alla vescica. Stava per farsela addosso.

«Ascolta...»

«Non te lo dico di nuovo. Apri quella cazzo di portiera.» La stronzetta tirò indietro il cane dell'arma. Fece un rumore brutto, proprio brutto. E la mano non tremava.

Era una che aveva già fatto cose del genere, lo si capiva. E avrebbe premuto il grilletto. Era a tanto così dal farlo.

«Va bene, come vuoi. Però attenta con quella.»

«Attento tu, puttaniere.»

La portiera venne spalancata. Teresa fece cenno alle altre di farsi indietro e l'uomo scese con le mani alzate.

Restò come un idiota in quella posizione a guardare la sua macchina che si allontanava, piena di ragazze.

Domitilla dal lunotto posteriore lo salutò con la manina, poi guardò Teresa. Lo schiaffo le bruciava ancora, e aveva il segno delle cinque dita di quello stronzo sulla faccia.

«Perché non l'hai tirata fuori prima, la pistola?»

«L'ho tirata fuori al momento giusto» fu la risposta. *Da lontano non corri rischi, è vero, ma se gliela spingi addosso allora sì che se la fanno veramente sotto.* Questo Teresa non lo disse. Era un pensiero rivolto all'autista del furgone.

Era da un po' che se ne stavano in silenzio concentrati a sistemare le nasse per la prossima pesca. Negli ultimi tempi non era andata molto bene. Il pescato si era ridotto notevolmente rispetto al solito. Questa era la principale preoccupazione di Saverio, suo padre, che si era confrontato con gli altri colleghi e per tutti il risultato delle uscite in mare più recenti era stato deprimente. Ma la preoccupazione di Fiore era ben altra. Gli aveva spiegato bene la situazione di Teresa e insistito più e più volte perché trovasse per lei e le sue amiche un imbarco clandestino per quanto possibile sicuro. Il risultato era stato insoddisfacente come per la pesca. Il suo sguardo si diresse verso il mare in cerca di aiuto. Un'ulteriore insistenza avrebbe potuto provocare, in quel momento, la reazione risentita del padre ma Teresa era più importante.

«E allora, papà? Teresa sta arrivando.»

Saverio sbuffò. «Pare che Mohammed sia in viaggio per Gioia con la nave sua.»

«Mohammed?»

«Il capitano libanese che gli ho salvato il culo.»

«Quello?»

«Quello.»

«Papà sì grandioso!»

Fiore non poteva crederci. Saltò al collo del padre riempiendolo di baci. Saverio sorrise soddisfatto. Amava quella figlia. Avrebbe fatto di tutto per lei.

«E poi spero che se l'amica tua se ne va in Africa smettono le voci brutte su voi due.»

Fiore annuì. Il padre probabilmente aveva ragione. Le voci avrebbero smesso. Lei però non avrebbe mai smesso di amare Teresa.

Giustina Rebellin arrivò a Roma. Prima di abbandonare la macchina in un parcheggio fuori mano nei pressi dell'aeroporto, si fermò in un'area di sosta e guardandosi allo specchio di un cesso puzzolente si passò sul corpo delle salviette umidificate, poi si truccò con cura e si pettinò.

Prese la metro e scese alla fermata dell'Anagnina. Raggiunse in taxi Casal Morena, la zona dove risiedeva Musetto, un pregiudicato di un certo calibro con cui ogni tanto faceva affari.

Musetto, all'anagrafe Ascanio Bonanni, gestiva un fiorente traffico di auto rubate da smerciare nei paesi dell'Est Europa, mascherato dietro una ventennale attività di sfasciacarrozze. Si dava arie da boss dei tempi andati, fingeva di essere ligio a regole d'onore, al rispetto e ovviamente alla sacralità della famiglia. La sua era numerosa, moglie e ben tre figlie che studiavano dalle suore, ma dietro la facciata si nascondeva un predatore. Era un cliente affezionato di Giustina e di Marino, e una o due volte all'anno ordinava una minorenne. Aveva gusti precisi, gli piacevano le nomadi tra i dodici e i quattordici anni, si raccomandava di scegliere tra quelle che chiedevano l'elemosina per strada. Per la coppia di sbirri non era difficile accontentarlo perché quel tipo di merce era sempre a portata di mano: era sufficiente aggirarsi discretamente intorno ai campi alla periferia delle città.

Musetto amava condividere i video dei suoi trofei, così Giustina aveva capito che possedeva un posto sicuro dove custodire a lungo le sue vittime, una sorta di sotterraneo con una gabbia. Ritenendo utile l'informazione aveva cercato e individuato il posto in questione: un capannone apparentemente in disuso, confinante con il terreno in cui venivano accatastate le carcasse delle auto.

Giustina gli aveva fatto capire di aver scoperto il nascondiglio, giusto per ribadire che Musetto non doveva commettere l'errore di sottovalutarla.

«La mia sbirra preferita!» esclamò l'uomo quando la vide entrare nel suo ufficio.

«Per forza, sono l'unica con cui hai a che fare senza il pericolo di essere arrestato.»

«Mi dispiace per Cristoforo, era uno in gamba.»

«No, era un coglione, ed è per colpa sua se sono venuta a trovarti.»

«Cosa ti serve?»

«Documenti nuovi e una macchina.»

«Allora sei proprio nei guai.»

«Musetto, io i guai li creo e se mi va li risolvo.»

Ascanio pensò che la poliziotta era un po' troppo arrogante e piena di sé per sparare cazzate di quel calibro, ma evitò di commentare. «Ho sottomano duplicati di documenti di incensurati: dobbiamo solo aggiungere la foto. Per le emergenze vanno bene. Che tipo di macchina ti serve?»

«Piccola, veloce, discreta.»

«Ci penso io; intanto ti mando Remo per la foto» disse Musetto. Poi indicò un mobile basso. «Se vuoi bere qualcosa, lì dentro trovi una bottiglia di whisky, e se vuoi deliziarti gli occhietti ci sono un paio di foto di Guli, l'ultima che mi hai portato.»

Musetto uscì. Giustina si versò due dita di distillato e osservò distrattamente le foto. Era sorpresa che la zingara fosse ancora viva. Come sempre, Ascanio aveva rasato la testa della ragazzina. Le pose erano interessanti e in un altro momento le avrebbe gradite, ma ora scalpitava dietro alle "sue" ragazzette. Non c'era posto per altro.

Considerò che nonostante il pericolo del carcere, e di quello che avrebbe subìto se ci fosse finita, nessun altro periodo le aveva consentito quella frenesia da caccia perfetta. Non riuscì a dominarsi e a rimanere ancorata alla realtà. Ancora una volta se le vide comparire davanti agli occhi, a una a una. La fantasia sciolse nel corpo adrenalina e desiderio: mise via le foto, perché ormai solo la carne viva era all'altezza delle sue voglie. E la carne viva delle sei ragazze era la migliore di tutte.

Si versò altro whisky, ma dopo poco venne disturbata da un uomo basso e raggrinzito, di età indefinibile.

«Sono qui per le foto. Si sposti verso la finestra» disse,

poi tirò giù una tenda a rullo bianca, montò il treppiede e posizionò la costosa Leica S3.

Remo era quasi un accessorio della macchina fotografica, e pareva seccato di dover sprecare quegli scatti d'oro per un'esigenza mediocre. Alle fototessera in genere pensava il ragazzo che gli portava le borse, ma evidentemente quella donna, il cui viso non riusciva a catturare bene la luce, aveva importanza per il capo. Forse per questo Musetto aveva chiamato lui, ma per Remo quello era comunque un piccolo affronto.

In pochi minuti le foto erano già stampate.

«Perfette» notò Giustina.

«Ci mancherebbe che non lo fossero» ribatté Remo stizzito, e si affrettò ad andarsene.

Musetto tornò quasi un'interminabile ora più tardi, agitando un mazzo di chiavi che passò a Giustina. «Ti ho trovato una Audi Q4 scura. Targhe false ma sicure, doppiate direttamente alla nascita. Quelle gemelle attualmente si trovano in un garage in Austria, perché al proprietario è venuto un coccolone e sta su una sedia a rotelle.»

«Troppo vistosa.»

«Vero, ma è un macchinone stiloso e con una signora a bordo non ecciterà la fantasia degli sbirri ai posti di blocco. Poi, lo sai meglio di me, se la sorte si incazza non c'è niente da fare. Va così» filosofeggiò Ascanio, tirando fuori dalla tasca una carta d'identità e una patente. «Ora sei Angelica Meier, doppia nazionalità: italo-svizzera.»

Giustina verificò la qualità dei documenti con occhio esperto. Erano meglio di quanto si aspettava. «Grazie, Musetto» disse, aprendo la borsa e facendo intendere di essere pronta a pagare il dovuto. In realtà era un bluff, non aveva abbastanza denaro con sé e contava sul fatto che l'uomo avrebbe preferito usare quella cortesia per togliersela di torno. Infatti Musetto alzò una mano e si affrettò a dire: «Non mi devi nulla. Tanto saprai come sdebitarti».

La donna uscì nel piazzale e salì in macchina. Chiamò un hotel dalle parti di Trastevere, dove alloggiavano normalmente turisti di passaggio e i controlli erano blandi, per prenotare una camera. Ebbe la fortuna di trovarne una libera, anche se era tra le più care. Impostò l'indirizzo sul navigatore. Tempo previsto per l'arrivo: un'ora e trenta a causa dei rallentamenti dovuti al traffico.

In realtà, man mano che si muoveva, o meglio si fermava, nelle strade romane, il ritardo salì a un'ora e quaranta.

Non si spazientì. Quel rallentamento forzato non era poi così male. Doveva riflettere e le andava bene farlo protetta dai vetri scuri.

Accese la radio e si sintonizzò su una frequenza che trattava temi di attualità. E in quei giorni non si parlava d'altro che delle minorenni in fuga per aver ucciso un poliziotto.

La conduttrice parlava di loro con un tono compassionevole. La fece lunga sull'assenza di piena responsabilità nei casi di crimini minorili, poi passò a considerare il peso delle scelte individuali che non doveva tenere in conto né l'età né la clemenza. Definiva le ragazze "povere sbandate", poi "branco". Descriveva con eccesso di minuzie l'aggressione al povero poliziotto assassinato, poi denunciava il danno sociale causato dal non prendersi cura delle vite tenere più maltrattate.

La donna si muoveva tra l'accusa e la comprensione. Quando gli interventi degli ospiti fecero virare le posizioni verso l'accusa, lei attaccò a parlare di numeri.

L'elenco comprendeva le percentuali del disagio giovanile al Nord, al Centro e al Sud, i dati sulla soluzione dei vari casi, l'analisi della nazionalità degli autori dei delitti, il numero dei perché, dei percome, dei quando e dei se.

Un influencer pugliese di grido, ex parrucchiere di personaggi molto in vista, si impegnò in una reprimenda accorata e lunghissima, la cui la sintesi era: perché i genitori di queste ragazze non hanno badato alle loro figlie? Vedi poi quello che succede.

*I colleghi hanno la bocca cucita*, rifletté soddisfatta Giustina, spegnendo la radio. *Questi stronzi straparlano ma non sanno proprio nulla.*

Il navigatore annunciò il suo arrivo tra duecento metri. Giustina accostò la macchina alla sbarra di accesso del parcheggio sotterraneo dell'albergo, pigiò il campanello e avviò la conversazione con la reception grazie all'apposito microfono.

«Sono la signora Meier, ho prenotato poco fa. Vorrei parcheggiare.»

«Benvenuta, signora» cinguettò la receptionist. «Parcheggi dove trova. L'aspetto per la registrazione.»

La Rebellin raggiunse il bancone di accoglienza e consegnò i documenti. La quarantenne addetta alla reception le disse di chiamarsi Romana e di essere a sua disposizione per qualsiasi esigenza, poi le consegnò la chiave della suite all'ultimo piano.

«La faccio aiutare con il bagaglio?»

«Non ho bagaglio. Lo hanno smarrito durante uno scalo aereo.»

«Davvero increscioso: se lo desidera, posso provvedere almeno allo stretto indispensabile. Basta che lei mi indichi cosa le serve entro stasera, la taglia e i suoi brand di riferimento.»

«Accetto volentieri. La mia taglia è la 42, non ho negozi di riferimento ma non indosso roba sintetica. Mi servono giusto pochi capi, al resto provvederò di persona. Pago in contanti.» La Rebellin consegnò alla donna una mancia quadrupla rispetto a quella che si aspettava. «E mi raccomando: non desidero essere disturbata.»

Romana fece la splendida. Magari alla riccona potevano interessare anche altri servizi. Si appoggiò al bancone lasciando sporgere i seni.

«Non si preoccupi, dovranno passare sul mio corpo.»

*Corpo troppo vecchio per i miei gusti*, considerò Giustina.

Prima di entrare nella suite, la Rebellin ispezionò il piano e verificò l'esistenza di una via di fuga attraverso una scala di servizio. Appena fu in camera, serrò le imposte della porta-finestra della terrazza che dava sui tetti di Roma. Non era per il panorama che si trovava nella capitale, mentre il tempo trascorreva inesorabile e il pericolo che le ragazzette venissero catturate aumentava di ora in ora. Perduto Baldrati, non poteva più contare su nessun aiuto per individuare le fuggitive. Poteva solo cercare di indovinare la loro prossima mossa.

Si spogliò, passò dieci minuti sotto la doccia bollente, poi si stese sul letto e infilò la mano nella borsa tastando tra gli oggetti alla ricerca di un sacchetto di pelle. Conteneva un collier in oro bianco e diamanti, che molti anni addietro aveva sottratto prima del ritrovamento ufficiale di un'importante refurtiva. Da allora se l'era sempre portato dietro nelle situazioni rischiose che potevano trasformarsi in emergenze vere e proprie. E data la situazione, quella sera lo avrebbe venduto a un ricettatore fidato. Sorrise, soddisfatta. Avrebbe ricavato una cifra che più o meno corrispondeva a due liquidazioni di fine carriera del commissario capo.

Passò a esaminare l'incartamento che riguardava Teresa. Lo aveva già letto e riletto, ma controllò ancora le informazioni sulla ragazza.

Leonardo Zito, il nonno paterno, era a capo di una 'ndrina di medio livello, legata a una famiglia più nota e potente. Non si era mai mostrato ambizioso, bensì ligio alle regole e rispettoso delle gerarchie. Probabilmente per questo era rimasto ai margini delle inchieste e dei maxi processi. In galera non era mai restato a lungo e l'ultima detenzione risaliva a una ventina d'anni prima.

Nicola, il figlio maggiore e padre di Teresa, si era dimostrato invece avido di potere e disposto a sfidare le altre 'ndrine pur di allargare gli affari di famiglia fuori provincia, con il risultato di farsi ammazzare. Da quel giorno la moglie Maria, la bella madre di Teresa, aveva iniziato ad accusare Leonardo Zito di essere responsabile della morte del marito. Giorno dopo giorno si era messa di traverso, violando leggi antiche e mai scritte che potevano costare la vita. Quando aveva annunciato che sarebbe partita per il Nord con la bambina, la nonna Adele l'aveva insultata e maledetta. Pochi giorni dopo Maria era rimasta uccisa in un incidente in campagna: investita e straziata da un erpice.

Teresa non aveva creduto alla fatalità, perché percepiva da tempo l'ostilità della famiglia nei confronti della mamma. Dopo il funerale gli insulti si erano sprecati e tutti i parenti avevano iniziato a trattarla male. Teresa era fuggita con l'odio nel cuore.

Secondo le informazioni raccolte, la coetanea Fiore Nisticò di Gioia Tauro era la sua migliore amica, e in paese si sussurrava che avessero una relazione. Comunque risultava che le due fossero indivisibili.

Giustina cerchiò e sottolineò più volte il nome prima di poggiare l'incartamento sul letto, quindi spostò il cuscino e chiuse gli occhi. «Mi giocherei sul tuo ritorno in Calabria tutto quello che mi darà il ricettatore per il collier. Le stai portando lì le ragazzette, vero, Teresa?» mormorò in tono allegro. «Tu sei un capo e non avrai nemmeno lasciato trapelare le tue vere intenzioni. Sono tue e solo tue, brava, hai fatto bene. Perché, altrimenti, avrebbero dovuto seguirti volontariamente fino al tuo paese sperduto? Ti avrebbero creato problemi: loro vogliono mettersi in salvo, non avranno la minima voglia di inseguire i tuoi fantasmi. Venderò la collana e mi metterò in viaggio. Sarò lì ad aspettarti a braccia aperte.»

Giustina riposò buona parte del pomeriggio e ordinò la cena in camera. Poi si vestì. Era arrivato il momento di vendere il collier. Il ricettatore ancora non sapeva che lo avrebbe comprato e tantomeno immaginava una sua visita, ma Giustina non era tipa da appuntamenti, anche perché preferiva evitare brutte sorprese all'arrivo. Nel suo lavoro aveva arrestato più di una persona che si era fidata al punto da annunciare il proprio arrivo.

Aldo Petrucci era un cinquantenne benestante, residente da sempre nel quartiere Prati, rispettato e riverito dai commercianti della zona. Un vero signore, che si era arricchito rivendendo alcuni appartamenti ereditati dai genitori. In parte era vero, ma come spesso accade dietro la versione ufficiale si celava altro: nel caso di Petrucci il vizio del gioco che lo aveva obbligato negli anni a trasformarsi in un eccellente ricettatore. Non era mai stato perseguito dalla giustizia e l'idea di dedicarsi alla compravendita di preziosi rubati gli era stata suggerita dalla moglie Katharina, figlia di Werner Hug, alto esponente della ricettazione a livello europeo. Aldo aveva imparato i segreti della valutazione e della contrattazione a ribasso, la consorte si occupava di portare la merce oltre confine. Alla polizia italiana erano giunte diverse segnalazioni dall'Interpol, ma aveva altro a cui pensare anziché perdere tempo con un reato che non destava allarme sociale. Solo la vicecommissaria Giustina Rebellin si era interessata a lui. Era sempre alla ricerca di pregiudicati che potessero tornarle utili ed era particolarmente abile nell'avvicinarli e convincerli a collaborare, attraverso uno scambio di favori o adeguate minacce. Con il ricettatore non c'era stato bisogno di arrivare a tanto: gli interessava solo il denaro e un'accurata esecuzione del reato. E Giustina rappresentava una garanzia in questo senso, dato che prelevava la merce da refurtive recuperate e non ancora catalogate.

Quella era la sera in cui Petrucci si rilassava con un pokerino nel retro di un rinomato ristorante chiuso per il riposo settimanale, e quando tornò a casa, ben oltre la mezzanotte, finse di non preoccuparsi più di tanto quando trovò sua moglie ancora sveglia in salotto, in compagnia di Giustina Rebellin.

«Ciao, Aldo» lo salutò la poliziotta, «chiedo scusa per l'ora tarda e la visita non annunciata, ma ho una certa fretta di concludere.»

Il ricettatore si accomodò sulla sua poltrona preferita e allungò una mano, sulla quale Giustina depose il sacchetto in pelle che conteneva il collier. L'uomo prese dalla tasca il monocolo da gioielliere da cui non si separava mai e osservò le pietre per un minuto buono. «Vale sui

100.000» stimò. «Dovrei proporti 25.000 euro ma posso arrivare a 28.000.»

«Lo apprezzo davvero» disse la Rebellin, estraendo la pistola dalla borsa e puntandola contro Katharina, «ma purtroppo sono costretta a chiederti di fare uno sforzo in nome della nostra amicizia.»

Solo in quel momento Aldo Petrucci si rese conto che la moglie non aveva detto una sola parola da quando era arrivato. Doveva aver già intuito le intenzioni di Giustina. Era sempre stata brava a capire le persone, d'altronde il cervello di famiglia era lei.

«Non tengo molto contante in casa» balbettò il ricettatore. «Ti dovrai accontentare.»

«E tu dovrai accontentarti di rimanere vedovo» ribatté la poliziotta tranquilla. «Vai ad aprire quella cazzo di cassaforte e portami tutto quello che hai; dopodiché, se ritengo che non sia abbastanza, mi divertirò a farvi soffrire.»

La moglie di Aldo si decise a parlare. «Sbrigati. Non vedo l'ora che se ne vada.»

L'uomo obbedì. Nella vecchia Conforti degli anni Sessanta custodiva sempre un bel po' di contante, perché nel suo ramo d'affari non esistevano altre forme di pagamento. Quella notte il malloppo ammontava a 126.000 euro. Petrucci fissò la pistola di piccolo calibro appoggiata sopra una cartella, per un attimo fu tentato di afferrarla e di tentare la sorte, poi distolse lo sguardo: non era fatto per sparatorie e sangue. D'altronde si trattava solo di denaro. Giustina poteva sempre ritenerli testimoni pericolosi e decidere di eliminarli, ma il ricettatore decise di rischiare perché la poliziotta sapeva bene che non avrebbero mai denunciato l'accaduto.

«Bravo, Aldo» si complimentò la Rebellin, alzandosi. «Se ora do un'occhiata non trovo nemmeno una banconota da cinque euro, vero?»

Petrucci alzò le spalle e indicò lo studio. «Verifica pure.»

«Non c'è bisogno. Non metteresti mai in pericolo la vita di tua moglie, senza di lei saresti perduto.»

Giustina si avviò verso la porta con la sensazione che stesse commettendo un errore lasciandoli in vita. E infatti avrebbe dovuto dare ascolto all'istinto. Non appena si richiuse il portone alle spalle, Katharina prese il cellulare dalla borsa e svegliò il commissario capo Felice Sparagna, raccontandogli la rapina in ogni dettaglio. La Rebellin ignorava che un altro poliziotto trafficasse con i coniugi Petrucci, anche se avrebbe dovuto porsi la domanda.

Quando tornò all'hotel era rilassata e soddisfatta del colpo. Ora aveva abbastanza denaro per dare la caccia alle ragazzette e, nel caso peggiore, per garantirsi una fuga agiata per alcuni mesi. Si spogliò velocemente e si infilò tra le lenzuola, decisa a dormire qualche ora prima di partire per la Calabria.

Felice Sparagna fece il suo ingresso nel commissariato di Prati dove prestava servizio da una decina d'anni, chiedendosi perché le rogne capitavano sempre a notte fonda. Anzi, di primo mattino, dato che erano quasi le quattro. Ai Petrucci aveva promesso che avrebbe fatto di tutto per rintracciare la collega che li aveva ripuliti. In realtà era solo curioso di capire perché una vicecommissaria avesse commesso un atto così stupido e pericoloso. Anche per lui, in fondo. Petrucci e la moglie, messi alle strette, potevano decidere di parlare, e Sparagna sarebbe finito in galera proprio come la Rebellin. Quando accese il computer che occupava un angolo della sua disordinata scrivania, pensò che magari poteva anche avere la fortuna di recuperare il maltolto. E di tenerselo. Almeno in parte. Poteva sempre raccontare ai ricettatori che la "rapinatrice" si era già spesa i soldi, o li aveva nascosti bene. Cercando notizie sulla poliziotta, che risultava in servizio alla questura di Treviso, notò un curioso avviso di ricerca emesso dai suoi colleghi e che riguardava una donna non ancora identificata, giudicata molto pericolosa, la cui foto assomigliava moltissimo a quella della Rebellin. Sparagna era uno sbirro di grande esperienza, alleggeriva i sequestri di gioielli frutto di reati e li rivendeva a ricettatori fidati come forma di risarcimento nei confronti di uno stato che maltrattava i propri servitori, pagandoli poco e ringraziandoli ancora meno. Lui il suo lavoro lo aveva sempre svolto con grande dedizione, rischiando la pelle in diverse occasioni. Si sentiva a posto con la coscienza, ma quella faccenda gli procurava disagio. Quando i poliziotti cercavano discretamente un collega significava che l'aveva combinata così grossa che i giornalisti non potevano nemmeno subodorare la faccenda. Gli occorsero altri due minuti per scoprire che la Rebellin faceva coppia fissa con Cristoforo Marino, l'ispettore capo ammazzato dalle ragazzine in fuga di cui tutta l'Italia parlava. Sparagna si ritrovò a fissare il numero di telefono che concludeva l'avviso, finché il senso del dovere prevalse e non perse tempo a chiamare l'agente scelto Raffaele Pipitone.

«La donna che state cercando è la vicecommissaria Rebellin?»

Pipitone rimase in silenzio, non sapendo cosa rispondere. L'altro lo incalzò: «Sì o no?».

«Sì. La conosce?»

«No, ma fino a qualche ora fa si trovava certamente a Roma» spiegò il commissario.

«Come fa a esserne certo?»

«Una fonte confidenziale.»

«Mi metto subito in viaggio» disse l'agente. «Nel frattempo il suo confidente può aiutarla a localizzare la Rebellin?»

«No. Posso provare con gli alberghi, ma come ben sa se alloggia da un privato si rivelerà solo una perdita di tempo.»

Pipitone si apprestava a salutare e a ringraziare quando Sparagna lo gelò con una domanda: «Perché la state cercando?».

«Non sono autorizzato...»

Il commissario lo interruppe. «Si ricordi che sono un suo superiore. Devo sapere a cosa vado incontro se decido di fingere di cercare una donna non identificata. Altrimenti posso sempre svegliare il questore.»

«La Rebellin è fuori controllo. È stata sospesa, ma abbiamo scoperto che sta dando la caccia alle ragazzine di cui parlano tutti i giornali, e temiamo che voglia fare loro del male.»

Sparagna riattaccò e condivise l'avviso di ricerca con gli hotel più vicini all'abitazione dei Petrucci. Era un tentativo disperato, ma in alcune occasioni aveva funzionato: gli alberghi erano davvero numerosi in città, ma la necessità di combattere il terrorismo nostrano e internazionale aveva creato una rete di controllo fitta ed efficiente. Il problema era che anche la Rebellin ne era a conoscenza.

Poco dopo le sei ricevette un'email da un hotel a quattro stelle di Trastevere. Una receptionist di nome Romana, che aveva preso servizio solo da una manciata di minuti, pensava di aver riconosciuto la donna della fotografia nella cittadina italo-svizzera Angelica Meier.

Sparagna la chiamò. «Ne è sicura?»

«Ho provveduto io stessa al check-in. Ha voluto che le comprassi anche dei vestiti. Non aveva bagagli.»

«Arrivo» avvertì il commissario. «Se parte mi avverta subito.»

Sparagna controllò che il caricatore della pistola fosse pieno e la infilò nella fondina, che assicurò alla cintura con movimenti precisi e collaudati. Una volta in auto telefonò a Pipitone. «L'ho trovata» annunciò. «Dorme pacifica in un hotel di Trastevere. Ora le invio la posizione.»

L'agente avrebbe voluto raccomandargli di attenderlo e di non prendere iniziative avventate, invece riuscì solo a bofonchiare parole di gratitudine. Non aveva né il grado né gli anni di servizio per essere autorizzato ad aprire bocca.

Svegliò invece ancora una volta Pavan per informarlo. «I colleghi di Roma stanno andando ad arrestarla.»

«Sbrigati!» lo incitò il commissario. «E chiamami appena l'hanno ammanettata.»

Giustina stava dormendo profondamente e non si accorse che qualcuno si era addentrato in camera. Si svegliò solo quando, all'improvviso, si accese la luce. Un uomo sedeva sulla poltrona di fronte al letto e le puntava addosso una pistola: una Beretta 92S in dotazione alle forze dell'ordine. D'accordo, lo sconosciuto poteva essere uno sbirro, ma non agiva secondo il regolamento. Non si era qualificato e tantomeno le aveva intimato di scendere dal letto e mettersi faccia al muro. Decise di stare al gioco.

«Chi sei?» chiese, fingendo di essere spaventata.

«Un collega.»

La donna sospirò. Era inutile recitare la parte della turista. «E perché mi hai svegliato, collega?» domandò curiosa.

L'uomo rilanciò con un'altra domanda. «Dove tieni la pistola?»

«Se sei un collega, come fai a non essere a conoscenza che mi è stata sottratta dalle assassine del mio partner?»

«Mi riferisco a quella con cui hai minacciato Aldo Petrucci e sua moglie.»

La Rebellin accusò il colpo e comprese quanto sarebbe potuto costarle l'errore di non eliminare la coppia: quello sbirro era sul libro paga della coppia di ricettatori e non era affatto certo che si accontentasse di recuperare il denaro. La tranquillizzò constatare che sulla canna non era avvitato un silenziatore. Si decise a indicare la borsa. «È lì dentro.»

Sparagna annuì, dalla tasca della giacca prese le manette e gliele lanciò. «Mettile. Sai come si fa.»

Giustina obbedì mentre lui recuperava l'arma. La osservò. Una calibro .45 di fabbricazione americana con la matricola abrasa. «Ti costerà un annetto di galera» commentò.

«Dipende.»

«Dipende da cosa?»

«Magari riusciamo a trovare un accordo.»

«Troppo tardi» la gelò il commissario, mentre frugava nella borsa e tirava fuori la busta zeppa di banconote. «Sta arrivando l'agente Pipitone a prenderti in consegna.»

«Ti porterò a fondo con me» lo minacciò Giustina. «Racconterò che sei un tirapiedi dei Petrucci.»

Sparagna ridacchiò. «Mi credi così fesso? I due ricettatori risultano essere miei confidenti da anni, quindi nessuno crederà alle tue chiacchiere. Se confesserai la rapina, loro ti smentiranno. E poi, credo che tu abbia rogne più grosse da grattare.»

Il poliziotto chiamò Katharina, e dopo essersi vantato di aver recuperato il denaro le disse di sbrigarsi a passare in hotel a recuperarlo. Lui non poteva muoversi.

Giustina non provava paura né timore per quello che poteva accaderle. Si rintanò in un angolo della mente a riflettere che l'irreparabile era avvenuto. Il suo piano, che prevedeva l'espulsione dalla polizia di stato, ma anche la possibilità di rimanere lontana dalla Corte d'Assise, era miseramente fallito. E tutto per aver lasciato campare due stronzi che non conoscevano il significato della parola *riconoscenza.*

Infilò le mani strette dalle manette sotto le coperte e senza farsi notare tastò il materasso a fianco della coscia destra fino a quando non toccò con la punta delle dita il calcio di una pistola. La sua, quella che aveva finto di aver consegnato alla bella Teresa. L'altra, ora in possesso dello sbirro, l'aveva presa nell'appartamento del compianto Cristoforo. Fin troppo facile fottere quel poliziotto, che non si era nemmeno presentato.

«Come ti chiami?» chiese.

«Che c'è? Ti è venuta voglia di fare conversazione?»

«Semplice curiosità. Magari abbiamo qualche conoscenza in comune» rispose la Rebellin, spostando le mani armate in mezzo alle gambe.

«Commissario capo Felice Sparagna.»

«Piacere. Giustina Rebellin» disse, prima di premere il grilletto.

Un tiro non facile da sotto le coperte, ma preferiva rischiare per attutire il rumore dello sparo. Infatti il primo proiettile passò due spanne sopra la testa del collega. Il secondo lo prese in gola e il terzo nel petto. Sparagna si afferrò il collo tentando di non soffocare nel proprio sangue. Lei non lo degnò di uno sguardo e si affrettò a recuperare le chiavi delle manette, liberarsi, rivestirsi e recuperare le armi e il denaro. Sparagna rantolava ancora mentre lei usciva dalla camera. L'ascensore la condusse direttamente al garage, dove si imbatté nel primo intoppo. Nonostante avesse suonato più volte, la sbarra non veniva alzata. Romana, la receptionist, l'aveva riconosciuta e la osservava impietrita sullo schermo del circuito di sicurezza, rifiutandosi però di permetterle la fuga.

«Aprimi» ordinò Giustina.

«Mi scusi, signora, ma non era venuto a cercarla un poliziotto?» balbettò la donna. «E poi, cos'è successo? I clienti del suo piano affermano di aver sentito dei rumori.»

La Rebellin afferrò la pistola dal sedile del passeggero e l'alzò in modo che l'obiettivo della telecamera la riprendesse nei minimi dettagli. «Erano spari» spiegò. «Se non apri subito vengo a cercarti e ammazzo tutti quelli che incontro.»

Romana si precipitò a pigiare il pulsante giusto. Poi avvertì il direttore, che inviò il capo della sicurezza nella camera occupata dalla signora Angelica Meier. Il dipendente, ex carabiniere, frugò nelle tasche del cadavere, e quando trovò il tesserino di riconoscimento allertò il commissariato di Trastevere.

Poco più di un'ora dopo l'agente Pipitone giunse all'hotel. Notò subito le auto di servizio, il furgone della Scientifica e quello della mortuaria. *Si è fatta ammazzare*, pensò con un pizzico di sollievo.

Il tempo di scendere e qualificarsi e scoprì di essersi sbagliato. Un sovrintendente gli raccontò che una svizzera del cazzo aveva ammazzato a pistolettate un commissario con moglie e figli. I colleghi non avevano ancora identificato la Rebellin e Pipitone chiese di poter parlare urgentemente con il responsabile delle indagini.

Si trovò davanti un altro commissario, questa volta una donna, che disse di chiamarsi Vera Cantarutti. Ascoltò con attenzione la concitata ricostruzione dell'agente della questura di Treviso, interrompendolo più volte per approfondire i dettagli.

Poi rimase in silenzio per un minuto buono. Era sconvolta. E incredula che un poliziotto esperto come Sparagna si fosse comportato in modo così avventato. «Vado a parlare con il questore» annunciò. «E nel frattempo le consiglio di aggiornare il commissario Pavan. Non vorrei essere al suo posto.»

Pipitone dimostrò ancora una volta di essere tagliato per quel mestiere. «D'accordo, ma prima devo dare un'occhiata alla camera dove alloggiava: ho bisogno di capire dove si sta dirigendo.»

La Cantarutti agitò una mano per richiamare l'attenzione di un poliziotto in divisa di guardia all'entrata. «Accompagnalo di sopra e avverti i ragazzi della Scientifica che ha la mia autorizzazione.»

L'ascensore era bloccato in attesa dei rilievi di rito, e Pipitone dovette sorbirsi quattro piani di scale prima di affacciarsi nella suite dove Giustina aveva ucciso un collega. Il cadavere era disteso a terra, gli occhi sbarrati, la bocca appena aperta che lasciava intravedere i denti macchiati di sangue. L'agente distolse lo sguardo. Di morti ne aveva visti ancora pochi, ed era certo che non si sarebbe mai abituato.

Un uomo infagottato in una tuta bianca gli sbarrò il passo e l'aggredì con una raffica di domande. «Che ci fa qui un agente di Treviso? Che c'entri in questa faccenda? Perché devo lasciarti ficcare il naso nella mia scena del delitto?»

Pipitone aveva fretta e saltò i preamboli. «L'assassina si chiama Giustina Rebellin, vicecommissaria sospesa dal servizio.»

Nella camera calò il silenzio e tutti si voltarono a fissarlo. L'agente ne approfittò: «Le sto dando la caccia, devo trovarla prima che ammazzi qualcun altro» spiegò. «Ho bisogno di sapere se qui c'è qualche indizio utile per capire dove cazzo sta andando.»

Un tecnico gli porse una cartellina. «Ora capisco perché era in possesso di questo fascicolo.»

Pipitone lo aprì e capì immediatamente di cosa si trattava. Quando notò che il nome di Fiore Nisticò era cerchiato e sottolineato, si precipitò fuori dalla camera per avvertire Pavan.

«Quella pazza ha ammazzato Sparagna, il commissario che l'aveva trovata, e ora forse sta andando a Gioia Tauro dall'amica di Teresa.»

«E come fa a conoscerne l'identità?»

«Baldrati ha fatto in tempo a passarle il fascicolo della Zito, prima che lo pizzicassimo.»

«Ci vediamo lì» disse Pavan. «Raffaele, stai attento: Giustina è più furba di te.»

Il commissario avrebbe voluto partire immediatamente, ma per prima cosa telefonò al dirigente del commissariato di Prati dove prestava servizio il defunto commissario, per fargli le sue condoglianze. L'altro farfugliò un ringraziamento, ma poi con voce sicura e scandendo le parole gli chiese: «Come ha fatto a non accorgersi che due poliziotti sotto il suo comando non meritavano di indossare la divisa?».

Pavan non seppe cosa rispondere e si congedò. Nei minuti seguenti la stessa domanda gli venne posta altre due volte: dal questore e dal giudice Durante.

Mentre il superiore di Sparagna era sinceramente addolorato e cercava di trovare delle risposte, gli altri due avevano iniziato ufficialmente a pararsi il culo. Pavan era destinato a pagare per tutti. E in fondo in qualche modo si sentiva responsabile della morte del poliziotto romano, perché avrebbe dovuto ascoltare di più l'istinto e impedire a Giustina di scorrazzare armata per l'Italia braccando le ragazze. Avrebbe voluto concedersi una lunga svapata, prima però doveva sbrigarsi a lasciare le consegne, per riuscire a partire per la Calabria.

Giustina, dopo essere fuggita dall'hotel, si era diretta verso Casal Morena per rifornirsi da Musetto di un'altra auto e di un'altra identità, ma all'improvviso aveva sterzato e si era inoltrata in una stradina sterrata. Aveva parcheggiato nel giardino incolto di una casa diroccata e aveva spento il motore solo quando si era resa conto di un rumore che la infastidiva. Non era scesa ed era rimasta seduta, le mani strette al volante. Le sembrava che il sangue si fosse ghiacciato e faticasse a scorrere nelle vene. Non si era mai sentita così, e si sforzò di riprendere il controllo. Ma quel momento di crisi così destabilizzante non era dovuto al crollo del suo mondo perfetto e alla consapevolezza che non era più indispensabile recuperare il marsupio di quel coglione di Marino perché comunque un ergastolo se l'era già aggiudicato e da quel giorno era ufficialmente una latitante. Nulla di tutto questo. Era lacerata da un dubbio: recarsi da Musetto e grazie ai suoi servigi entrare in clandestinità e agire tranquillamente nell'ombra, dimenticandosi delle ragazzette, oppure correre a Gioia Tauro a prendersi Teresa e magari anche le altre, e se quel mezzo prete di Pavan e gli altri stronzi avessero osato mettersi di traverso, scaricare senza la minima esitazione le tre pistole che aveva con sé? Sesso e morte. Sesso come piaceva a lei, e godere mentre la vita abbandonava il corpo della stronzetta calabrese. In tutti quegli anni era sempre stata attenta, cauta, precisa. Nemmeno una volta aveva agito d'impulso, ma ora era tutto diverso. La sconsideratezza di Cristoforo e tutto quello che era accaduto dopo l'avevano costretta a giocare una partita non sua, con tanti partecipanti fuori controllo. Sentì che il sangue si scioglieva e che il gelo si trasformava in un calore inebriante e poi incontrollabile. Girò la chiave, fece rombare il motore mentre sorrideva nello specchietto retrovisore e poi ingranò la marcia, decisa a uscire di scena solo dopo aver chiuso i conti.

Susanna Zanetti osservò il rito della birra mentre la sigla annunciava la trasmissione. Era la puntata più importante della sua carriera e in cuor suo sperava di aver preso la decisione giusta. L'opinione pubblica era spaccata a metà, tanti bravi cittadini partecipavano attivamente alla caccia tifando per l'arresto e anche per l'eliminazione fisica di alcune tra le ragazze. Teresa Zito, Léa Fournier e la "negra" erano le più gettonate. Altri speravano in una conclusione ragionevole e civile, con tanto di pena scontata ai fini di un auspicato recupero sociale. L'Italia dei social fomentata dalla stampa come al solito sparava cazzate, offrendo l'immagine penosa di un paese alla deriva e incapace di analizzare la realtà. La vittima era stata santificata in tutti i modi. Raccolte di firme erano state promosse per le strade, sulla stampa e su internet perché a Cristoforo Marino venissero intitolate statue, piazze, scuole. La sua lunga agonia era diventata un simbolo di sacrificio, che aveva spinto più di qualcuno a paragoni azzardati. Susanna, fino a quel momento, aveva evitato ogni coinvolgimento sul piano giudiziario. Lasciava che fossero gli altri a giocare ai detective. Lei si era concentrata sulle storie delle ragazzine, ma qualcuno aveva deciso che quel ruolo così popolare ma fondamentalmente neutro doveva avere fine. Una sera era tornata a casa, una villetta ai margini del paese e Rachele, la figlia sedicenne, le aveva consegnato una busta gialla che aveva rinvenuto nella cassetta delle lettere. Conteneva un estratto della perizia medico-legale effettuata dalla dottoressa Adami sul corpo di Marino. Susanna aveva letto e poi era andata a visionare le immagini della telecamera che controllava l'ingresso. Tutte le villette ne erano munite, la paura delle rapine aveva convinto gli abitanti a proteggersi, solo che Gianni, suo marito, aveva scelto di occultarla anziché trasformarla in un deterrente ben visibile. A metà pomeriggio, quando la casa era deserta, era arrivata una Panda grigia dalla quale era scesa una donna che reggeva la busta nella mano sinistra. Aveva capito subito di chi si trattava, anche se non ricordava il nome: un'anziana cancelliera del tribunale. Susanna non aveva esitato un attimo e aveva cancellato la registrazione.

Fino a quel momento tutti i giornalisti che seguivano il caso si erano stupiti che dalla procura e dalla questura non fosse trapelato nulla. Spesso accadeva che qualche fortunato cronista entrasse in possesso di atti e verbali incriminanti o imbarazzanti destinati a influenzare l'orientamento generale. Invece in quel caso era filtrato poco o nulla, e tutti gli addetti ai lavori si erano sentiti autorizzati a supporre che gli inquirenti stessero nascondendo qualcosa. E ora quel qualcosa era nelle sue mani grazie a un banale intrigo di provincia. La giornalista aveva riflettuto a lungo sul da farsi. Si era consigliata con Gianni, che l'aveva scongiurata di lasciar perdere perché distruggere i miti portava solo sfortuna e la gente non glielo avrebbe mai perdonato. Lei però si era quasi offesa di fronte alla prudenza eccessiva e bacchettona del marito.

Ora sentiva la birra scivolare fresca lungo la gola, e la testa piena di dubbi. Dalla regia il tecnico alzò la mano aperta. Cinque secondi e sarebbe andata in onda.

«D'accordo, gente. Non so come dirvelo ma stasera mettiamo un punto fermo alla storia. Finalmente, dopo essere annegati per giorni in un fiume pieno di chiacchiere inutili, la vostra Susanna Zanetti vi racconterà un pezzo di verità, quella che ha messo in moto questa storia, quella che ha portato alla morte di Cristoforo Marino. Vi leggerò un paio di pagine di atti ufficiali, frutto delle nostre pazienti e instancabili indagini sul caso, e vi chiedo la massima attenzione. Interrompete quello che state facendo, alzate il volume e ascoltate bene ogni singola parola. Non vi spaventate di fronte ai termini tecnici: è tutto perfettamente comprensibile.»

Susanna lesse piano fino alla fine. Poi annunciò che il

microfono era aperto e a disposizione degli ascoltatori. Per undici lunghi minuti nessuno chiamò, poi si scatenò l'inferno.

# RACHIDA

Salut Afrique mère, salut Afrique mère, *dice l'inno del Senegal.*

*Mi sistemo il velo e lo ripeto fino a stancarmi. Si può pregare in tanti modi, purché l'azione della meditazione ci porti a conoscere la nostra strada verso la salvezza. L'importante è che ogni preghiera contenga il cuore dell'Islam, che è* s, l, m. *Le tre lettere stanno per "pace", "condiscendenza", "purezza".*

*Allah, il Misericordioso, ci aiuterà a scoprire la perfezione della natura, che vuole che noi compiamo il bene.*

*La jihad nel Corano non ha niente a che vedere con la lotta armata, ma è lo sforzo costante, l'esercizio quotidiano per migliorarci, per essere meno imperfetti, per trovare gli* aya: *i segni divini nel mondo. L'Imam non è un fomentatore di rappresaglie, di morte o di punizioni, è una guida spirituale che accompagna un cammino di fede e di pace.*

*Ogni azione di bene è preghiera, la preghiera è azione.*

*L'Islam è pace, ma non una pace decadente, bensì una pace vigile, che deve renderci forti, inattaccabili.*

*Vaglielo a spiegare.*

*Vallo a spiegare a chi mi dice puttana col velo. A chi mi chiama assassina, terrorista o semplicemente negra di merda.*

*Ma tanto l'Islam crescerà, non conosce calo la fede di Pace, prima o poi anche gli infedeli si convertiranno.* Inshallah, *a Dio piacendo.*

*Si convertiranno i miei parenti feroci, tutti gli ingordi della Terra affamati di schiavitù: loro sì che seminano terrore, perché quella fame è un'integralista assassina, qualsiasi bandiera indossi.*

*Si convertiranno i potenti, che a vederli da vicino non fanno così tanta paura, perché sotto il microscopio degli occhi attenti si sgretolano. Perdono pezzi, sono soli e senza luce. Come quella larva del poliziotto.*

*Si cercano, si fiutano tra di loro perché hanno una paura maledetta di sbagliarsi sul proprio conto. Hanno paura di riconoscersi miserabili.*

*Proclamano supremazie per non riconoscere il loro niente.*

*Io prego* Afrique mère, *l'Africa madre, che nella ripetizione del verbo di ogni preghiera quotidiana prende il volto di Halima, mia madre.*

*Non è ortodosso, ma pregare una madre mentre è viva e lontana è un'azione pratica. E la spiritualità si deve mischiare con i fatti.*

*Così prego mia madre.*

*Madre che ho rifiutato e poi accolto, madre, salvami dalla parte di me che voglio perdere.*

*Madre, fammi partorire il mio coraggio. Mostrami*

*come si fa a non abbassare gli occhi davanti al torto, soprattutto quando il torto è mio.*

*Resta al mio fianco se la solitudine mi fa dimenticare la compassione e la misericordia.*

*Fammi avere cura dei corpi degli altri, come posso: offrendo il pane o i medicamenti.*

*Fammi amare il silenzio, ma non quello dell'indifferenza.*

*Fa' che il mio spirito audace non sopporti l'ingiustizia, anche quando l'ingiustizia mi torna comoda.*

*Non fare che mi impedisca la purezza, anche durante l'inferno.*

*Rendimi semplice in ogni abbraccio col mondo.*

*Perdonami. Fa' che io mi perdoni.*

*Madre, Halima, fa' che torni da te.*

*Così ti prego, ogni volta che posso.*

*Mia madre accoglierebbe le mie compagne come figlie, i suoi racconti dell'Africa potrebbero diventare veri, potrebbero essere la nostra terra nuova.*

*Sempre se ce la facciamo ad arrivare fin lì sane e salve. Da devota so che il male si annida ovunque, che non ha dimora precisa. Il male non ha razza, o meglio riguarda tutte le razze del mondo.*

*I lager libici mi fanno terrore, sono l'inferno salito in terra; quando le ragazze mi chiedono dei pericoli che dovremo superare non riferisco quello che ho sentito con le mie orecchie da chi ci è passato, nei lager. Non lo dico nemmeno adesso a me stessa, perché non ci voglio pensare.*

*Meglio tacere, meglio pregare.*

*Madre, fa' che i lager siano la prigione per i carcerieri.*

*Fa' che gli stupri spacchino solo le loro teste.*

*Fa' che il deserto copra con una tempesta caritatevole le impronte di chi vende i vivi.*

*Fa' che gli uomini, mercanti di male, scompaiano dalla storia per sempre.*

*Così ti prego, madre.*

Inshallah, *a Dio piacendo.*

*All'inizio con le ragazze ho fatto finta di non capire la loro lingua. Non c'è niente di più illuminante che ascoltare chi non pensa di essere compreso e parla di te senza freni.*

*La maggior parte delle volte si ascoltano cose che sarebbe meglio non sentire, ma può succedere anche il contrario. Con le ragazze è andata così.*

*Una volta che non c'era niente da mangiare oltre a un prosciutto cotto puzzolente, ho allontanato il piatto. Claudia se n'è uscita male, con un commento tipo: Essì, ora la accompagniamo in un ristorante stellato. Léa le ha ricordato in malo modo che non mangio carne di maiale e che non è che perché viviamo come viviamo allora lei aveva il diritto di sputare addosso a un'altra cultura. Le altre si sono schierate con Léa, persino Anna ha mormorato: E poi è così bella. Ha contraddetto la sorella in qualche modo, incredibile.*

*Léa si è girata verso di me e mi ha spiegato in francese cosa fosse appena successo. Anche se credeva che non capissi, mi ha parlato nella sua lingua, per un fatto di appartenenza. Mi è parso molto bello.*

*Ora che sanno che conosco l'italiano e il francese continuano a farmi notare che parlo poco, che me ne rimango zitta perché non sono d'accordo e perciò faccio l'amica* ca nun rispondi a prima vuci, *come dice Teresa.*

*A volte è vero: non sono d'accordo e resto muta, altre volte no, quando mi raccontano di loro e non rispondo a volte sto pregando.*

*Questo non lo dico.*

*Notti fa ho sentito Anna che si muoveva, non se ne rende conto ma quando si sposta fa un respiro lamentoso, che mi ha svegliata. Ho preparato per lei un infuso con le foglie di alloro e l'ho seguita sul balcone. Le ho detto che era per me così non si è sentita costretta a berlo.*

*Anna sembra una bambina che si sta lanciando a camminare; se poi è sola, senza Claudia, sembra che sta imparando a muovere i primi passi proprio a fianco a un precipizio. Mi dà questa idea.*

*Mi ha raccontato un segreto che forse ho inteso male. Spero di averlo inteso male, perché quello che ho capito non dovrebbe succedere ai vivi.*

*Quando sono tornata a letto, non sono riuscita a pregare. Sono riuscita invece a maledire.*

*Chissà, forse maledire è solo una preghiera al contrario.*

*La preghiera era lunga, ne ricordo solo una parte.*

*Se pure la dannazione eterna non dovesse esistere, che ne inventino una per te.*

*Ti costruiscano i demoni un inferno solo tuo.*

*Che le tue carni rinascano solo per essere strappate*

*di nuovo, che la fame ti nutra, che la sete solidifichi il sangue come pietra nelle vene spaccate.*

*Gli anni non sono infiniti, le fiamme sono quasi pronte. Ti aspettano.*

*Sono giorni che cerco di correggere l'ira. Non ci riesco. Abbiamo ripreso il cammino e io mi accorgo che scappare ora è più pesante. Non riesco a perdere di vista Anna, che procede accanto a Claudia, come al solito.*

*Eppure, se non ho inteso male il segreto di Anna, non c'è amore fraterno che basti a porre rimedio. Povere sorelle, sono cresciute come viti storte, arrampicate l'una sull'altra, all'ombra di foglie vecchie che si sono prese tutta la luce.*

*Farò il possibile per alleviare le pene quotidiane di Anna e di suo figlio. Le altre no, le disperazioni che forse ha conosciuto sono insanabili.*

*Nemmeno tu, madre, puoi farci niente. Anche quando riuscirò di nuovo a pregarti, la preghiera non basterà: servirebbe soltanto il miracolo di un'amnesia o nascere di nuovo da altre carni.*

*Farò il possibile per Anna, anche se sarà poca cosa.*

*Per il momento pregherò soltanto così, mentre marcio a testa bassa senza un lamento.*

*Chi considera i dolori degli altri rende più deboli i propri. Perché ci è toccata in sorte una vita così faticosa?*

*Nessuno mi risponde, solo il mio corpo mi parla: dice ancora un passo, poi un altro.*

*Fino in Africa.*

# 4

Le ragazze arrivarono a Palmi, paese vicino a Gioia Tauro, che era ancora notte. Mancava poco all'alba, circa un'ora, e ancora una volta dovevano trovare un posto dove stare. Il paese sembrava deserto, non c'era un'anima per strada. Le persiane sbarrate non lasciavano trapelare niente: non un rumore, non una luce. Difficile capire quali case fossero abitate e quali no. Léa, che aveva guidato per ore, lottava contro il sonno che le appesantiva le palpebre, e anche le altre non stavano meglio.

I giorni della fuga, la tensione, la paura le avevano fiaccate. La station wagon attraversò il paese deserto, a fari spenti e con il motore al minimo, diretta verso il mare. Anna sonnecchiava ma Claudia e le altre si guardavano intorno, appoggiate ai finestrini. Cercavano una pensione, un albergo, quasi certamente chiusi e disabitati in quella stagione dell'anno, ma si sarebbero accontentate anche di una foresteria, perfino di un magazzino, purché non avesse l'allarme.

«Se non troviamo niente cercherò un posto appartato

e dormiremo in macchina» disse Léa. «Ho bisogno di riposare.» Non ci furono risposte.

Ognuna di loro seguiva un pensiero, un ricordo, un miraggio.

Teresa, appena toccata la terra natia, aveva disseppellito il rancore, alimentato la ferocia, meditato la vendetta. Covava un piano nella testa, formulandolo e riformulandolo, passando in rassegna ogni dettaglio.

Rachida, da parte sua, accarezzava con le dita la lettera sgualcita di sua madre, e tornava con la mente a quel maledetto giorno: il giorno in cui, tornata da scuola, non l'aveva più trovata. Biko, suo fratello, gridava cose tremende contro la donna che gli aveva dato la vita. Diceva che era la vergogna della famiglia, che aveva osato abbandonare la loro casa invece di sottomettersi al marito e accettare come una sorella la sua seconda moglie. Era venuta meno alla legge della Sharia, e dunque meritava solo insulti e disprezzo. Anche Rachida, in un primo tempo, l'aveva odiata per averla lasciata sola. Poi aveva trovato quella lettera indirizzata a lei, nascosta sotto il suo materasso. Non ne aveva fatto cenno ai familiari, era certa che l'avrebbero bruciata, distrutta, e invece leggerla quando tutti dormivano era stato importante. Con quelle righe scritte di getto, forse in una notte insonne come quella, sua madre le chiedeva perdono. Aveva trovato le parole per spiegarle, per provare a giustificare la fuga da un inferno familiare che presto l'avrebbe distrutta. E la invitava a raggiungerla, la pregava di farlo. L'avrebbe attesa, da allora in poi, ogni giorno. Nella loro vera casa, in Senegal.

Dopo aver finito di leggere, Rachida aveva pianto. L'aveva capita, perdonata. Da quel momento aveva sognato il suo paese natale. Odore di spezie e sale marino, l'odore dell'infanzia. E alla fine era partita per provare a raggiungerlo.

A un tratto, dopo una curva, i fari dell'auto fecero brillare un paio di occhi gialli, dietro un cespuglio. Léa li vide bene, prima che scomparissero nel buio. Doveva essere un gatto, o forse qualche animale selvatico. Stava per attraversare la strada, ma i fari lo avevano spaventato, spingendolo a fuggire nella boscaglia. Mentre proseguiva, cambiando marcia, la francese avvertì una sorta di connessione con quell'animale. Anche lei scappava da quando aveva dodici anni. Era fuggita da un paesino privo di opportunità, da genitori senza guizzi di ribellione, senza dignità, vinti dalla paura di perdere quel poco che avevano: un impiego pubblico alle poste per suo padre, e sessanta metri quadrati di casa con un piccolo giardino che sua madre si spaccava la schiena per far brillare come uno specchio. Scappava, Léa, dall'odore di candeggina e dalla polizia. Non si era mai voltata indietro. Era stato Julien, tempo dopo, a dare un senso a quella fuga. A mettere quel desiderio di ribellione al servizio di un pensiero più grande, globale, di un mondo più giusto. Julien le aveva affidato una missione e anche ora lei ne avvertiva la responsabilità, come avvertiva quella di portare in salvo le sue compagne. Erano in un casino, in un casino grosso, ma ne sarebbero uscite. E lei avrebbe potuto ricominciare a lottare. Con Julien, forse con le sue compagne. Con Teresa, con Domitilla. Lo sperava.

Domitilla si frugò nelle tasche, sempre più freneticamente, mentre la testa cominciava a ronzarle. Trovò le briciole di una mezza pastiglia, proprio sul fondo, contro la cucitura. Si bagnò le dita e le raccolse a una a una, attenta a non lasciarle cadere. Se le ficcò in bocca per fermare quel senso di sgomento e inquietudine che l'assaliva nei momenti di astinenza. Chiuse gli occhi, lasciandosi invadere dal solito languore chimico, spinse la testa contro il finestrino e prese a immaginare un nuovo panorama. Un paesaggio pieno di neve, una neve calda in cui affondare senza avvertirne il gelo. Pensò ad Angelica, la sua amica del cuore negli anni del collegio. Una ragazza problematica e bellissima, tossicodipendente già a sedici anni e sempre in cerca di denaro. Era stato bello scoprire con lei l'estasi delle prime droghe, godere dei rispettivi corpi, imparare nuovi modi per darsi piacere a vicenda. Per un po' era stato bello anche sottomettersi, obbedire ai suoi capricci quando Angelica l'aveva minacciata di lasciarla sola, dicendole che si era stufata di lei. Aveva fatto di tutto, pur di non perderla. E Angelica era tornata a sorriderle. L'aveva fatta sentire amata, desiderata. Importante. Forse per la prima volta in vita sua Domitilla era stata felice.

Poi era arrivata quella brutta notte. E le cose erano cambiate.

Negli ultimi mesi al collegio Angelica aveva assunto sempre più il ruolo di annoiata dominatrice. Le aveva fatto compiere una serie di azioni sconvenienti, solo per il gusto di vederla obbedire. A ogni ordine eseguito aveva alzato la posta: dal primo furto in un supermercato agli atti vandalici nel paese vicino, dal correre nuda nell'ala dei ragazzi a dormire per terra accanto al suo letto. Fino all'ultima richiesta, quella che avrebbe segnato il destino di entrambe.

Angelica le aveva chiesto di prostituirsi insieme a lei. Un ordine perentorio mascherato da gioco, in nome della complicità assoluta e priva di regole che aveva imposto per far sopravvivere la loro relazione.

Domitilla aveva accettato. Era innamorata di Angelica, profondamente innamorata, e a quel punto era in totale sudditanza nei suoi confronti.

«Non è che poi ti tiri indietro, vero?» si era sentita chiedere, in tono quasi minaccioso.

«Non lo farò.»

«Brava. Vedrai, sarà divertente. Faremo un po' di soldi e ce la spasseremo, tutte e due.»

Il piano di Angelica sembrava semplice. Sarebbero sgattaiolate fuori dal collegio subito dopo cena per raggiungere il luogo della "festa", una villa isolata, appena oltre confine. Lei aveva già pagato, anzi strapagato, un maestro di sci che arrotondava lo stipendio con un servizio taxi privo di licenza ma efficiente e discreto. Avrebbero passato buona parte della notte a "spassarsela" e sarebbero rientrate prima dell'alba. Nessuno avrebbe notato la loro assenza.

Domitilla però era sempre più nervosa. Durante il tragitto aveva pregato l'amica di tornare indietro, dicendo che non se la sentiva. Era pallida, sudata, sull'orlo di una crisi di panico. Angelica le aveva rivolto uno sguardo divertito. Poi il suo sorriso era scomparso. Aveva spiegato a Domitilla che ormai si era impegnata, che aveva già incassato un anticipo sulle loro "prestazioni". Non potevano più dare buca. Se l'avessero fatto sarebbero finite in grossi guai. I loro intermediari non erano mica impiegatucci di provincia, erano criminali veri: le avrebbero trovate e gliela avrebbero fatta pagare cara.

Ancora una volta, in lacrime, Domitilla si era rassegnata a obbedire. Angelica aveva posato sulla lingua un paio di pillole e poi l'aveva baciata, spingendogliele direttamente in gola.

«Con queste passa la paura» aveva detto, mentre superavano il confine. «Vedrai, andrà tutto bene.»

Un'ora dopo, Domitilla si era ritrovata nella camera da letto di una residenza immensa e pacchiana. Era strafatta, senza forze. Due uomini di mezza età le avevano sfilato reggiseno e mutandine senza troppi riguardi, passandosela come una bambola di pezza.

«Muoviti, non fare la cretina.»

«Ti metti a fare i capricci, stronzetta?»

«Vedrai, sarà divertente.»

«Non devi dirlo a nessuno, hai capito?»

L'avevano presa uno dopo l'altro e poi insieme, mentre Angelica filmava la scena con il cellulare. Erano stati i due uomini a chiederle di farlo. Avrebbero conservato il video per la loro collezione.

«E tu cosa aspetti?» aveva detto uno dei due, un tipo grasso con i capelli tinti e un orologio d'oro. «Vieni a giocare con la tua amichetta.»

Angelica aveva obbedito. Domitilla aveva sentito le sue carezze, poi la sua lingua. Ma per la prima volta da quando stavano insieme non era riuscita a godere. Mentre i due uomini si dedicavano ad Angelica, riservandole lo stesso trattamento che aveva subìto lei, era scivolata giù dal letto. Il tipo grasso se n'era accorto.

«Dove vai?»

«In bagno. Torno subito» era riuscita a dire.

«A voi ragazze scappa sempre di farla, eh? Non ci mettere troppo.»

Le avevano fatto lasciare il piumino, le scarpe e il maglione in un piccolo spogliatoio attiguo, prima di portarla nella stanza. Non poteva uscire nuda da quel posto infame. Si era rivestita in fretta e aveva aperto la finestra. Il freddo le aveva fatto recuperare un po' di lucidità. Nel corridoio che portava all'ingresso, il maestro di sci fumava una sigaretta. Domitilla aveva infilato un'altra porta, aveva vagato per un po' in un'ala deserta della villa e alla fine si era ritrovata su una terrazza ricoperta di neve. Spirava un vento gelido ma c'era una piccola scala di servizio che conduceva al giardino. Pensò che da lì avrebbe potuto raggiungere la strada, chiedere un passaggio.

«Dove cazzo vai?» La voce di Angelica l'aveva bloccata. Si era voltata e l'aveva vista mentre le veniva incontro. Indossava solo la pelliccia sintetica, bianca come la neve, e gli stivali. Sembrava furiosa. «Mi hanno mandato a prenderti. Guarda che quelli perdono la pazienza e poi sono affari tuoi. Sbrigati a rientrare.»

Domitilla era arretrata fino alla balaustra. Aveva sentito il marmo ghiacciato premerle contro la schiena. Alle sue spalle c'era il vuoto.

«Non ci penso nemmeno.»

«Sei scema? Ricordi cosa ti ho detto?»

Angelica era stupita. Domitilla era la sua schiavetta, era convinta che avrebbe fatto tutto ciò che voleva. Non si aspettava quel moto di ribellione. Aveva tirato fuori dalla tasca il suo smartphone, puntandole la torcia elettrica in faccia.

«Dài, torna dentro.»

«Adesso me ne vado, invece, e tu vieni con me.» Domitilla aveva indicato il cellulare dell'amica. «Se provano a fermarci, chiamiamo la polizia.»

Angelica a quel punto si era messa a ridere, poi aveva girato il telefono. Sullo schermo scorrevano le immagini dei due uomini che possedevano Domitilla, davanti e dietro, come in uno degli sconci porno amatoriali che ogni tanto scaricavano di nascosto.

«Guarda qui, carina. Mica sembra che ti costringano. Se provi a fare la furba questo video finisce in Rete, hai capito? E arrivederci e grazie alla tua bella famiglia, e alla tua vita da principessa del cazzo.»

In quel momento qualcosa era scattato nella testa di Domitilla. Forse era stato il cambio di tono nella voce di Angelica, o forse la sua espressione. Quella che aveva davanti non era più la sua compagna, la sua confidente, la ragazza che amava. Era un'estranea, un'aliena. E voleva farle del male.

«Dammelo» aveva sibilato, allungando le mani. Angelica era più alta di lei. Aveva sollevato il braccio per impedirle di raggiungere il cellulare.

«Non hai ancora capito chi è che comanda, stronzetta?»

«Dammi quel telefono.»

«Io comando, e tu obbedisci.»

Con la mano libera, Angelica le aveva rifilato uno schiaffo, bello forte. Domitilla non ci aveva visto più. Non ricordava esattamente gli istanti successivi. Solo momenti di lotta confusa e poi l'altra che cadeva all'indietro, oltre la balaustra, verso le punte aguzze della cancellata dieci metri più sotto. Forse aveva gridato o forse no, non ne era sicura. Si era affacciata e aveva visto il suo corpo inarcato, spezzato e impalato, la pelliccia candida macchiata di rosso. Una scena orribile, che l'avrebbe perseguitata per il resto della sua vita. Ma non c'era tempo per piangere, né per gridare. Le voci dei due uomini e del maestro di sci risuonavano all'interno della villa. Le stavano cercando.

Aveva raccolto il telefono ed era corsa via lungo la scala di servizio. Era fuggita nella notte.

E da allora non aveva più smesso di farlo.

La droga, anche quell'avanzo che aveva trovato vicino alla cucitura, aiutò Domitilla a rivivere quell'episodio senza soffrire troppo. Sognò Angelica che cadeva dalla balaustra, al rallentatore. Quella volta però non si infilzava sul cancello, non sanguinava, ma apriva le braccia e si levava nel cielo nero come un uccello, o un aquilone. E non ce l'aveva con lei, le sorrideva.

Le voleva ancora bene.

Claudia pensò a suo padre mentre chiudeva la porta della stanza da letto e trascinava Anna a "giocare" con lui. Pensò a sua madre che alzava il volume del televisore. Pensò a quando era riuscita ad aprire la porta, ai calzoni del padre calati fino alle caviglie e alla sua pancia sporgente che sanguinava. E ad Anna che la fissava attonita mentre lei vibrava la seconda coltellata. La madre sulla soglia urlava: «Assassine» e sotto, ridicola, la voce del presentatore alla tv chiedeva la risposta giusta al concorrente di turno.

«In che anno, signor Francesco, avvenne la scoperta dell'America?»

*1492*, aveva pensato, mentre trascinava Anna fuori da quella stanza. La madre si era fatta indietro davanti al coltello e aveva chiuso la bocca. E loro due si erano ritrovate fuori. Fuori di casa. Via da quel mattatoio infame.

Anna aveva ricominciato a stare male. Canticchiava una canzoncina pop a fior di labbra e si sforzava di scovare un ricordo felice che la potesse distrarre. Non lo trovò: non c'era nessun ricordo a cui aggrapparsi, a parte quello di Claudia, che però era lì con lei e quindi non valeva. Allora pensò al suo bambino. Non le restava che lui, o lei. «Sarò una brava mamma» sussurrò a se stessa. Non era un ricordo ma un giuramento. Tenne lontano il dolore solo per un po', poi quel maledetto tornò a farsi sentire. Ancora più forte.

«Mi fa male la pancia, tutto il corpo. Ho delle fitte tremende» piagnucolò. «Ho anche fame, voglio una pizza e ho tutte le mutande appiccate.»

«Sta' buona, fra poco ci fermiamo. Non frignare.» Claudia cercava di calmarla nel solito modo rude e sbrigativo, l'unico che sua madre le avesse insegnato.

«Anna, sdraiati su di noi come hai fatto con le rumene» disse Rachida con dolcezza. «Se ti metti orizzontale sentirai meno male. E slacciati i pantaloni.»

Riuscì a calmarla, almeno per qualche minuto. Anna si sistemò sulle loro gambe, la testa in grembo a Domitilla e i piedi addosso a Rachida. Un materasso umano scomodo e spigoloso, ma in effetti in quella posizione stava un po' meglio.

Claudia si scoprì infastidita dalle premure della nera verso sua sorella. Si intrometteva, forzava quella bolla inviolabile che era riservata solo a loro due. A lei non stava bene, nemmeno un po'.

«Appena troviamo un rifugio dobbiamo far sparire la macchina» disse Teresa fissando cupa la strada verso il mare. Se ne stava seduta accanto a Léa, che teneva le mani sul volante e premeva appena l'acceleratore, per rendere il motore il più silenzioso possibile. «Quel tizio avrà già denunciato il furto, la polizia potrebbe essere sulle nostre tracce. Non abbiamo molto tempo» concluse.

La francese annuì, passò in rassegna gli edifici bassi,

colorati. Un albergo a quattro stelle sfoderava un'insegna brillante con la scritta MIRAMARE. La porta a vetri lasciava intravedere un morbido tappeto arabescato e soffici divani di velluto giallo. Tutte le ragazze si voltarono e ognuna di loro desiderò sprofondarci dentro.

«Andiamo verso la periferia» ordinò Teresa. «Svolta a destra.»

«Quanto tempo ci vorrà prima che possiamo imbarcarci?» chiese Léa. «Se è solo per una notte o due possiamo rubare delle targhe, sostituirle alle nostre e dormire in macchina.»

«È vero» approvò Claudia. «Ce ne sono un sacco, di auto familiari come questa. Non daremmo tanto nell'occhio.»

Teresa scosse la testa. «Devo parlare con Fiore. Le navi mercantili non partono tutti i giorni, per l'Africa. Potrebbe volerci un bel po'. Dobbiamo trovare un posto sicuro.»

«Di nuovo» sospirò Anna.

«Di nuovo, cazzo.»

Scivolarono sul lungomare, fra un'aiuola sfiorita e una fila di palmizi magri e spogli con le punte secche, che tentavano inutilmente di abbellire la strada d'asfalto grigio. Più in là si intravedevano la spiaggia di sabbia bianca e il mare, che in quella notte senza luna rimaneva quasi un miraggio.

Quasi alla fine di Palmi, incastrata fra una grande roccia e un capannone, videro spuntare una costruzione alta e stretta di quattro piani, con un piccolo giardino e minuscoli terrazzini orlati da ringhiere.

La pensione Arcobaleno era fatiscente, dell'arcobaleno non aveva conservato neppure un colore. La salsedine l'aveva rosicchiata e resa grigiastra come il guscio di un'ostrica. A pochi metri dalla porta, però, c'era il mare. Stavolta il rumore delle onde arrivava chiaramente alle orecchie delle ragazze.

«Quella» esclamò Teresa, indicandola.

«Perfetta» rispose Léa. Tutte quante si voltano per vedere, anche Anna si alzò di scatto, schiacciando la coscia di Rachida.

«Ahi, fai piano.»

Léa accostò, illuminò per un momento l'edificio, poi spense il motore. Niente luna, niente fari. Le ragazze si ritrovarono immerse nel buio. Scesero dall'auto stiracchiandosi, sospirando di sollievo mentre si sforzavano di abituare gli occhi all'oscurità. Teresa andò alla porta e provò a forzarla, inutilmente. Claudia e Rachida la raggiunsero e si alternarono a sferrare calci e spallate, senza alcun risultato. Domitilla, ancora stordita dai frammenti di pastiglia, si sedette su un dondolo arrugginito nel piccolo giardino e spinse con le gambe, provocando un rumore di ferraglia.

«Mi fa male la pancia» urlò di nuovo Anna, sempre più esausta, e scoppiò a piangere. Rachida avrebbe voluto consolarla ma Claudia giocò d'anticipo, lasciò perdere la porta e prese la sorella fra le braccia.

«Sdraiati qui finché non riusciamo a entrare» le disse con un tono insolitamente dolce, dopo aver steso il suo piumino sopra il basso muretto di cinta. Anna obbedì e chiuse gli occhi.

«Io faccio sparire la macchina» disse Léa. «Poi torno.» E si allontanò lentamente a fari spenti.

Anche Teresa rinunciò a infierire sulla porta. Era tempo sprecato, e le era venuta un'altra idea. Si arrampicò, agile come una scimmia, sulla grande roccia che poggiava contro il muro laterale della pensione, sfruttando ogni sporgenza, ogni fessura per raggiungere il piano superiore.

«Guarda che ti fai male» commentò Claudia. Teresa non la degnò di una risposta.

Saltò la ringhiera convessa e arrugginita di uno dei terrazzi e si ritrovò davanti alla finestra. La serranda fradicia di umidità cedette al primo colpo, e altrettanto fece il vetro accanto alla maniglia. Teresa scese al piano terra, aprì una porta sul retro e fece entrare le ragazze. Domitilla fu l'ultima, e Rachida dovette chiamarla due volte per farla scendere dal dondolo.

«Ora abbiamo un rifugio. Di nuovo» disse Claudia alla sorella.

«Non ci speravo più.»

Usarono gli accendini per illuminare l'ambiente: sembrava la fine di un concerto. L'interno della hall era squallido: un arredamento a basso costo, arrangiato, essenziale. Un bancone stretto sopra un gradino di finto marmo. Un vaso con fiori finti sbiaditi, un telefono. Dietro il bancone, una mensola con una decina di chiavi. Un brutto quadro, una marina inondata di sole, se ne stava appeso un po' storto sulla parete del piccolo salone attiguo. In un angolo c'era un divano ricoperto da un tessuto stampato, qualche poltroncina e poco più in là un vecchio televisore su un tavolino di vetro.

«La televisione» urlò felice Anna, e cominciò ad armeggiare sui tasti per accertarsi che funzionasse.

«Non c'è corrente» pigolò catatonica Domitilla che muoveva il dito sull'interruttore della luce, su e giù, come se quel continuo premere potesse risolvere il problema.

«Noooo» le fece eco Anna, davanti a uno schermo che restava inesorabilmente buio.

«L'acqua arriva» urlò Claudia da un'altra stanza, probabilmente la cucina. «È gelata, quella calda non viene e non c'è un cazzo da mangiare, neppure un pacchetto di biscotti, una scatoletta, niente.»

«Io ho fame» si lamentò Anna. Era sfinita, isterica, nuovamente sull'orlo delle lacrime.

«Ho trovato l'interruttore generale» gridò Teresa da qualche parte dell'edificio. «Ora riattacco la corrente. Ma non azzardatevi ad accendere le luci, potrebbero vederci.» Le ragazze obbedirono, e poco dopo la videro tornare nel piccolo salone.

«La televisione però sì, ti prego» piagnucolò Anna che si era sdraiata sul divano.

Domitilla era rimasta accanto all'interruttore e fingeva di premerlo, canticchiando «*Tic tac, tic tac*» a bassa voce. Teresa la prese per un braccio e la fece sedere su una poltroncina.

«Falla finita» le sussurrò.

«Mica lo accendevo» le rispose Domitilla con un sorriso ebete, docile.

Rachida arrivò con una candela, una mano davanti alla fiammella tremula che minacciava di spegnersi.

«Ce n'erano un po' in un ripostiglio. Ne ho altre cinque in tasca. Possiamo usare queste» disse.

«Voglio vedere la tv» pretese Anna.

«Tirate bene tutte le tende» ordinò Teresa. «Le imposte sono vecchie e malandate, fanno filtrare la luce.»

Rachida e Claudia obbedirono. Ormai si muovevano come una squadra organizzata. Fecero aderire i tessuti scuri e polverosi alle finestre che si affacciavano sulla strada e annodarono gli orli perché non si riaprissero.

«Prova ad accenderla» disse Claudia.

La conduttrice di un noto programma investigativo apparve sullo schermo. Quella sera aveva i capelli troppo cotonati, una vaporosa onda biondissima che le rendeva la testa innaturale, come quella di certi personaggi dei fumetti. Di fronte a lei un omino calvo e compassato, strozzato dalla cravatta, parlava proprio di loro.

«Siamo in tv» urlò eccitata Anna.

«Chi?» chiese Domitilla, che fissava come ipnotizzata l'acconciatura della conduttrice.

«Sssh» si intromise Rachida. «Voglio sentire cosa dicono.»

La trasmissione era nel bel mezzo della loro storia. Le fotografie delle ragazze identificate continuavano a passare a tutto schermo, i volti erano leggermente pixellati, quel tanto che bastava per non incorrere nei rigori della legge, ma riconoscibilissimi.

«Ammazza quanto è venuta brutta Léa» rise Teresa.

«Anche tu, però, sembri un maschio con la scucchia» disse Claudia, sghignazzando. «Chi cazzo le ha fatte quelle foto?»

A immagini tratte dai social si alternavano ingrandimenti di riprese fatte dalle telecamere di sorveglianza. All'improvviso apparve un ritratto di Domitilla: era una foto posata, professionale, scattata su ordine di sua madre l'estate precedente. Anche in quel caso l'uso dei pixel ridotto al minimo non nascondeva la sua avvenenza.

«Qualcun'altra invece è sempre un gran pezzo di fica» se ne uscì Teresa, girandosi verso di lei.

«Chi?» Domitilla era abbandonata su una poltroncina, con la testa all'indietro, lo sguardo fisso, allucinato. Era ancora in botta. Teresa non insistette.

«Io non ci sono, però» riprese a lamentarsi Anna.

«Meglio così, scema» la rimproverò dolcemente Claudia.

L'omino calvo era uno psicologo abituato alle ospitate in televisione, e a dispetto della cravatta troppo stretta misurava i gesti, le parole e i silenzi con fastidiosa maestria.

«Il problema non sono le adolescenti, ma le famiglie, la scuola, tutto il sistema educativo» chiosò l'uomo sollevando platealmente le mani.

«Giusto!» saltò su Claudia, ridendo. «Mica è colpa nostra.»

Una donna sovrappeso strizzata in un tailleur e truccata come Moira Orfei, una parlamentare di seconda fila del suo partito, lo interruppe, aggressiva.

«E allora bisogna affidarle a delle strutture adeguate che le trasformino in cittadine rispettabili. Con le buone o con le cattive, mi spiego? Non possiamo giustificare delle ragazze di sedici o diciassette anni che assassinano brutalmente un poliziotto. Vanno prese, giudicate e rinchiuse. O avremo un grave problema di pubblica sicurezza.»

Lo psicologo si inalberò. «Secondo le ultime notizie, quelle ragazze sarebbero state vittima di violenza da parte dell'ispettore capo Marino. L'intera vicenda è da rivedere sotto ben altra luce.»

L'onorevole, sdegnata, puntò minacciosa un indice contro lo strizzacervelli. «Non si permetta di insultare la memoria di un eroe.»

«Ma chi è 'sta stronza?» inveì Claudia.

Anna prese un cuscino dal divano e lo scagliò contro lo schermo. «Ma vaffanculo, puttana di merda.»

I toni del dibattito si alzarono: la parlamentare e lo

psicologo cominciarono a gridare, a togliersi la parola a vicenda, accavallandosi fino a rendere impossibile capire cosa dicessero. Finalmente, esaurita la parte urlata del programma, la presentatrice riprese la parola. La telecamera dedicata ai primi piani inquadrò la sua espressione seria, mentre un filtro digitale le spianava le rughe.

«Ma dove saranno adesso le ragazze?» esclamò fissando gli spettatori, in tono drammatico.

«Alla pensione Arcobaleno di Palmi!» ridacchiò Claudia.

Domitilla annuì con gli occhi chiusi, scivolando nel sonno.

In tv, un'altra donna mingherlina e nervosa catturò l'attenzione. «Vale la pena sottolineare che si tratta anche di una questione di DNA» pontificò. «Teresa Zito, una delle fuggitive, è la nipote di Leonardo Zito, boss della 'ndrangheta calabrese latitante da parecchi anni. Per questo parlavo di DNA. Famiglie violente generano stirpi violente.»

Le ragazze si voltarono verso Teresa, tutte tranne Domitilla, che ormai era immersa nel suo sonno chimico.

«È vero?» chiese Rachida.

«Sei la nipote di un boss?» aggiunse Claudia.

Teresa si alzò di scatto, andò decisa verso il bancone e afferrò una chiave.

«Spegnete quella merda» sibilò, poi sparì per le scale.

Le ragazze rimasero in silenzio mentre la conduttrice del programma riprendeva la parola.

«Proprio oggi gli inquirenti hanno identificato altre due fuggiasche del gruppo. Possiamo perciò mostrarvi in anteprima i loro volti. Anche se minorenni...»

Passarono sullo schermo i primi piani delle gemelle, appena pixellati.

«Ci siamo anche noi!» urlò Anna. «Ma è una foto di due anni fa, dài, sembro una scema e ho pure gli occhi chiusi» si dispiacque.

«È l'unica fotografia che ci hanno fatto i nostri genitori. A parte quelle per i documenti» fu il commento della sorella.

Anna si strinse nelle spalle mentre la conduttrice proseguiva. «La sesta ragazza sembra essere un'islamica, probabilmente affiliata agli ambienti del fondamentalismo. Purtroppo però non è ancora nota la sua identità.»

La chioma della giornalista, durante la trasmissione, si era afflosciata da un lato. La ravviò con un gesto apparentemente distratto. Il suo sguardo suggeriva che appena fuori onda avrebbe fatto il culo alle ragazze del parrucco. Le labbra invece sorridevano.

«Sentiamo ora cosa ne pensate voi ascoltatori.»

Una giovane inviata dagli occhi vispi si affannava dietro ai passanti, che volentieri sparavano sentenze in pochi secondi.

«Se dovesse scegliere un aggettivo, un aggettivo solo per queste ragazze, come le definirebbe?»

"Assassine" era la risposta più frequente, seguita da "mostri", "poverette", "vittime", "da galera", "brutali", "violente".

«Siamo famose come la Ferragni» gongolò Anna, e batté le mani.

«Che succede?» Domitilla aveva riaperto gli occhi, svegliata dal rumore improvviso.

«Fondamentalista io?» si indignava intanto Rachida. «Questa è bella.»

In quel momento venne lanciato il servizio finale: la giovane cronista affannata con la sua troupe televisiva stava inseguendo qualcuno. Si avvicinò a due persone che davano le spalle all'obiettivo, ripetendo ossessivamente il nome del programma per saldare il collegamento con lo studio e creare una maggiore tensione. La coppia di spalle aveva aumentato il passo e tentava di raggiungere un portone il più in fretta possibile.

«Cazzo, quella è casa nostra» esclamò Claudia, indicando il palazzone popolare inquadrato in panoramica. L'uomo e la donna si voltarono e la telecamera tornò su di loro.

Erano i genitori di Anna e Claudia. La madre si scagliò contro il cameraman, cercando di spostare l'obiettivo con una mano. «*Lasciateci stare!*» urlava. La telecamera si spostò da lei al marito. Il suo viso scarno e lo sguardo feroce apparvero a tutto schermo. Su quel primo piano la trasmissione finì. Mentre scorrevano veloci i titoli di coda, le ragazze ammutolirono. Anna non riusciva a staccare gli occhi dallo schermo, le tremavano le mani. Claudia la prese per un braccio e la fece sollevare dal divano. «Andiamo a lavarci, dài. Teresa aveva ragione, basta con questa merda.» Rachida spense la tv.

«Non vieni?» chiese a Domitilla, che era ancora sprofondata nella poltrona.

«Un attimo» biascicò lei, incapace di muoversi. E ripiombò nel sonno.

Al piano di sopra le attendevano letti senza lenzuola né coperte, e un freddo pungente.

Le gemelle scelsero una camera, e dalla finestra socchiusa osservarono il mare, una tavola turchina appena rischiarata dall'alba. Anche Anna volle guardare, nonostante le fossero tornati i dolori e facesse fatica a stare in piedi. Rimasero ferme, abbracciate, davanti a quel prodigio della natura.

«Scendiamo a fare un bagno?» propose Anna, pallidissima.

«Ma certo» mentì Claudia, inseguendo la fantasia della sorella.

«Prima la pizza, però. Ho tanta fame.» Ad Anna venne da svenire, così si appoggiò a peso morto sulla sorella, che la sorresse e la mise a letto.

Nella camera accanto Teresa tirò fuori dalla tasca dei jeans il cellulare usa e getta che si era tenuta per contattare Fiore. Digitò il numero. L'amica le rispose subito: «Come stai?».

«E come, Fiore? Bene, e tu?» le chiese con un cenno d'insofferenza, d'altronde come poteva stare in quella situazione?

Fiore comprese l'antifona e tagliò corto. Almeno poteva alleviarla dandole una buona notizia. «Ti ho trovato la nave, cioè l'ha trovata mio padre ma io gli ho rotto le palle finché non c'è riuscito, passaggio gratis fino a Bengasi, sei contenta?»

«Stai scherzando? Gratis?»

«Papà ha salvato il comandante avvertendolo delle motovedette della guardia di finanza partite da Gioia, quello aveva la nave piena di roba di contrabbando, pure armi, se non sbaglio, e se n'è scappato giusto in tempo nelle acque internazionali» spiegò Fiore aggiungendo: «Tu e le altre cinque sarete le uniche clandestine a bordo, amore mio, più di così non potevo fare...».

«Sei stata grande, Fiore, grazie» le disse più sollevata Teresa, che però prima di quell'approdo aveva una vendetta da compiere. Fiore percepì anche quello stato d'animo. «Terè, però devi stare attenta a quello che fai fino a che non parte la nave, ti prego.»

«E quando parte? Che nave è? Dimmelo, per favore, che me lo segno.»

«Parte tra una settimana, dieci giorni, è un mercantile libanese, ma mo non tengo il nome con me, me lo sono scritto, e pure quello del comandante, ti richiamo io tra poco.»

Teresa si rimise il cellulare in tasca. Andò alla finestra. Aveva bisogno di aria, di dare respiro a tutti quei pensieri. La vendetta e poi l'Africa, insieme a Léa, Anna, Claudia, Rachida e fu allora che vide Domitilla incamminarsi verso la spiaggia con un'andatura da sonnambula, rigida e storta. Teresa si rivestì in fretta, corse giù per le scale, quindi alla porta e alla strada. Vide gli indumenti di Domitilla abbandonati sulla spiaggia, uno dopo l'altro. Il piumino, il maglione, i jeans, le scarpe e le mutandine. Per fortuna a quell'ora non passava nessuno. Domitilla era in acqua, nuda come mamma l'aveva fatta. Era già immersa fino all'ombelico quando Teresa la raggiunse, bagnandosi i vestiti.

«Che cazzo fai? Vuoi farci beccare? Vieni via» le ordinò, afferrandola per le braccia.

«Chissenefrega» rispose Domitilla, ancora trasognata.

«A me frega, invece, stronza.»

«Mi manca la droga e anche il resto.»

«La droga te la trovo io.»

«E il resto?» Domitilla aveva riaperto gli occhi. Fissava la calabrese con una espressione diversa, come se la vedesse per la prima volta.

Tremando dal freddo, Teresa la trascinò fuori dall'acqua, sulla rena gelata. La riempì di insulti mentre strofinava entrambe con il suo maglione, forte, perché non rischiassero di buscarsi un accidente. Infine le fece infilare il piumino direttamente sulla pelle nuda, per scaldarla un po'. Domitilla la lasciò fare, docile e tranquilla. Poi aprì il giubbotto, l'attirò a sé e la baciò sulla bocca, troncando le sue imprecazioni. Rimasero allacciate una all'altra, a lungo, avvolte dal piumino fino a quando non squillò il cellulare. Era Fiore con i dettagli della nave.

«Torniamo in albergo, dài. Qui ci potrebbero vedere» disse Teresa a bassa voce una volta chiusa la telefonata.

«Come vuoi» rispose Domitilla. Raccolse gli altri indumenti e si lasciò guidare verso la strada, stretta alla compagna.

Léa era a pochi passi dall'albergo. Le osservò mentre camminavano insieme verso la pensione. Fece un sorriso triste. Ebbe l'impulso di andare loro incontro, dire o fare qualcosa, ma non si mosse. Capiva bene che sarebbe stata di troppo. D'un tratto però vide Teresa che s'allontanava da Domitilla, come richiamata da qualcosa, mentre con cenno inequivocabile invitava l'altra a rientrare. Cosa che la giovane aristocratica fece obbediente.

Quando Claudia entrò nella stanza di Rachida, lei stava pregando. In un primo tempo non riuscì a essere gentile, neppure si scusò per averla interrotta, poi crollò.

«Anna sanguina. Le sue mutande sono zuppe» disse. «Non so che cosa fare.» Lottava per trattenere le lacrime, non voleva mettersi a frignare davanti a lei. Non voleva apparire debole. Rachida non disse niente. Si alzò e corse da Anna, mentre Claudia, rimasta sola, riusciva finalmente a lasciarsi andare. Ne aveva di cose per cui piangere: le ferite passate, l'angoscia del presente e quella per il futuro. Non si fece mancare niente. Solo diversi minuti più tardi, dopo essersi strofinata la faccia, tornò nella sua stanza. Anna si era addormentata, raggomitolata sotto diversi strati di coperte. A terra, gettati alla rinfusa, c'erano parecchi asciugamani macchiati di rosso.

«L'ho pulita. Deve stare immobile» disse Rachida, seria. «Se l'emorragia non si ferma dobbiamo portarla in ospedale. Costi quel che costi. E deve mangiare, è troppo debole.»

Claudia annuì e si avvicinò al letto per osservare meglio la sorella. Il respiro era abbastanza regolare, e il sonno la teneva lontana dal dolore. Meglio così.

Rachida si liberò dal velo. Lunghissimi capelli neri e lucidi si sciolsero sulle sue spalle. Claudia ne rimase incantata.

«Prestami la tua felpa» si sentì chiedere.

«Cosa?»

«Solo per un'ora. Te la riporto.»

Claudia obbedì. Rachida indossò la felpa, si coprì il capo col cappuccio e all'improvviso si tramutò in un rapper di Instagram.

«Vado a cercare degli antidolorifici e un po' di pizza» disse. «Sono l'unica che ancora non è stata identificata.»

Claudia assentì di nuovo, in silenzio. Se avesse aperto bocca avrebbe sicuramente ricominciato a piangere. Si sentiva insulsa e stronza ad aver diffidato di quella ragazza generosa, per gelosia o peggio ancora, inconfessabilmente, per la sua pelle scura. Le tornarono in mente le parole della mingherlina alla televisione: *È una questione di DNA... Famiglie violente generano stirpi violente.*

Suo padre li odiava, i neri, e odiava gli islamici. Per lui erano solo terroristi di merda. Claudia le aveva sentite fin troppe volte, a casa, quelle parole.

Così mandò mentalmente a fare in culo quel porco razzista, una volta di più. Le fece bene.

«Devi fidarti» disse Rachida, interpretando il suo silenzio in modo sbagliato. «Mia madre era... è una dottoressa. Mi ha insegnato un po' di cose, per gestire le emergenze.»

«Mi fido» rispose Claudia. «E scusa. E grazie» disse a stento, prima che l'altra si allontanasse.

Domitilla dormiva come una bambina, con le labbra socchiuse. Teresa sgusciò fuori dal suo letto, si rivestì e scese le scale fino alla hall. Trovò Léa assopita sul divano e le passò accanto in punta di piedi, decisa a non svegliarla. La porta d'ingresso però cigolò, stridendo sui cardini poco lubrificati, e la francese scattò a sedere.

«Dove vai?»

«Fuori» rispose Teresa, vaga. Poi si fermò davanti alla porta, come se le fosse venuto in mente qualcosa. Passò dietro il bancone, trovò una biro e scrisse qualcosa su un foglietto.

«Questo è il nome del mercantile, il *Talia*, che parte tra una settimana da Gioia e ci porterà a Bengasi, il comandante si chiama Mohammed Aben Abulad e questo è il telefono di Fiore» disse, passando il foglio a Léa. «Se mi dovesse succedere qualcosa voi partite anche senza di me.»

«Che vuoi che ti succeda?» ribatté la francese, avvertendo un cattivo presagio.

Teresa alzò le spalle e uscì senza aggiungere altro.

Sul molo di Gioia Tauro i pescatori stavano scaricando le casse di pesce. Erano appena rientrati con un bottino fruttuoso e orgogliosi lo esponevano in una lunga fila allineata. Qualcuno sollevava in aria un grosso esemplare per una branchia, infilandoci dentro tutta la mano, e gridava lodando la freschezza e il peso del bestione per attirare l'attenzione.

Il vicequestore Sarri, il dirigente che aveva accolto i colleghi giunti da Treviso e che avrebbe supervisionato le indagini, era un uomo sui cinquanta e passa, basso e tarchiato, testa pelata, collo taurino, labbra sottili. La giacca non gli si addiceva, pensò Pavan, tantomeno la cravatta.

Sarri indicò una ragazza. «Quella è Fiore Nisticò, l'amica di Teresa Zito.» Poi l'indice grassoccio puntò un uomo. «E quello è suo padre Saverio.»

Valerio Pavan osservò la giovane ragazza bruna, un corpo tonico tenuto a bada da una corporatura media. Sembrava robusta per la facilità con cui smistava il pescato. Immaginò che gli occhi fossero grandi, scuri e intelligentissimi.

Poi scrutò l'uomo: Saverio aveva la pelle ruvida arsa dal sole e dalle fatiche. Un'età indefinibile, ma se non avesse già saputo che gli anni erano cinquantasette ne avrebbe aggiunti una decina, certo di non sbagliare. Il suo peschereccio si chiamava *Fiore*, come la figlia. Secondo Sarri, Saverio era un delinquente abituale, un pesce piccolo. Arrotondava i guadagni spacciando piccole quantità di stupefacenti e "noleggiando" il suo peschereccio alle 'ndrine del circondario senza fare domande. La polizia di Gioia Tauro lo lasciava in pace e lui ricambiava con qualche informazione. In una terra dove i pentiti praticamente non esistevano e gli informatori erano una rarità, bisognava accontentarsi.

Il vicequestore era stato chiaro: per ottenere la collaborazione di Fiore avrebbe dovuto trattare con il padre.

Sarri era restio ad aiutarlo. Pavan era un appestato, la sua carriera aveva i giorni contati e rischiava di danneggiare quelle altrui. E comunque non credeva all'ipotesi che le minorenni si rifugiassero in una zona difficile e ostile. Tantomeno Teresa, a cui nessuno avrebbe osato offrire aiuto.

Pavan scese dall'auto e si diresse verso il peschereccio. Padre e figlia, non appena lo videro, smisero di lavorare. «Lei è nuovo» constatò Saverio. «Che divisa indossa?» chiese in tono tranquillo.

Il commissario si qualificò. «Devo arrestare Teresa Zito e Fiore mi può aiutare» disse, fingendo che la ragazza non fosse presente.

E Saverio si comportò allo stesso modo. «Più che Fiore avrei dovuto chiamarla Spina» disse sorridendo. «Ma è stessa pasta mia; perciò, se è possibile trovare un accomodamento, farà del suo meglio per tornare utile, anche perché si tratta di una faccenda importante, tutta Italia ne parla.»

I due uomini fissarono la ragazza, che rossa di rabbia li sfidava con lo sguardo e i pugni sui fianchi. «Non sono un'infame, non tradirò Teresa.»

«Arrestarla significa salvarle la vita» ribatté Pavan. «Un killer spietato le sta dando la caccia.»

Fiore spazzò l'aria con un gesto di disprezzo: non credeva a una sola parola di quello sbirro. Intervenne il padre, appoggiandosi platealmente una mano sul cuore: «Non si preoccupi, ci penso io a convincerla».

Afferrò il braccio della figlia e la spinse lontano dalle orecchie dei poliziotti. «La faccenda è cambiata, Fiore» sibilò. «Dobbiamo giocare su due tavoli: aiutiamo gli sbirri, ma non diciamo nulla della nave. Magari Teresa se la cava.»

Teresa camminava veloce per le strade di Palmi. Strizzò gli occhi per abituarsi al sole del Sud, pensando a quanto le era mancata quella luce nitida e tagliente. Quella del Nord era pallida e insulsa. Notò una schiera di motorini allineati in un parcheggio improvvisato destinato alle vetture. Li passò in rassegna velocemente. Accarezzò con le dita della mano i bauletti fissati ai sellini e si soffermò su uno che sembrava difettoso. I due estremi della scatola di plastica non combaciavano perfettamente. Teresa aprì la cerniera del marsupio da cui non si separava mai, prese il coltello a serramanico e infilò la lama nella fessura all'altezza della serratura.

Trovò un casco integrale. Se lo infilò, per proteggersi dagli sguardi più che dai pericoli della strada. Poi forzò il bloccasterzo con consumata abilità. Fiore era una vera specialista e le aveva insegnato tutti i trucchi. Il motorino si avviò senza fatica e Teresa diede gas, decisa a bruciare i dieci chilometri che la separavano da Gioia Tauro.

Faticò a trovare una cabina telefonica. Purtroppo era in una strada affollata, e il bel tempo aveva spinto molte persone a uscire di casa per una passeggiata.

Digitò sui tasti scheggiati il numero di Fiore e si mise in attesa. Un bambino appiccicò la faccia contro il vetro della cabina, deformando i propri lineamenti infantili. Teresa non riuscì a trovarlo divertente e il bambino scoppiò a piangere.

Fiore rispose subito, ma la voce era incerta. «Pronto?»

«Sono Teresa.»

«Come stai?»

«Sono qui e ti devo vedere.»

«D'accordo, quando vuoi.»

Teresa pensò che l'amica era diversa: di solito era una

gran chiacchierona, invece sembrava che le parole faticassero a uscirle di bocca. E poi non era per nulla affettuosa.

«Che c'hai?» chiese Teresa a bruciapelo.

La voce di Fiore si ridusse a un sussurro. «Niente, ma c'è mio padre che mi ronza attorno.»

Era vero. Ma nell'angusto salotto di casa Nisticò erano presenti anche Pavan, Pipitone e Sarri, oltre a due agenti che tentavano di localizzare il punto esatto in cui si trovava la ricercata.

Il commissario, a gesti, fece capire a Fiore di proporre all'amica di incontrarsi subito, ma Teresa declinò. «Ora non posso, devo sbrigare una cosa importante.»

«Quando, allora?»

«Mi faccio viva io» tagliò corto l'altra. «Intanto cerca di procurarti delle pasticche di Ecstasy, dell'eroina, insomma, vedi tu quello che trovi, va bene tutto.»

«Ci provo.»

Pavan riprese a usare la mano come fosse un cucchiaio e ad agitarla dal basso verso l'alto scandendo fra le labbra parole senza sonoro. «Falla parlare» suggerì, poi si voltò tesissimo verso gli altri agenti che fissavano lo schermo del computer, scuotendo la testa. Fiore prese un respiro e fu tentata di far cadere la linea e salvare l'amica. Appena aveva sentito la sua voce una freccia appuntita le aveva trafitto il cuore. Saverio intercettò immediatamente l'esitazione di sua figlia e la toccò col ginocchio, un colpo secco.

«Ti droghi, adesso?» continuò Fiore.

«Che cazzo dici? Mi conosci, non è per me.»

«Ti sei ficcata in un bel casino.»

«Ma che cazzo hai, oggi?» sbottò Teresa prima di riattaccare.

«Trovata?» domandò subito Pavan, voltandosi di nuovo verso gli agenti.

«Purtroppo no» risposero quasi in coro.

«E che cazzo!» sbottò Pavan, furioso.

«Fiore ha fatto quello che poteva» si affrettò a chiarire il padre.

«Dovrà fare di meglio» ribatté il commissario.

«In che senso?» chiese Saverio.

«Dirci che cos'è questa cosa importante che deve sbrigare Teresa.»

Tutti si girarono a fissare Fiore, che se ne stava muta a grattare con l'unghia rosicchiata dell'indice una macchia secca sul tavolo.

«Sai cos'è?» chiese serio il padre.

«No.»

«Sei sicura che proprio non lo sai?» la incalzò.

«Sì.»

«O non te lo ricordi?» continuò a insistere Saverio.

«Forse un po' di galera potrebbe farti ritornare la memoria» sbottò cattivo Pipitone. Era stanco, stressato, incazzato e sconvolto per la morte del commissario Sparagna.

«La memoria ce l'ha buonissima» sibilò Saverio in tono minaccioso. Non aveva nessuna intenzione di continuare ad avere degli sbirri in casa.

«Ah, davvero?» insistette Pipitone.

Intervenne Pavan, dopo aver atteso inutilmente che Sarri si decidesse a far pesare il suo ruolo di vicequestore del luogo. «Guarda che noi vogliamo evitare che qualcuno si faccia male. E ti assicuro che queste ragazze rischiano moltissimo, prima fra tutte proprio Teresa. La vicenda però si sta chiarendo, e se la caverà con poco, se la prendiamo noi. Aiutala.»

Fiore alzò lo sguardo e incrociò quello del commissario. Le sembrò sincero. E poi, suo padre si stava infuriando. Prese un lungo respiro e raccontò tutto quello che sapeva.

I presenti erano concentrati nell'ascoltare e valutare ogni singola parola della ragazza, eppure sarebbe bastato uno sguardo distratto dalla finestra per notare un'auto con una donna a bordo, che osservava la casa. E ne sarebbe bastato uno appena più attento per riconoscere Giustina Rebellin.

L'ex poliziotta si era bruciata il vantaggio per una crisi di stanchezza. Dopo aver rischiato un tamponamento in autostrada, si era fermata in un'area di servizio per dormire qualche ora. Il sonno era sempre stato un problema, per lei. Soprattutto in situazioni di tensione. Anche durante gli appostamenti capitava che il desiderio di assopirsi fosse incontenibile: per fortuna c'era Cristoforo Marino, il suo partner, a rimanere sveglio e vigile. Tuttavia Giustina era soddisfatta. Non era riuscita a mettere le mani su Fiore, ma il fatto che le auto di Pavan e Pipitone fossero parcheggiate davanti all'abitazione significava che era sulla pista giusta. Teresa non era lontana. Digitò sul navigatore l'indirizzo di casa dei nonni e accelerò con delicatezza. Non era il momento di farsi notare.

Teresa abbandonò il motorino a circa trecento metri dalla grande casa colonica e proseguì a piedi, a passo spedito, guardandosi continuamente attorno. La campagna ha mille occhi. Aveva poco tempo. All'ora di pranzo dei giorni feriali, seduti a tavola, c'erano i nonni, una vecchia zia e le tre mogli dei cugini. Solo alle feste si riunivano tutti. Aveva paura, ma al contempo era eccitata all'idea di poter regolare i conti. Fino a quel momento aveva manipolato le sue compagne di fuga per riuscire a tornare al paese. La vendetta è così, ti mangia dentro, ti obbliga a tradire anche le persone che ti sono più vicine pur di riuscire a raddrizzare il torto. La morte dei nemici, di coloro che ti hanno causato tanto dolore, la sogni, la immagini, la culli come un bambino. Teresa conosceva a memoria ogni singola mossa che avrebbe compiuto una volta entrata nella casa. Voleva che il nonno Leonardo stesse pranzando, attorniato dalle donne di famiglia. Voleva che lo vedessero morire. Meritavano anche loro di essere punite per la crudeltà, la cattiveria, il disprezzo nei confronti di sua madre. La mamma. Teresa scacciò il pensiero di quella donna meravigliosa e si concentrò sull'odio. Le bastò evocarlo perché quasi l'affogasse, ubriacandola di una determinazione che non aveva mai conosciuto.

Percorrendo le vie più nascoste che usava da bambina per entrare e uscire sfuggendo al controllo degli adulti, si ritrovò in un salone con tre porte, una delle quali, semiaperta, dava sulla sala da pranzo adiacente alla cucina. Riconobbe i singoli dettagli dell'arredamento e annusò l'odore del detersivo fatto in casa con aceto e oli essenziali. Le girò la testa: il ritorno al passato era stato troppo veloce, come un colpo nello stomaco.

Sopra un grande camino era appesa una doppietta. Apparteneva al nonno. Si vantava di aver ucciso parecchi cinghiali con quel fucile, ma da come lo diceva poteva sembrare che si riferisse a uomini. Teresa sapeva che era sempre caricata a pallettoni, cartucce amorevolmente preparate dal vecchio. La staccò delicatamente dal supporto, controllò le canne e sollevò i cani. Era pronta a sparare. Un attimo dopo si ritrovò di fronte Leonardo Zito e le donne. Il boss la fissò per un secondo e poi continuò a mangiare, mentre la nonna e le altre erano impietrite.

«E così sei diventata famosa» disse il nonno in tono piatto. «Ammazzi sbirri, ti mescoli con drogate e teste matte, finisci in televisione. Sei proprio come quella gran puttana di tua madre.»

Le parole che Teresa si era ripetuta mille volte e che avrebbe voluto sputare in faccia al patriarca persero ogni significato. E la ragazza tirò il primo grilletto e poi subito dopo il secondo. Il petto e la pancia di Leonardo Zito si riempirono di buchi, l'impatto dei colpi lo gettò a terra. La nonna gridò e si precipitò a soccorrerlo. La vecchia zia Lita, la sorella mai sposata, afferrò un coltello e si avventò contro Teresa, imitata dalle mogli dei cugini. Sapevano che il fucile era scarico, ma ignoravano che la nipote assassina custodisse un'arma nel marsupio. Teresa la afferrò e sparò un colpo in aria, che fu sufficiente per convincerle a rifugiarsi in cucina. Adele Cannizzaro in Zito continuava a gridare. Teresa si stupì che una donna potesse aver amato così intensamente un uomo come Leonardo Zito.

Poi crollò. Le gambe cedettero e dovette sedersi per non finire sul pavimento. All'improvviso si sentì bambina, indifesa: avrebbe voluto che qualcuno l'abbracciasse forte, facendole sentire il calore dell'affetto di cui era stata privata e che fino a quel momento aveva sostituito con l'odio. Dal petto le uscì un urlo che sovrastò i lamenti della nonna. Con grande fatica riuscì a trovare la forza di alzarsi e un passo dopo l'altro uscire di casa.

*Salvati*, si disse. *Tra poco arriveranno i maschi della famiglia.*

Finalmente si mise a correre, rotolò giù per un pendio scosceso, entrò in un'altra proprietà, attraversò un campo coltivato protetta da arbusti più alti di lei, e finalmente raggiunse il luogo dove aveva nascosto il motorino.

Giustina ghignò quando vide la ragazza correre verso di lei. Lasciò che afferrasse il manubrio e l'aggredì alle spalle, gettandola a terra.

Teresa finì su un sasso che le si conficcò nella parte bassa della schiena. Giustina si inginocchiò e le piantò la pistola nel collo. «Ho sentito tre rumori secchi che potevano sembrare spari. Hai ucciso il nonno?» chiese divertita. «Non mi sono mai sollazzata con una piccola assassina, e tu hai già due morti sul groppone.»

Teresa cercò di divincolarsi e prendere la pistola dal marsupio, ma la poliziotta glielo impedì mettendosi a cavalcioni sopra di lei e bloccandole le braccia con le gambe. La ragazzetta era forte, ma non poteva competere con lei. Giustina sentì il respiro farsi più affannoso e si passò la lingua sulle labbra, prima di appoggiarle su quelle della sua vittima, che reagì tentando di morderla. Lei ridacchiò e iniziò a sfregare il suo sesso sulla coscia della ragazzetta. Le sarebbe piaciuto continuare, ma era preferibile sbrigarsi a ficcarla nel bagagliaio. Si alzò di scatto e tirò fuori un paio di manette. «Girati» ordinò.

La ragazza scosse la testa. Doveva aspettarsi che non avrebbe obbedito. Era diversa dalle altre, era perfettamente consapevole della fine a cui era destinata e preferiva farsi ammazzare sul posto piuttosto che subire le sue "carezze".

«Dammi il marsupio o ti sparo in un ginocchio» minacciò Giustina, alzando il cane della pistola.

Teresa annuì, si mise seduta e passò le mani dietro la schiena per slacciarlo, ma non ne aveva l'intenzione: il suo proposito era afferrare il sasso che le aveva procurato tanto dolore quando era caduta. Era sempre stata brava a lanciarli. Fin da quando era bambina.

Colpì la sua aguzzina dritta nel petto. Un pessimo tiro questa volta, perché aveva mancato la faccia di almeno una trentina di centimetri.

La Rebellin non se lo aspettava. Quella troietta era una continua sorpresa, e per reazione l'indice si avvinghiò al grilletto. Il proiettile penetrò sotto il seno destro di Teresa. La poliziotta scosse la testa delusa: non c'era modo di divertirsi con quella stronzetta.

Osservò la ferita. «Stai soffrendo?»

La Zito non rispose: respirava a fatica e un rivolo di sangue fece capolino da un angolo della bocca. Lei continuò a tormentarla, tirandole un paio di calcetti. «Sì che stai soffrendo, e ti lascerò crepare in santa pace, esattamente come ho fatto con quel coglione di Cristoforo, se mi dici dove sono le altre.»

Teresa non era in grado di parlare, ma scosse ancora la testa per mettere in chiaro che non avrebbe mai denunciato le sue compagne di fuga.

Giustina frugò nella tasca alla ricerca del coltello, decisa a recuperare il marsupio e a ricamare il volto della sua vittima, quando un suono di sirene lacerò il silenzio della campagna. La Rebellin fece appena in tempo a nascondersi che due volanti e l'auto di Pavan inchiodarono davanti al corpo esanime di Teresa.

L'ex poliziotta respirò a fondo per dominare l'impulso a sparare. Pavan e il fido Pipitone sarebbero caduti per primi, ma gli altri quattro si sarebbero riparati dietro le auto e l'avrebbero stanata con le mitragliette, che al momento sonnecchiavano sotto i sedili.

Si trovava abbastanza vicino per leggere la disperazione sul volto del commissario mentre richiedeva l'intervento di un'ambulanza. Poi lo vide inginocchiarsi e prendere la mano di Teresa. Le labbra si muovevano: quel mezzo prete le stava sussurrando paroline d'incoraggiamento. Patetico.

Giustina recuperò la macchina e appena fu certa di essere in salvo chiamò Musetto. «Ho bisogno di un posto sicuro tra Gioia Tauro e Palmi, di una nuova auto e di un'altra identità.»

«Mi chiedevo quando avresti chiamato. Qui nella capitale sei diventata famosa dopo che hai steso un tuo superiore.»

«Era un maledetto fesso che non sapeva stare al suo posto.»

«Posso aiutarti, ma i personaggi "famosi" non godono di sconti.»

«Quanto mi costerà?»

«Avrai bisogno di un appartamento discreto a Roma, dopo aver chiuso i tuoi affari in Calabria.»

«Quanto?»

«Tre zingarelle. Una ogni sei mesi» rispose Musetto. «E l'affitto della casa che ti trovo in zona lo paghi tu.»

«Affare fatto.»

Giustina sospirò soddisfatta. La caccia poteva continuare. E pazienza se gli ex colleghi avrebbero scoperto le immagini contenute nella scheda di memoria, custodita nel marsupio del defunto Cristoforo. Almeno non sarebbe più stata costretta a fingere.

Anna si mise a urlare dal piano di sopra, frasi sconnesse spezzate dal pianto.

«Correte! Oh, no, cazzo, no! Teresa, l'hanno ferita... Lo dice la televisione! Claudia! Claudia!»

Sua sorella arrivò di corsa, seguita in pochi secondi da tutte le altre tranne Domitilla, che nel bagno della sua stanza vomitava anche l'anima, scossa da un'altra crisi d'astinenza. Il notiziario non lasciava dubbi. Teresa era stata ferita, portata in ospedale dalla polizia e ora lottava fra la vita e la morte. Tutte rimasero scioccate dalla notizia.

«È finita» disse Rachida in preda alla disperazione.

«Zitta» la interruppe Léa. «Devo pensare.»

Claudia aveva fatto sedere la sorella e la stringeva a sé, per placarne i singhiozzi.

«Rachida ha ragione. Che cosa facciamo adesso? Teresa aveva tutti i contatti, era l'unica che poteva farci imbarcare» disse stancamente. Sembrava che le avessero tolto tutta l'energia dal corpo. «Senza di lei siamo fottute.»

Anna riprese a lamentarsi: l'emorragia era ricominciata.

«Mi fa male» urlò. «È come avere un topo nella pancia che rosicchia la carne, cazzo.»

«Ha bisogno di un dottore» intervenne Rachida. «E in fretta.»

«Dovrà aspettare» disse invece Léa. «Solo un po'», e uscì di corsa.

Rachida allungò ad Anna una pasticca di fentanyl. L'aveva rubata a Domitilla mentre dormiva, giorni prima, e la teneva da parte per i casi di emergenza. Poi prese Claudia per un braccio e la portò nella camera accanto.

«È escluso che Anna possa affrontare una traversata in mare e tutto il resto in queste condizioni» le disse.

«Magari abortisse quel piccolo bastardo» sibilò Claudia, con una rabbia dettata dall'angoscia. Rachida d'istinto le mollò un ceffone in pieno viso.

«Il Corano condanna l'infanticidio.»

«Anche l'incesto, spero» le urlò contro l'altra, fuori di sé. «Sai che cazzo me ne frega del Corano o di qualsiasi dio che abbia permesso questo schifo?»

Rachida si coprì il viso con le mani, sentì le gambe tremare, la nausea salire dal fondo dello stomaco. Abbracciò Claudia, vincendo la sua resistenza. Le accarezzò i capelli fino a calmarla.

«Hai ragione. Dio non è sempre giusto. Ma al quinto mese non possiamo farla abortire noi, è pericoloso. Le serve un dottore.»

Domitilla, pallida come un cencio, cominciava ad avere le convulsioni e si agitava piangendo sul divano. Léa le si avvicinò passandole una mano sulla fronte. Era madida di sudore.

«Domitilla, vai di sopra da Rachida. Ha degli antidolorifici, mi ha detto che sono oppiacei e magari ti faranno sentire meglio.» Domitilla spalancò gli occhi chiari, racimolò le forze e tentò di alzarsi. Léa l'aiutò e l'accompagnò fino alle scale.

«Reggiti al corrimano» consigliò.

Poi la francese cercò il numero di telefono di Fiore che aveva trascritto su un vecchio quaderno, usato per le prenotazioni. Dovette attendere quasi dieci squilli prima che Fiore rispondesse.

«Mi chiamo Léa, Teresa mi ha dato il tuo numero» disse concitata. «Penso che tu sappia quello che le è successo.»

«Sì. Sono molto preoccupata.»

«Anche noi, e abbiamo bisogno di aiuto.»

«Ora non posso parlare» chiarì Fiore. «Ti richiamo tra una decina di minuti da un altro cellulare.»

In realtà trascorse una buona mezz'ora prima che il cellulare squillasse.

«Sono il commissario Pavan.»

Léa si sentì tradita e stava per riagganciare, ma il poliziotto la convinse ad ascoltare quanto aveva da dire. «Voglio aiutarvi, devi credermi. Sappiamo che la vicecommissaria Giustina Rebellin ha mentito, ha ucciso un poliziotto a Roma e ora è una latitante in fuga.»

«Chi ha sparato a Teresa?»

«Quasi sicuramente la Rebellin: il bossolo appartiene a un lotto in dotazione alla polizia.»

«E da noi cosa vuole?»

«Che vi consegniate. Vi proteggeremo.»

«Rinchiudendoci in carcere.»

«Non è detto.»

«Sono ricercata in Francia, alla fine verrò estradata.»

«Lo capisco. Però ci sono le altre: Anna è incinta, sappiamo che Domitilla è in crisi di astinenza.»

«Non ci basta, commissario.»

«Che cosa pretendete?»

«Di essere lasciate libere» rispose Léa. «Abbiamo subìto abusi da poliziotti, ci siamo difese da quello stronzo mentre ci violentava e il colpo è stato esploso nel corso di una colluttazione. Ora Teresa è gravemente ferita perché voi avete voluto credere alla versione della Rebellin. Direi che abbiamo già pagato abbastanza.»

Poi riagganciò, senza lasciare il tempo a Pavan di spiegare. Rachida la fissava seria. «Era il commissario, vero?»

«Sì» e raccontò cosa aveva detto.

«Non abbiamo scelta» commentò Rachida. «E comunque quello sbirro sembra sincero: ci aiuterà.»

«La polizia mente sempre» sentenziò la francese mentre spezzava la sim del cellulare. «Vuoi finire in un cazzo di istituto a farti trattare di merda dai bianchi?»

Rachida scosse la testa decisa. «No, voglio tornare in Senegal.»

Il vicequestore Sarri camminava avanti e indietro su una linea retta immaginaria lungo il corridoio del commissariato di Gioia Tauro. Tutte le volte che arrivava alla vetrata dello stanzone, che aveva destinato a Pavan, lanciava uno sguardo preoccupato attraverso il vetro e poi tornava indietro. Quello spazio avrebbe dovuto diventare la zona ricreativa della questura. Avevano fantasticato persino di acquistare un biliardo di seconda mano e di creare un angolo bar, per il quale, in fondo, sarebbe bastato un frigo di medie dimensioni, utile a conservare la birra per dissetarsi a fine turno. Ma non erano mai arrivati a mettere insieme la cifra per realizzare questo progetto. E adesso lo stanzone era occupato da quel commissario e dal suo giovane agente. Sarri provava pena per Pavan: la sua carriera era finita nel cesso, eppure continuava a comportarsi in modo impeccabile, come se il futuro gli riservasse una promozione.

Il commissario capo, invece, era più che consapevole del suo ruolo di capro espiatorio, ma non per questo non avrebbe agito con coscienza fino a quando glielo avrebbero permesso. Anche perché sarebbe davvero spettato a lui impedire che una coppia di soggetti pericolosi agisse indisturbata sotto il suo comando. Ora, comunque, fingeva di trovarsi a suo agio in quell'ufficio disadorno e scomodo. Quantomeno si vedeva il mare. Non era poi così vicino e la vista era disturbata da alcune abitazioni indistinte, quasi sicuramente frutto di un'assenza totale di piano regolatore. Case tirate su per rispondere a un'esigenza abitativa immediata, senza tenere in alcun conto l'armonia con il luogo, la natura, la storia, l'architettura, anche quella contadina più povera, che comunque una sua intrinseca bellezza ce l'aveva eccome. Perché a un certo punto quel filo, tenuto per secoli, si era spezzato? Pavan si lambiccava il cervello con quella domanda per evadere dall'ossessione di risolvere quel caso maledetto, e aveva anche tentato di coinvolgere senza successo l'agente Pipitone.

Valerio, in realtà, si stava spaccando la testa per cercare di capire dove le ragazze potessero essersi nascoste. Sarri gli aveva fornito una mappa della zona che comprendeva una trentina di chilometri intorno a Gioia Tauro: case disabitate, stabilimenti balneari, alberghi. Anche la pensione Arcobaleno era evidenziata da un cerchio fluorescente azzurro. Ma i luoghi indicati erano talmente tanti che avrebbero impiegato un bel po' di giorni a controllarli tutti.

Tutte le squadre a disposizione erano impegnate nella ricerca, ma si trattava comunque di un numero risicato e insufficiente di uomini, anche perché il coinvolgimento di un vicecommissario della polizia di stato escludeva categoricamente l'intervento dell'Arma e della guardia di finanza. Inoltre, nessuna segnalazione era arrivata in commissariato, e Pavan era convinto che Sarri avesse ragione quando ripeteva: «Se anche qualcuno le nota, difficilmente si disturberà a informarci».

Quella terra aveva stretto un patto col silenzio fin dalla

preistoria. Il commissario, però, era consapevole che era solo questione di tempo e prima o poi le avrebbero trovate: dovevano però arrivare prima di Giustina. La Scientifica aveva rilevato anche una sua impronta sul bossolo trovato a fianco di Teresa Zito, perciò non c'erano più dubbi che fosse stata lei a sparare alla ragazza. Dall'ospedale arrivavano per fortuna continui aggiornamenti: forse Teresa si sarebbe salvata, grazie a una fibra robusta e a una invidiabile caparbietà nel sopravvivere. Così si era espresso il chirurgo al termine dell'intervento.

Pipitone scansò Sarri che imperterrito continuava la sua passeggiata, e fece il suo ingresso reggendo una busta trasparente che conteneva un reggiseno. «Appartiene alla Zito» spiegò. «Nell'imbottitura è stata trovata una scheda di memoria.»

«Proviamo a vedere cosa contiene» suggerì Pavan, indicando il computer sulla scrivania.

Qualche secondo più tardi i due poliziotti dovettero imporsi con la forza di continuare a guardare. Video con immagini raccapriccianti, insostenibili, di lente torture e violenze sessuali ai danni di quattro ragazze. Due sconosciute, oltre a Titti e a Stella. I volti dei due aguzzini, un uomo e una donna, erano stati abilmente camuffati, ma non c'erano dubbi che si trattasse di Cristoforo Marino e Giustina Rebellin. Pipitone, pallidissimo, alla fine non resse e uscì di corsa dalla stanza per evitare di dare di stomaco davanti al commissario. Pavan si chiuse la testa fra le mani, trattenendo a stento una crisi di pianto.

Il commissario attese di calmarsi prima di inviare il contenuto della scheda al suo questore e al giudice Durante.

Più tardi il dirigente, al telefono e in via del tutto confidenziale, gli disse di sperare, per il bene di tutti, che la Rebellin non venisse catturata e scegliesse di togliersi la vita, oppure di non arrendersi e di essere quindi abbattuta. *Abbattuta.* La scelta della parola colpì Pavan per la spietatezza del consiglio che celava, ma dovette anche tenere in considerazione che portare Giustina in Corte d'Assise avrebbe recato discredito al Corpo e a tutti i funzionari che avevano avuto a che fare con la coppia di poliziotti serial killer. Lui per primo. Sul banco dei testimoni accusa e difesa lo avrebbero fatto a pezzi.

«Mi raccomando, Valerio» concluse il questore. «Né la notizia né tantomeno le immagini devono finire in mano alla stampa. Sarebbe la fine.»

«Non si preoccupi. Non metteremo al corrente nessuno, neanche i colleghi locali che collaborano alle indagini.»

Il magistrato, invece, era di tutt'altro avviso: voleva Giustina Rebellin viva e in buona salute, per processarla per tutti i suoi crimini e restituire giustizia e dignità alle vittime.

«Mi rendo conto della posizione scomoda in cui si trova» aggiunse Durante. «Io stesso ho avuto la tentazione di scaricarle addosso tutte le responsabilità in quanto superiore diretto di Marino e della Rebellin, ma la visione – al momento parziale – dei video mi ha fatto capire quanto la coppia fosse diabolica e difficile da decifrare, soprattutto per via dei risultati che otteneva. Cercherò di fare il possibile per sostenerla. Appena posso la raggiungo a Gioia Tauro.»

Pavan uscì per fumare, e quando accese la sigaretta elettronica pensò che non doveva fidarsi troppo delle parole del magistrato. Ognuno cercava di salvare la propria carriera, in quei frangenti, e quando qualcuno prometteva che avrebbe "fatto il possibile" significava che non avrebbe mosso un dito.

Susanna Zanetti era spossata. E decisamente furiosa nei confronti della procura, che prima le aveva fatto recapitare materiale scottante e poi, una volta diffuso il contenuto, aveva ordinato una perquisizione nella sua abitazione e negli studi di Radio Collina. La giornalista aveva esordito raccontando l'accaduto e chiedendosi come mai i poliziotti si presentano sempre all'alba, anche quando non devono sorprendere nel sonno pericolosi latitanti armati ma semplici famiglie formate da incensurati perfettamente inseriti nella comunità. «In tutta sincerità non mi spiego questa necessità di terrorizzare le persone perbene, e sottolineo perbene, buttare all'aria una casa, per cercare cosa? È evidente che i documenti che ho reso pubblici sono stati forniti da qualcuno direttamente coinvolto nelle indagini.»

Per la prima volta dalla puntata di esordio aveva chiesto alla regia uno stacco di tre brani musicali e di altrettante pubblicità. Gli ascoltatori avrebbero notato l'interruzione inusuale e si sarebbero incuriositi. Susanna aveva intenzione di operare una rottura nella narrazione del caso delle ragazzine in fuga. Non ne aveva parlato con nessuno, tantomeno con gli editori: due sorelle e un fratello, rampolli di una rinomata famiglia di produttori di vino Cartizze che aveva saputo poi investire in altre attività nel territorio. Nonostante fossero giovani non erano così illuminati e avevano sprizzato entusiasmo e soddisfazione per il successo di *Microfono aperto* fino alla perquisizione, poi si erano spaventati. Non certo per la radio, ma per le ripercussioni che l'episodio poteva avere sugli affari di famiglia.

Gli editori avevano riunito la redazione e chiesto, anzi preteso cautela, ordinando di evitare scoop che riguardassero l'inchiesta. Demolire l'immagine di Marino aveva sollevato un vespaio e diversi esponenti della maggioranza in Veneto, che si erano sempre espressi per la beatificazione del poliziotto ucciso, si erano lamentati del colpo basso da parte di un'emittente considerata "amica".

Susanna non aveva protestato, anzi si era dimostrata sollevata. Aveva scoperto di non essere in grado di reggere lo stress di certi azzardi professionali, e comunque ritrovarsi la casa invasa da poliziotti le aveva fatto paura. Lasciava volentieri ai colleghi di Roma o Milano la gioia di districarsi negli intrighi di palazzo.

Ma questo non significava rinunciare a raccontare quella fuga che stava appassionando il paese. E infatti, quella sera avrebbe giocato un colpo da maestro e nessuno avrebbe avuto nulla da ridire.

Dopo il secondo brano e il lancio pubblicitario, iniziarono ad arrivare al centralino parecchie telefonate preoccupate, oltre a una miriade di email e messaggi. Susanna tenne duro, stappò una seconda birra e finalmente andò in onda.

«D'accordo, gente. Vi state chiedendo il motivo di questa lunga interruzione. Sarò sincera, era per attirare la vostra attenzione. Voglio parlare di una persona. Una sola. E non si tratta certo della vicecommissaria Giustina Rebellin, che ora è ricercata per aver ammazzato a pistolettate un altro poliziotto. E tantomeno di Cristoforo Marino. Lo so, gente, vi aspettavate che il tema della trasmissione fosse il ferimento di Teresa Zito, la terrona, come la chiamano tanti di voi, ma io voglio parlare di Anna Campanini, la minorenne incinta, in fuga con la gemella Claudia. Vi siete divertiti a ricamare sulla sua scarsa avvenenza, a darle della troietta, a fantasticare sul numero di cazzi che si era ripassata. Ma ieri si è scoperta la verità. Una di quelle che passano inosservate quando vengono seppellite da novità più eclatanti come quella dell'omicidio commesso dalla Rebellin.

«Ieri, dicevo, la signora Roberta Barbieris, madre delle sorelle, si è presentata in questura a Novara e ha accusato il marito di aver violentato più volte Anna, dichiarando che il figlio che porta in grembo è suo. Avete capito, gente? Claudia, che è stata dipinta come una pericolosa accoltellatrice di genitori, in realtà ha solo difeso la sorella. Sono fuggite da un padre violentatore e da una madre che aveva preferito il silenzio e la complicità.

«Ma io voglio parlare di Anna. Prima di venire in radio osservavo mia figlia, che ha la stessa età, e non ho potuto non pensare a questa ragazzina incinta che da cinque mesi vive per strada e ora è braccata come un animale. Una ragazzina che non ha mai potuto scegliere, nemmeno il futuro di questa gravidanza. Oh, lo so che a tanti di voi sentire parlare di aborto dà fastidio, ma ad Anna nessuno ha chiesto il suo parere, perché Anna fino alla morte del poliziotto non esisteva, era una delle tante senzatetto che fingiamo di non vedere.

«Questa sera voglio parlare con voi di Anna e della compassione, se riusciamo ancora a trovarne tracce in fondo ai nostri cuori. Pensate ancora che debba essere buttata in una cella? E le altre? Abbiamo imparato a conoscerle, e ora sappiamo che sono state vittima delle carezze violente di un poliziotto fuori controllo, in combutta con una partner che si è macchiata le mani di sangue. Forza, gente, parlate con me di Anna.»

# LÉA

*Le prime parole che mi ha rivolto Teresa sono state: Hai la erre moscia. Il contrario della mia. L'avevo già studiata ben bene e ho pensato che a dividerci non era solo la erre.*

*Con il tempo la mia considerazione si è precisata. Teresa è una leader, ma quando glielo dico ride come sa ridere lei, a metà: Nossignore, non sono leader, sono un capo.*

*In effetti.*

*Per come la vedo io, il leader di un gruppo deve assumere l'esclusivo compito di armonizzare le volontà, indirizzarle verso uno sviluppo equo, che rispetti le intenzioni di tutti, o almeno della maggioranza. Ha più responsabilità che vantaggi.*

*Il capo, invece, spinge le decisioni di tutti verso la propria volontà. Può farlo in maniera manifesta: si fa così e basta, oppure in maniera meno diretta: conviene fare così.*

*In entrambi i casi, quello manifesto e quello meno diretto, si finisce col fare quello che vuole il capo.*

Da quando abbiamo cominciato a scappare insieme, ho questo sospetto: consapevolmente o inconsapevolmente stiamo seguendo le decisioni di Teresa. Per arginare la volontà del capo mi sono vestita di maggiore determinazione, il che ha ingigantito la mia già notevole voglia di essere protagonista delle mie decisioni, sempre nell'incontro con quelle degli altri. Che poi tutta questa correttezza e questo rispetto non ce l'ho mica sempre, nei modi: se mi girano, mi sanno girare bene.

A brigante, brigante e mezzo, come direbbe qualcuno di mia conoscenza.

La mia famiglia era il regno dell'individualità. Niente di insolito: la nostra epoca ci ha allevati con il culto dell'individualità, pontificando sulla necessità di una irrinunciabile libertà personale. C'est un tas de connerie. È una cazzata. Non vogliono garantirci la libertà personale, ma l'incapacità di aggregarci in un sistema dissidente.

Se un liberissimo individuo si oppone, dà meno fastidio di una mosca. Se gruppi di individui collegati tra loro si ribellano e chiedono il giusto rompono le palle più di un alveare inferocito.

Per il potere costituito vanno meglio le cellette di libertà individuale. La mia famiglia perciò se ne stava bella scomoda nella sua.

Non so se si può raccontare davvero la solitudine, non ne sono certa. Una delle caratteristiche dell'esistenza solitaria è la crocifissione di ogni parola. Con chi parli, e soprattutto che cosa parli a fare? Puoi parlare con te stesso, è vero, ma diventa pericoloso. Dirsi le cose come stanno è sempre pericoloso.

*Per esempio, quando finalmente presi coraggio e cominciai a parlare con me stessa, mi dissi che me ne dovevo andare dalla cella, ed era una scelta difficile, difficilissima,* bordel de merde.

*La colpa dell'abbandono incolla i passi più del mastice.*

*Comunque alla fine scelsi:* va te faire foutre, *cara colpa, me ne vado. Avevo dodici anni. A pensarci adesso mi pare impossibile che sia riuscita a fare quello che ho fatto essendo così piccola. Boh, si vede che la solitudine mi aveva fatto la scuola dei tre anni in uno. Avevo vissuto solo dodici anni, ma di fatto si erano trasformati in trentasei.*

*Mi ero ammalata di depressione e sapevo che l'unica cura era amputarmi la casa in un colpo solo. Chi non ha conosciuto questa malattia non può capire.*

*I primi tempi furono davvero duri, e anche i secondi. Non sapevo niente di niente. E la mia vita era cambiata poco, in fondo: prima ero da sola in famiglia, ora ero sola per strada. La depressione aveva cambiato paesaggio, ma era rimasta la stessa. Non è vero, è una sciocchezza, non era la stessa: era diminuita. Altrimenti sarei tornata a casa e non l'ho fatto.*

*Sono guarita quando ho incontrato Julien.*

*Ti devo tutto, Julien. Ti amerò per sempre. Ti amo di un misto di gratitudine, sesso e ideali. Non esiste al mondo cocktail migliore.*

*Ti devo i libri, la cultura, l'arte, la coscienza di me. Mi hai insegnato che la depressione non era altro che un virus che non aveva ancora conosciuto l'antidoto di una ribellione mirata. L'indirizzo della rivolta me lo hai dato tu e la vita è diventata bella. Famelica. Entusiasmante.*

*Tutte le parole sono precipitate nella mia testa e parlare è diventato non solo possibile, ma utile. La cella era morta, sulle sue ceneri erano nate case in comune, spazi espropriati, chiese sconsacrate, vecchie fabbriche dismesse, pellegrinaggi in luoghi vivi, dove le moltitudini portavano in giro la stessa carne, le stesse rivoluzioni.*

*Alcuni politici ci accarezzavano le schiene, altri ci volevano morti, altri ancora ci chiamavano "vittime dell'utopia". Sarà.*

*Ma scopare con l'utopia spacca la felicità meglio del primo orgasmo.*

*Non mi ero mai masturbata. Anche questo potrà sembrare strano, ma la depressione non aiuta le voglie.*

*Sono passata con te dal niente al tutto in uno spazio autogestito dove trovammo un letto relativamente solitario. Che poi il letto non era un letto ma un sacco a pelo, e il relativamente solitario era soltanto un angolo dove passava meno gente.*

*Che ne so, forse grazie a quella iniziazione mi piace scopare senza muri intorno. E se qualcuno mi vede, meglio: godo di più.*

*Domitilla mi piace, ma tra lei e te non c'è paragone, Julien.*

*Una sera mi dicesti che non poteva essere che non fossi mai stata con nessuno. Che conoscessi solo te. Avrei dovuto fare altre esperienze di sesso. Mi dicesti che te lo auguravi, perché la mia crescita riguardava anche quello.*

*Tra me e me risi, perché ora posso dirtelo, mi sem-*

*brasti un libro stampato. Sai uno di quelli che ti dicono così sì e così no. Per strapparti un po' di pagine, quella sera stessa mi feci uno davanti a te.*

*Con un'onestà che non mi aspettavo, mi confessasti che sì, eri stato male, ma che il possesso fa schifo, quindi bene così.*

*Sono stata compensata di tutta la solitudine e della malattia. Ormai avevo una missione, me l'avevi fatto capire e io ci avevo messo del mio. La depressione si era convertita in cambiamento: il mondo mi voleva, non era vero che non mi voleva, e voleva prima di tutto la mia rivolta.*

*Adesso con le ragazze ho solo cambiato comunità, ma i princìpi sono gli stessi. La necessità di rivoluzione contro quello che non va non è cambiata: anzi, forse si è precisata, ché le vite delle mie compagne hanno addirittura più diritto di rivalsa di altre.*

*Noi siamo una, ragazze, e che si fotta Teresa e la sua ostinazione a volersi credere capo. Tanto Teresa non lo dice, ma anche lei lo sa che è una di noi. L'hanno evirata dell'utopia da piccola, si capisce da ogni suo gesto. Eppure l'ideale rinasce come la coda delle lucertole.*

*Non puoi fermare il vento, puoi solo fargli perdere tempo, dicevi con la* Canzone del maggio.

*E di tempo, cara Domitilla e cara Teresa e care Anna, Claudia e Rachida, ce ne hanno fatto perdere abbastanza. Dobbiamo solo andare a riprendercelo.*

# 5

«Buongiorno» esordì Sarri. «Anche se un buongiorno non è. Abbiamo appena saputo – e per ultimi, come al solito – che Leonardo Zito, nonno di Teresa nonché esponente non di spicco ma comunque di peso della ’ndrangheta, è stato ammazzato mentre pranzava. Due scariche di pallettoni nelle trippe.»

«Teresa!» sbottò Pavan.

«Certo che è stata lei, ma ai piani alti sono convinti che a fare fuori il vecchio siano stati i Lomonaco. Vincenzo, il fratello più piccolo è un’insofferente, si sente ’sto cazzo, se ne fotte dell’equilibrio, vuole il controllo dei container del porto senza dare conto a nessuno. Finora Zito era stato abile, aveva mediato per conto delle famiglie più importanti allungando qualche mollichella ogni volta che quello abbaiava, come fosse un uccellino invece che un cane rabbioso, ma evidentemente a un cane rabbioso altro che mollichella, l’osso gli devi mollare! E mo sò cazzi e qui siamo quattro gatti che finora bastavano appena per i furtarelli degli zingari della Ciambra, figuriamoci per una faida delle ’ndrine.»

Pavan non era certo di aver capito. «Basta avvertire chi di dovere che a sparare è stata Teresa Zito.»

Era questa la conclusione cui era giunto. La ragazza aveva trascinato le sue compagne di fuga fino in Calabria perché il suo piano era stato quello fin dall'inizio: vendicare sua madre, che aveva pagato con la vita per il solo fatto di volersene andare, portando via con sé la sua bambina. Cosa inaccettabile per la 'ndrangheta, così come per i talebani lo era che le donne circolassero libere per strada senza un uomo che le accompagnasse. Per questo Leonardo Zito l'aveva condannata a morte. Ora il morto era lui.

«Non è così semplice» ribatté Sarri indicando il soffitto con un pollice. «Quelli non vogliono credere che la responsabile sia la nipote. Intervenire per scongiurare una faida ci permette quel margine d'azione che alla fine porta sempre dei buoni risultati.»

Pavan era esterrefatto. «Quindi Teresa non verrà incriminata?»

«E perché dovrebbe? Le donne che erano a tavola con il defunto giurano che a sparare è stato un uomo mascherato.»

«Si vergognano di ammettere che a tirare il grilletto sia stata la nipote diciassettenne.»

«Già. E comunque la Zito è già indagata per l'omicidio di Marino, anche se pare fosse un gran pezzo di merda. Io non sono di quelli convinti che un collega vada difeso a prescindere: se è una merda è una merda in ogni caso...»

Pavan rivalutò Sarri: era un vero poliziotto di frontiera, capace, solido, in grado di districarsi in quella giungla di situazioni complicate e pericolose. «Bisogna raddoppiare il piantonamento» suggerì. «Intensificare le misure di protezione della ragazza.»

«Vedrò quello che posso fare, ma appena la Zito sta meglio la carichiamo su un'ambulanza e la spediamo al Nord. E ti assicuro – ti dispiace se passiamo al tu? – che verrei volentieri con te, anzi prenderei il tuo posto, che tra poco sarà vacante quando decideranno che è arrivato il momento di farti il culo.»

Sarri era sincero. Spiegò perché avrebbe cambiato aria volentieri. Nel Nord-Est la 'ndrangheta esisteva solo come finanziatrice delle attività imprenditoriali della zona, oltre che per il controllo dello spaccio, del traffico di armi e rifiuti, ma lì, a Gioia Tauro, comandava. Lì era a casa "sua". E lo stato la lasciava fare, rompendo il cazzo solo di tanto in tanto, per far vedere di esistere, per non perdere completamente la faccia. E così metteva a disposizione truppe limitate per non innervosirle troppo, le 'ndrine. Che se invece avesse voluto, lo stato, avrebbe saputo lui, Sarri, in qualità di commissario capo, come fare piazza pulita, spalare tutta quella merda e usarla solo per concimare i fertili campi della piana. Uomini e mezzi, solo questo sarebbe servito per eliminare definitivamente la 'ndrangheta. Volere è potere. E se lo stato non avesse voluto farlo perché non poteva? Se lo era sempre chiesto, e le risposte che si era dato non gli erano mai piaciute: collusione, infiltrazione, coesistenza.

«Dobbiamo trovare le ragazze. Non possiamo escludere che la Rebellin sia ancora sulle loro tracce, e in quel caso dobbiamo trovarle prima che le trovi lei, è prioritario» sostenne Pavan con un filo d'inquietudine. Sarri non era a conoscenza dei video, non era in grado di valutare la pericolosità dell'ex collega.

Il vicequestore restò per un attimo sospeso, con gli occhi sgranati. «Sarebbe una pazza a restare qua, ma siccome è effettivamente pazza hai ragione tu. E poi non possiamo escludere che la famiglia Zito non voglia vendicarsi anche su di loro, soprattutto se non riesce ad arrivare a Teresa.»

Erano i momenti in cui Pavan aveva voglia di svapare. Doveva compensare il senso d'impotenza. Contenere la rabbia che gli procurava. Ma in un ambiente chiuso non si poteva. Certo, in quel commissariato dimenticato da Dio e dagli uomini di sicuro non c'era un impianto antincendio e probabilmente, dato il tipo, il collega Sarri non avrebbe avuto nulla da ridire. Era la sua obbedienza alle regole che glielo impediva. Anche quelle che non gli piacevano. Era fatto così. Male, probabilmente.

All'alba Teresa era ancora incosciente. L'infermiera controllò i parametri vitali e li segnò sulla cartella. Poi si fermò a osservarla. Era ancora una ragazzina. Avrebbe dovuto frequentare il liceo, uscire con le amiche dopo lo studio. Scambiarsi con loro confidenze sui ragazzi; e invece avevano tentato di ucciderla e lei stessa era accusata d'aver ucciso un poliziotto. Com'era potuto accadere? Il mondo era pieno di pericoli, questo era certo, e soprattutto a quella età non sempre si riusciva a starne lontani. Inquietata da quei pensieri, sobbalzò sentendo entrare qualcun altro alle sue spalle, a quell'ora solitamente tranquilla. Si trattava di un uomo dai lineamenti marcati. Sembrava rappresentare esattamente quel genere di pericoli da temere e da cui tenersi alla larga. Si era piazzato davanti alla finestra, facendo scudo alla luce già scarsa e rabbuiando la stanza. Come le avesse letto sul volto quella sequela di preoccupazioni, l'uomo si scostò.

«Come sta la ragazza?» chiese, accennando un sorriso.

L'infermiera tentò di riprendersi dall'inquietudine che

le aveva procurato con quella inusuale apparizione. «Lei chi è, scusi? Un parente?»

«Vicequestore Sarri» rispose l'uomo, esibendo il distintivo.

L'infermiera si scusò imbarazzata: «Non sembra un poliziotto, vestito così in abiti civili».

«Meglio» sorrise lui con molta più decisione. Un bel sorriso, considerò l'infermiera. Sarri era venuto a controllare di persona in una fascia oraria che riteneva pericolosa. Con grande difficoltà era riuscito a ottenere qualche uomo in più e a organizzare un servizio di protezione decente. Da quel momento all'esterno dell'ospedale stazionavano due pantere della polizia: una all'altezza dell'entrata principale e l'altra sul retro, dove si trovava il pronto soccorso. In pratica ogni accesso era sorvegliato. Gli agenti controllavano chiunque entrasse, o almeno questo era l'ordine, anche se era francamente impossibile rispettarlo alla lettera. Tuttavia la loro presenza rappresentava un deterrente. Certo, nessuno poteva escludere che eventuali sicari trovassero il modo di eludere la sorveglianza.

Poco dopo giunsero Pavan e Pipitone. Il vicequestore illustrò il quadro della situazione e chiamò un agente della vigilanza privata perché li guidasse in una ricognizione della struttura. «È un colabrodo» si lamentò Pavan.

«Di certo non è stato progettato per trasformarsi in un fortino» obiettò Pipitone.

Il commissario abbozzò e concentrò l'attenzione su Sarri. Era particolarmente elegante, sbarbato e profumato. «Perché sei così tirato a lucido?» chiese.

Il vicequestore sorrise. «Sta arrivando la stampa. Quella giusta, che rende famosi, anche se non possiamo dire nulla.»

«E come fai a saperlo?»

«Ho qualche aggancio nei giornali e nelle emittenti locali» rispose compiaciuto.

Pavan sbuffò. «Ci mancavano solo i giornalisti a complicare le cose.»

Si presentarono in tanti: cronisti, troupe televisive, collaboratori di piattaforme online. D'altronde si trattava di una vicenda seguita dall'opinione pubblica e alimentata in modo morboso da notizie fasulle, mezze verità, speculazioni che poi venivano riprese e amplificate dai social.

Iniziarono a stazionare nel piazzale con l'intenzione dichiarata di espugnare l'ospedale, alla ricerca spasmodica di informazioni sulla ragazzina ricoverata nel reparto di rianimazione. Volevano conoscere il suo stato di salute. La sua vita era in pericolo? Chi aveva tentato di ucciderla? Era stata una delle sue compagne di fuga? E dove si trovavano adesso le altre?

La polizia era sulle loro tracce o, come si dice in questi casi, brancolava ancora nel buio? Milioni di persone che si erano appassionate alla fuga delle sei assassine minorenni avevano il diritto di sapere.

Il professor Gerardo Geracioti, primario del reparto di terapia intensiva, non diede loro particolari soddisfazioni, limitandosi a leggere il bollettino medico e quindi a dichiarare che la prognosi era ancora riservata e le condizioni stazionarie. Ancor meno gliene fornì Pavan, l'unico momento in cui si affacciò insieme a Sarri, il quale al contrario fu abilissimo a intrattenere i convenuti senza dire nulla di significativo. Mentre il vicequestore era impegnato a elogiare il personale che aveva salvato e al contempo catturato Teresa, Pipitone si avvicinò discretamente al commissario, per annunciargli l'arrivo del giudice Durante.

Quando Pavan iniziò ad allontanarsi, i giornalisti protestarono vivacemente. Era scandaloso che il titolare delle indagini si rifiutasse di rispondere alle domande. Un cronista di giudiziaria arrivato proprio da Treviso, che aveva sempre mal sopportato la scarsa disponibilità del commissario nei confronti della stampa, gridò incattivito: «È inutile che scappi, tanto ormai è chiaro che la pessima gestione del personale sotto il suo comando ha portato a tutto questo. Il vero scandalo è che lei sia ancora a capo delle indagini».

Pavan fu tentato di tornare indietro e spiegare finalmente la sua verità. Il dovere gli imponeva però altre priorità, e continuò a camminare a passo svelto verso la macchina.

Il mare era agitato, perfettamente in sintonia con la situazione. Il magistrato gli aveva dato appuntamento sulla spiaggia per evitare i pettegolezzi e la stampa. Dopo aver percorso il lungomare, Pipitone parcheggiò sotto una grande palma, all'altezza di uno stabilimento momentaneamente chiuso, data la stagione.

Durante era di spalle. Sembrava stesse cercando di farsi lambire dalle onde lunghe che s'infrangevano sulla battigia.

Pavan scese dalla macchina chiedendo all'agente di aspettare. Istintivamente si guardò intorno: sentiva incombere un'aria minacciosa. Non c'era un gran andirivieni di gente: poche macchine, pochi viandanti. Nessuno sembrava occuparsi di loro. Eppure non era tranquillo. Percorse l'arenile finché non raggiunse Durante.

Il magistrato sembrava ipnotizzato dal movimento delle onde e dovette richiamarne l'attenzione toccandogli delicatamente una spalla. Lo sguardo di Durante si rianimò, dopo un attimo in cui sembrava non averlo riconosciuto.

«Pavan...» sussurrò, quasi volesse metterlo meglio a fuoco. «Stavo riflettendo sulla delicatezza e sulle implicazioni di questa vicenda. Da quando ho visto quei video non dormo la notte. Non avevo mai visto tanta malvagità gratuita. Non voglia Iddio che la Rebellin trovi le ragazze prima di noi. Anche se ha perduto il suo sodale, non credo intenda recedere, come ha già dimostrato con la Zito. Se non foste arrivati in tempo l'avrebbe trascinata con sé in qualche rifugio, dove le avrebbe fatto tutte quelle cose orrende, prima di ucciderla.»

Pavan ovviamente concordava. «Sono certo che Giustina Rebellin non abbia abbandonato la zona, e mi chiedo su quali complicità possa contare.»

«Per questo dobbiamo indire una conferenza stampa: per convincere le ragazze a consegnarsi. E data la situazione non avremo remore a mentire: le rassicureremo che non ci saranno conseguenze.»

«Ho parlato con Léa Fournier al telefono e le ho detto la verità.»

«Ha commesso un errore» lo rimproverò Durante. «Comunque ho già parlato con il collega Maiello, della procura di Palmi, che ha convocato i giornalisti per oggi pomeriggio.»

«Non sono d'accordo» ribatté il commissario. «Dobbiamo trovarle: la francese non accetterà la resa, rischiamo che convinca anche le altre.»

Il giudice finse di non aver sentito. «L'intervento decisivo toccherà a lei, si prepari.»

«A me? Le ho appena espresso il mio disaccordo.»

«Con quell'aria da bravo padre di famiglia risulterà più convincente agli occhi delle giovani» chiarì il magistrato.

Pavan era avvilito, la trasferta di Durante si stava rivelando dannosa.

Mentre risalivano muti verso la strada, dove li aspettava l'agente scelto Raffaele Pipitone, il commissario ricevette una telefonata. Era Gemma. Aveva sempre avuto le antenne per quei momenti.

«Come va?» gli chiese.

«Potrebbe andare meglio» ammise il marito.

«Lo capisco, ma non puoi sentirti responsabile. Quei due erano dei manipolatori, soprattutto la donna, la Rebellin. Sono persone molto abili. Come avresti potuto immaginare chi fossero realmente?»

D'istinto Valerio s'allontanò di qualche passo dal magistrato. Per un attimo fu tentato di raccontarle dei video. «Adesso non è il momento» le disse.

Gemma sapeva che avrebbe tagliato corto. «Tuo figlio è orgoglioso di te, perché sei riuscito a salvare Teresa Zito» insistette.

«Non ho salvato ancora nessuno, purtroppo. Ma dagli un bacio da parte mia» si commosse appena il commissario, per poi tagliare corto: «Ora ho da fare Gemma, perdonami».

«Ti amo» sussurrò lei.

All'esterno il mare era sempre più agitato. Nubi scure si addensavano all'orizzonte. In lontananza qualche lampo annunciava la tempesta imminente. Claudia se ne stava bloccata sulla strada semideserta, a osservare lo spettacolo. Non avrebbe dovuto allontanarsi, ma aveva bisogno di respirare. Si chiese cosa avessero fatto di male. Perché fossero capitati proprio a loro un padre simile e una madre che mai le difendeva.

E perché poi, sulla loro strada, fossero capitati anche i due peggiori poliziotti della terra. Non era mai stata una lamentosa, ma in quel momento protestò con Dio, che aveva lasciato accadere tutto questo a due ragazzine innocenti, che non avevano mai fatto male a nessuno, neppure a scuola, a qualche compagno di classe per esempio. Giunse alla conclusione che ci fosse una sola spiegazione: Dio non esisteva e lei e Anna erano solo due povere sfigate, di cui non interessava niente a nessuno.

Dopo il ferimento di Teresa, all'interno della pensione Arcobaleno c'era una strana atmosfera di sospensione. Erano tutte in attesa di conoscere un destino che adesso, se possibile, si era fatto ancora più oscuro di quelle nubi minacciose.

Domitilla se ne stava rintronata, sfinita dall'astinenza, davanti al vecchio televisore, stesa sull'unico divano di quella specie di hall ormai fatiscente.

I blandi antidolorifici erano al massimo un palliativo per lei, mentre avevano avuto l'effetto di tranquillizzare Anna, che era sprofondata in una vecchia poltrona.

«Ora dorme, per fortuna» si sentì sollevata Rachida, passandole affettuosamente una mano sulla fronte. «Le perdite che ha avuto possono capitare sotto stress. Non credo però che il bambino sia in pericolo» aggiunse per rassicurarsi ulteriormente.

A questo punto non aveva più alcuna certezza. Anzi, era spaventata. Come tutte.

Adesso che sapevano che le condizioni di Teresa erano

stazionarie ostentavano un'apparente tranquillità. Come si fosse trattato solo di un incidente di percorso. Ma non lo era: la paura galleggiava sul fondo dello sguardo di ognuna di loro.

Teresa era il loro tramite per l'Africa. Per la salvezza.

Rachida non desiderava altro che raggiungere la madre, per sentirsi protetta dal suo amore. E libera da quell'incubo che sembrava non avere mai fine.

«Che cazzo ne sai, tu? Solo perché tua madre fa l'ostetrica sproloqui di diagnosi senza senso. Per me se lo perde è meglio, 'sticazzi le religioni» ragionò provocatoriamente Domitilla.

«Mia madre non è un'ostetrica» replicò Rachida.

Léa, appena entrata, chiese di farle posto. «Mica è tuo il divano!» si lamentò con Domitilla.

«Che rompipalle che sei! Perché non te ne torni in Francia?» protestò l'aristocratica.

«Magari, adesso l'unica possibilità che abbiamo è il Senegal» le ricordò la francese.

«Non hai detto che ci avrebbero stuprate e torturate appena sbarcate in Africa?» la provocò ancora Domitilla.

«Ma non stavi morendo, senza la roba che prendi? Hai ancora la forza di dare fiato alla bocca?» protestò a sua volta Léa, infilandole provocatoriamente una mano tra le gambe e facendola sobbalzare per la piacevole sorpresa.

D'un tratto sullo schermo del vecchio televisore apparve la foto di Giustina Rebellin. Già ricercata per l'omicidio del commissario Felice Sparagna, ora era accusata anche del ferimento di Teresa Zito, appartenente al gruppo delle ragazze in fuga dopo la morte "accidentale" dell'ispettore capo Cristoforo Marino.

«Allora il poliziotto al telefono non ci ha mentito»

considerò Claudia appena entrata. In quel momento lo speaker annunciò la conferenza stampa indetta congiuntamente dai procuratori Maiello e Durante. Proprio quest'ultimo passò la parola al commissario capo Valerio Pavan, che aveva condotto fin dall'inizio le indagini.

Il poliziotto, con quella sua aria da buon padre di famiglia, si rivolse alle ragazze in fuga. Le chiamò per nome una per una, facendo l'appello, come un insegnante di scuola. Si disse consapevole di quello che avevano dovuto affrontare. Ormai la polizia conosceva la verità: la loro era stata solo legittima difesa. Infine chiese alle adolescenti di consegnarsi, garantendo che non avrebbero subìto alcuna conseguenza. Era quello, le avvertì, l'unico modo per mettersi al riparo dalla Rebellin, che purtroppo era ancora a piede libero.

D'un tratto un potente tuono proveniente dall'esterno interruppe le sue parole e fece tremare i vetri della finestra della hall, attraverso la quale Rachida vide il potente temporale scatenare una vera e propria tempesta d'acqua.

«Il vero pericolo per voi è lei, non la polizia. Vi prego, consegnatevi al più presto» concluse l'appello il commissario capo Valerio Pavan.

Giustina Rebellin aveva dentro di sé quella voglia. Sapeva di non poterla contenere. Avrebbe voluto placarla facendo alle ragazzette quello che si meritavano. L'aveva immaginato cento volte. A tratti in maniera così vivida che con la sua mano aveva dovuto darsi piacere per l'eccitazione incontrollata.

Musetto le aveva trovato un rifugio sicuro in un residence deserto in quel periodo dell'anno, per il modico prezzo di cinquecento euro al giorno. I latitanti andavano spremuti, era la regola. E i latitanti dovevano volare basso per non destare sospetti, e rimanere rintanati il più possibile. Giustina se lo ripeteva. Il suo obiettivo erano le ragazzette e aveva sganciato una somma discreta all'anziano pregiudicato, proprietario dell'appartamento, perché tenesse le orecchie ben aperte.

Ma la voglia tornava e alla fine la Rebellin capitolò, decisa a soddisfarla prima che si trasformasse in un dolore tanto acuto e intenso da squartarla fin nel profondo dell'anima.

Rise nervosamente. Non sarebbe accaduto, pensò più volte mentre si preparava.

Nella zona del porto, una giovanissima prostituta nigeriana se ne stava seduta su una seggiola malmessa, sul limitare della carreggiata, intenta a martoriare il suo smartphone. D'un tratto le si fermò accanto un furgoncino grigio. Si alzò con una certa svogliatezza, per trattare con il cliente. Il finestrino dell'automezzo si abbassò lentamente.

«Trenta bocca, quaranta fica» chiarì Jamilah al conducente, perché non ci fossero equivoci.

«Sali.»

Jamilah accettò l'invito. Non era la prima volta e non sarebbe stata l'ultima, prima di riuscire a saldare il maledetto debito con il suo protettore.

Giustina Rebellin, vestita da maschio, ingranò la marcia.

La ragazza la guardò smarrita. «Sei un uomo o una donna?»

«Che t'importa?» replicò l'altra.

«Io non lecco la fica» chiarì contrariata la giovanissima nigeriana.

Fece appena in tempo a finire la frase che un violentissimo cazzotto la mandò a sbattere contro il finestrino semiaperto, che quasi le tagliò la faccia. «Decido io quello che farai o non farai» chiarì Giustina.

La ragazza si lamentava e Giustina la colpì ancora per farla tacere. Le nere non la facevano impazzire, ma si era dovuta accontentare della preda più facile. Anche il furgone era il mezzo più semplice da rubare e a poco sarebbe servito in caso di inseguimento. Era consapevole del rischio che correva, ma in quel momento non riusciva a preoccuparsi. Nemmeno un po'. Anche perché aveva deciso di unire l'utile al dilettevole. In una stradina chiusa che divideva due fabbriche abbandonate, fece scendere la nigeriana e la costrinse a entrare nel retro. La ragazza sobbalzò quando inciampò in un cadavere riverso in un lago di sangue e si ribellò tentando di fuggire, ma con Giustina non aveva nessuna possibilità. Si ritrovò incatenata a una sbarra del tettuccio.

«Lasciami andare? Cosa mi vuoi fare?» gridava quando si riprendeva.

La sua aguzzina ridacchiava soddisfatta. Il cadavere apparteneva a una tossica raccattata vicino alla stazione degli autobus. Si era dimostrata molto più docile della nigeriana, e quando le aveva sparato in bocca non se n'era nemmeno accorta.

La tempesta si era placata da ore. Così come il mare.

Dalla finestra si sentiva ormai solo il placido mormorio della risacca. I raggi lunari illuminavano il deserto di quell'ora. Era notte fonda anche per tutte loro. Fino a quel momento la necessità le aveva sempre unite. Unite si erano sentite più forti. Unite avevano condiviso la speranza di potercela fare. Unite avevano attraversato tutta la penisola fino alla Calabria, la terra di Teresa. Ora lei, a causa della maledetta poliziotta, era ricoverata all'ospedale, nelle mani delle autorità.

Dovevano decidere se consegnarsi o no, dopo le rassicurazioni che avevano ricevuto. Come potevano fidarsi? Non era cominciato tutto proprio a causa di due fottuti sbirri? Chi assicurava loro che non si trattasse di una trappola e che, una volta che si fossero arrese, quelli non gliel'avrebbero fatta pagare?

Ognuna di loro era sempre stata tradita. Dalla vita. Dalle persone più vicine. Da coloro che avrebbero dovuto amarle e proteggerle.

Da quando erano in fuga, invece, si erano coperte le spalle l'una con l'altra. Si erano aiutate a vicenda. Avevano atteso Anna ogni volta che la sua condizione la costringeva a rallentare, senza lamentarsi, senza pensare nemmeno per un momento di abbandonarla al suo destino.

E solo una dell'altra adesso si fidavano.

Eppure, qual era ormai il loro orizzonte?

Senza Teresa potevano ancora pensare di trovare un imbarco per l'Africa?

Aveva senso continuare a fuggire e a nascondersi, e poi dove? Avrebbero dovuto spostarsi in continuazione lungo la penisola. Con quali risorse? Certo, potevano continuare con piccoli furti, perfino con le rapine. Ma per quanto tempo?

Ormai erano sfinite, sfiduciate. Ma la prospettiva di finire in galera e doverci rimanere per un bel pezzo non era affatto allettante.

Da ore discutevano, valutando ogni possibile pro e contro. Di dormire non se ne parlava.

Anna era stremata. Almeno l'immobilità degli ultimi giorni aveva ridotto notevolmente le perdite. Come aveva sostenuto Rachida, il bambino non era a rischio.

Il bambino. Suo figlio ma anche suo fratello. Da lui non c'era via di fuga.

Non aveva voluto liberarsene. E ora dove e in che condizioni sarebbe nato?

Forse anche per quello, a parte l'estrema stanchezza, Claudia era la più convinta a dare fiducia a Pavan. Con sua sorella in quello stato, arrivare in Senegal non era più un'opzione. Dovevano consegnarsi.

Léa, sul fronte opposto, era di tutt'altra opinione. Conosceva bene il sistema, disse. Ti blandisce, ti rassicura, poi una volta nelle sue mani ti frega. «Comunque verremo incriminate perché abbiamo ucciso il poliziotto e abbiamo commesso altri reati. Neanche quel commissario può garantire che non saremo condannate. Non è lui che decide. Ci sta prendendo in giro. Non può prometterci nulla. È una trappola, ve lo dico io. So di che cosa parlo.»

Rachida le diede ragione. Anche lei non si fidava. Non aveva alcuna voglia di finire in carcere. Ora che erano lì aveva intenzione di trovare, a tutti i costi, un imbarco per l'Africa. Anche senza Teresa. Intendeva raggiungere sua madre e l'avrebbe fatto. A qualunque costo.

Proprio in quell'istante nella hall apparve una vecchina vestita di nero dalla testa ai piedi. Sembrava avere un centinaio di anni. Le osservò con espressione indecifrabile. Poi, in un dialetto calabrese strettissimo, disse qualcosa.

Le ragazze impiegarono un po' di tempo per riprendersi dallo spavento.

«Scusi, non abbiamo capito» disse Léa, smarrita come tutte le altre.

La vecchina, in un italiano stentato, chiese loro: «Siete le amiche di Teresa Zito?».

«Sì, come sta?» rispose spontaneamente Claudia.

La francese le rivolse una smorfia contrariata.

La vecchina non disse niente. Scrutò le ragazze a una a una per qualche istante, come se volesse imprimersele nella memoria, poi uscì dall'atrio, lasciandole tutte senza parole.

Si chiesero chi fosse. Léa rimproverò Claudia per la risposta e per essere uscita sotto gli occhi di tutti a quell'ora del giorno. Non potevano permettersi errori del genere. Erano stanche, sfinite, lo comprendeva bene, ma proprio per quello dovevano stare ancora più attente.

«Hai ragione» convenne Claudia, scusandosi per la leggerezza. Soprattutto perché aveva messo a rischio anche quelle fra loro che intendevano continuare a fuggire. Ma lei e sua sorella si fermavano lì, affermò. Il loro viaggio era finito. Ormai avevano deciso.

Rachida chiese ad Anna se anche lei fosse d'accordo. «Non ce la faccio più a scappare in queste condizioni» fu la risposta.

«Io invece vado da mia madre: un modo lo troverò.»

«Un modo lo troveremo» precisò Léa.

Restava Domitilla, che si affrettò a chiarire la sua posizione.

«Io senza Teresa non vado da nessuna parte. Prima voglio sapere che cosa le succederà» affermò preoccupata.

Erano spossate, e dopo tanto tempo anche divise. Avrebbero potuto continuare a discuterne fino all'alba, ma nulla sarebbe cambiato.

Agitate da timori diversi, non nutrivano più alcuna certezza. E anche la speranza cominciava ad abbandonarle.

Una densa colonna di fumo nero si levò nel cielo terso di quel mattino, non lontano dalla strada per Rizziconi, in aperta campagna. Un contadino, con circospezione, s'avvicinò il più possibile per capirne la provenienza e vide un furgoncino in fiamme. Un odore acre e dolce allo stesso tempo rendeva l'aria nelle vicinanze irrespirabile.

«Carne umana» disse, sicuro della propria affermazione: prima di tornare nella fattoria di famiglia era stato in missione in Iraq con il contingente italiano. Quell'odore lo conosceva bene, purtroppo. Qualcuno lì dentro stava bruciando e di certo non era vivo, altrimenti avrebbe sentito urla strazianti che, anche quelle, facevano parte dei suoi ricordi.

I pompieri impiegarono un bel po' ad arrivare. Spensero le ultime fiamme provenienti dal mezzo e dovettero dargli ragione. Nel retro c'erano due cadaveri: uno ammanettato ai polsi e incatenato a un montante del tettuccio, l'altro giaceva ai suoi piedi insieme ad attrezzi di diversa natura, la cui utilità era di difficile comprensione.

«Strumenti di tortura» si lasciò sfuggire ancora l'ex soldato, senza rivelare il motivo di quella sua ulteriore certezza, prima d'allontanarsi con passo malfermo.

Allertati dai vigili del fuoco, giunsero anche i carabinieri, che a loro volta richiesero l'intervento della Scientifica, del medico legale e del pubblico ministero di turno.

Quando venne ritrovato in una borsa semicarbonizzata un distintivo annerito della polizia di stato, il caso passò di mano.

Pavan e Sarri si precipitarono sul posto. Sarebbero stati necessari lunghi e accurati esami per stabilirlo, ma i primi dati raccolti suggerivano, con un certo margine di certezza, che uno dei cadaveri potesse appartenere a Giustina Rebellin.

Il vicequestore sospirò: «S'è sparata dopo aver straziato l'ultima vittima».

Il commissario capo, invece, era sorpreso. «Non mi sembrava il tipo: evidentemente deve essersi resa conto di non avere più speranze.»

«Meglio un proiettile che affrontare i processi e finire all'ergastolo» chiosò Sarri. «È una buona notizia anche per te, magari ti trasferiscono a Lampedusa invece di buttarti fuori.»

Pavan ridacchiò per compiacere il collega, ma in realtà non riusciva a staccare lo sguardo dai due cadaveri. Giustina era una serial killer, dunque una psicopatica criminale e le statistiche insegnavano che raramente si tolgono la vita.

*Sei ancora viva, maledetta puttana*, pensò, ma si guardò bene dall'esprimere le sue perplessità a Sarri. L'autopsia avrebbe tolto presto ogni dubbio.

L'Istituto tecnico Severi era il luogo giusto per accogliere le ragazze in modo rassicurante. Molto meglio del commissariato o della procura, anche per depistare tutti i giornalisti che s'aggiravano nei dintorni nella speranza di immortalare il momento in cui le minorenni fuggitive si sarebbero consegnate. In mezzo a tanti coetanei, le cinque ragazzine non avrebbero dato nell'occhio.

La sala professori affacciava proprio sull'entrata. La dirigente scolastica aveva offerto la massima collaborazione. Ad attenderle sarebbero state un paio d'insegnanti particolarmente esperte nel trattare con ragazzi difficili o traumatizzati.

Niente poliziotte o, peggio, poliziotti in divisa.

Durante non mancò di condividere con la dottoressa Amantìa, la dirigente scolastica, il suo avvilimento e rammarico per questo aspetto della vicenda. Lo stato e le sue istituzioni avrebbero dovuto rappresentare un porto sicuro per tutti i cittadini, figuriamoci per delle minorenni. Invece... Allo stesso tempo, non riusciva a nascondere una certa inquietudine: ormai era già trascorsa più di un'ora e non si vedeva nessuno.

Il magistrato si rivolse al commissario capo. «Sicuro di aver specificato bene il luogo?»

«Certo, dottore, l'ho indicato con precisione. Più volte, ovviamente» cercò di rassicurarlo Pavan, reprimendo il desiderio di mandarlo a quel paese. Aveva i nervi a fior di pelle non solo per la tensione del momento e la certezza che si trattava di una pessima mossa, ma anche perché dal ministero gli avevano fatto sapere che doveva prepararsi a un'inchiesta "approfondita" e a un provvedimento nei suoi confronti. Il suo senso di colpa si appesantiva di giorno in giorno: avrebbe dovuto mettere sotto la lente d'ingrandimento la Rebellin e Marino già dalle prime avvisaglie, fregandosene che fossero i cocchi dei piani alti. Da sempre sopportava entrambi a stento. Aveva sempre sentito a pelle che non erano brave persone, eppure si era lasciato guidare dai risultati che ottenevano sul campo, piuttosto che dai comportamenti inadeguati al loro ruolo e alla loro funzione, che spesso li connotavano. Probabilmente lo aveva fatto per convenienza e per quieto vivere. Mettere in discussione con provvedimenti disciplinari poliziotti che lavorano al tuo comando provoca quasi sempre inquietudini e insofferenza anche nei colleghi non coinvolti, rischiando di minare la piena efficienza del Corpo. Il tentativo di Gemma di assolverlo dalle proprie responsabilità non aveva funzionato. Aveva sbagliato e basta. Per citare Sarri: «Se un poliziotto è una merda non va difeso a prescindere, se è una merda è una merda e basta...».

Proprio di lui, al telefono del commissariato di Gioia Tauro, aveva chiesto Domitilla. Aveva apprezzato molto la scelta del luogo dell'incontro. «Quanto avrei voluto andare in una scuola statale» aveva commentato.

La preside Amantìa, evidentemente, aveva l'occhio allenato. «Eccole. Sono solo in tre però, le altre due non le vedo.»

Aveva ragione. A dirigersi verso l'entrata furono solo Claudia, Anna e Domitilla.

Di Léa e Rachida, nemmeno l'ombra.

«Lo sapevo» sbottò Pavan, lanciando un'occhiataccia al magistrato.

«Credo che dovremo accontentarci, almeno per ora» commentò Durante, diviso tra la soddisfazione per le tre che si stavano consegnando e il rammarico per le due che, invece, avevano deciso di non fidarsi.

Il capo dell'istituto chiamò al cellulare la professoressa Rotundo per comunicarle che le ragazze erano giunte, ma quella le aveva già individuate. Insieme alla professoressa Morabito le ricevette sul portone con un sorriso dei più accoglienti.

Domitilla si guardò intorno, rapita. Sorrise. «È bellissima questa scuola, proprio come sarebbe piaciuta a me. Se ne cade letteralmente a pezzi! Magnifico!» Si sentiva meglio, dopo aver spazzolato gli antidolorifici destinati ad Anna. Tanto lei ora sarebbe stata ricoverata e non ne aveva più bisogno.

«Non è l'apparenza quella che conta» commentò l'insegnante.

«Brava, sono d'accordo, quella perlopiù inganna» concordò pienamente Domitilla.

Anche Claudia e Anna si guardarono intorno quasi fossero in un sogno. Anna afferrò la mano della sorella, chiedendole, al solito, protezione.

Si domandò se sarebbe mai stata in grado di affrontare la vita. La risposta fu negativa. A meno che il mondo non diventasse all'improvviso bello e accogliente invece che cattivo, come era stato fino a quel punto.

«Andiamo, ci aspettano» annunciò loro con voce suadente la professoressa Loredana Morabito.

Quando entrarono in presidenza, furono fatte accomodare su sedie già predisposte. Insieme a quelle di Durante, Pavan, delle professoresse e della dirigente scolastica Amantìa, formavano un cerchio, proprio come in certe sedute di autocoscienza degli alcolisti anonimi o di persone affette da qualsiasi altra forma di pericolosa dipendenza.

La disposizione era stata suggerita dalla professoressa Rotundo proprio per quel motivo. In quel modo le ragazze non si sarebbero sentite in una posizione di inferiorità, anzi.

«Sono felice che abbiate deciso di venire. È stata una saggia decisione. Anzitutto state bene, avete bisogno di qualcosa?» chiese loro David Durante tenendosi le mani strette in grembo.

«Mia sorella ha bisogno di cure» mise subito in chiaro Claudia.

«È attesa dal primario di ginecologia» la tranquillizzò Pavan.

«E Teresa come sta?» chiese Domitilla.

«Migliora, ma non possiamo prevedere la durata della degenza» rispose il magistrato.

«E poi sarà libera?» insistette Domitilla, mettendolo subito in difficoltà.

Era proprio il punto che Durante non avrebbe voluto affrontare.

Pavan cercò di rimediare. «Adesso pensiamo a voi. Ormai siete al sicuro, nessuno vi farà più del male: Giustina Rebellin, la poliziotta complice di Cristoforo Marino, si è suicidata.»

Per qualche istante ci fu solo silenzio. Pavan si trovò davanti gli sguardi disorientati delle ragazzine e quelli sgomenti delle professoresse, che non si capacitavano di quanto avessero dovuto sopportare quelle povere minorenni, traumatizzate e allo stesso tempo indurite e diffidenti, nonostante tutte le rassicurazioni.

Il commissario, l'unico al corrente che Teresa aveva ammazzato il nonno mafioso e che le ragazzine potevano essere oggetto della vendetta della famiglia Zito, cercò di strappare qualche informazione sulle altre due fuggitive.

«Non sappiamo dove sono e neppure che intenzioni hanno. Abbiamo tentato di convincerle in tutti i modi, ma non c'è stato nulla da fare» mentì in parte Domitilla. Era vero che avevano tentato di convincerle durante quella lunga notte insonne, ma sapevano bene quale fosse la loro meta: l'Africa. Il Senegal.

«Non dovete chiamarmi più. Ho sicuramente il telefono sotto controllo e non voglio essere coinvolta. Non me ne frega niente di voi» mentì Fiore.

«Ma Teresa ci ha detto che c'è questo mercantile per Bengasi, il *Talia*, che ci aspetta, me lo puoi confermare almeno?» insistette Léa.

Fiore ebbe un attimo di esitazione, poi chiuse la telefonata, senza risponderle. Suo padre, che aveva procurato il passaggio sul mercantile libanese, non aveva più alcuna libertà d'azione. Almeno finché non si fossero nuovamente scordati di lui. Di certo le cinque superstiti non potevano aspettare dei mesi. Dovevano cambiare aria, al più presto. Fiore sperò avessero un piano alternativo per sparire, e si augurò che non le trovassero mai.

Avrebbe voluto che Teresa non fosse tornata per uccidere suo nonno, ma per lei. Per realizzare insieme il sogno di andare a vivere lontano. Ad Amsterdam o a Parigi, Londra, Berlino, perché no? Un posto nel mondo in cui due ragazze potessero amarsi alla luce del sole, senza sentirsi giudicate a ogni passo. Ora invece, appena uscita dall'ospedale, Teresa sarebbe finita in galera e gli Zito avrebbero trovato il modo di farla ammazzare, ne era certa.

Fiore si diresse verso la banchina del porto con la testa piena di pensieri neri, pensieri che la riempivano di angoscia. Era dura tenersi sempre tutto dentro, coricarsi ogni sera e sognare ciò che avrebbe potuto essere e non sarebbe stato mai. Che male aveva fatto a innamorarsi di Teresa? Si guardò intorno. Nessuno di quei pescatori indaffarati a sistemare le loro barche, a riparare le reti da posta o da traino, avrebbe saputo risponderle. Condividevano tutti la sua stessa condizione. Erano nati in quella terra, davanti a quel mare. C'era poco da fare al riguardo. Fiore era la prima a saperlo.

Avrebbe potuto cambiare la situazione rimanendo a Gioia Tauro? Non le sembrava possibile. Non con le sue forze. Non da sola.

Con Teresa sì.

Quando raggiunse il peschereccio di suo padre quei pensieri furono scacciati da un'altra preoccupazione. Saltò sulla barca pensando di trovarlo a bordo, ma Saverio non c'era. Le aveva chiesto una mano per riparare le nasse, che infatti vide tutte accatastate nella stiva. Risalì in coperta e si guardò intorno. Forse era sulla barca di qualche altro pescatore, pensò, a fare due chiacchiere sui banchi di acciughe al largo delle Eolie. Ma non lo vide a bordo di nessuno dei pescherecci vicini.

Tornata sulla banchina, si accorse degli strani sguardi dei pescatori. Tutte facce conosciute, uomini che incontrava quasi ogni giorno, ma che ora la scrutavano come se avesse addosso gli indumenti sbagliati. Non era così. Il suo guardaroba era sempre lo stesso, certo non quello di una signora con i soldi. I soldi, i soldi veri, laggiù nemmeno sapevano cosa fossero. A parte gli Zito e quelli come loro, ovviamente. D'un tratto le passò per la testa un altro brutto pensiero. Che fosse proprio suo padre il motivo di quelle strane occhiate?

«Antonino, avete visto papà?» domandò al pescatore più vicino. Le rispose con un cenno di diniego, prima di rinfilare l'ago nella rete.

«Lo avete visto voi mio padre, Annunziato?» chiese allora a un altro. Quello mise su a fatica un mezzo sorriso, poi fece a sua volta cenno di no e sparì sottocoperta insieme al figlio, come se non volesse più vederla.

Non poteva immaginare, Fiore, che in quel momento Léa e Rachida fossero dirette verso il porto di Gioia Tauro. Sapevano, glielo aveva detto Teresa, che Saverio aveva una baracca per le reti nuove e il pescato. La calabrese era certa che avrebbero potuto nascondersi là dentro, in attesa dell'imbarco clandestino. E pazienza per la puzza di pesce: a suo dire, quello era un posto sicuro. Léa non si era dunque lasciata intimidire dalla brusca interruzione della telefonata con Fiore. L'aveva interpretata come un tentativo di proteggerle dalla polizia. Per questo, aveva detto a Rachida, dovevano agire con tutte le cautele del caso, evitare di essere rintracciate e di mettere in difficoltà l'amica di Teresa e suo padre.

Avevano abbandonato in fretta la pensione Arcobaleno. La francese temeva che la vecchina potesse avvertire le forze dell'ordine, e Rachida era d'accordo con lei. In due avrebbero dato meno nell'occhio, ma a entrambe mancavano le altre ragazze. Erano diventate amiche, amiche sincere, un affetto che raramente avevano ricevuto da altri nella loro breve esistenza. Quello che avevano passato insieme le aveva unite in modo indissolubile. Le loro vite avrebbero potuto prendere strade diverse, ma quel legame non si sarebbe mai spezzato. Ne erano più che certe.

Léa fantasticò di liberare Teresa dall'ospedale con un'azione temeraria, come quelle che si vedono nei film. Sognò anche a occhi aperti che Claudia, Anna e soprattutto Domitilla ci ripensassero, e tornassero di nuovo tutte insieme, in branco, libere e selvatiche.

Anche Rachida avrebbe voluto portare con sé tutte le altre. Sarebbe stato bello presentarle a sua madre e ospitarle in casa loro, almeno per un po'. Halima le avrebbe accolte come figlie, ne era certa. Stare insieme a loro l'avrebbe aiutata ad affrontare quel nuovo mondo, che conosceva quasi solo attraverso i racconti della madre.

Del Senegal non ricordava quasi nulla. Non riusciva a immaginare come sarebbe stata la sua vita a Dakar. Stare lì tutte insieme però sarebbe stato bello, sì. Di questo era sicura.

Intanto dovevano trovare un altro posto dove nascondersi. Teresa aveva raccontato loro di certe caverne sotto la montagna, la grotta della Lamia, che un tempo erano state covo di briganti in fuga dai piemontesi. Spesso vi trovavano rifugio i latitanti, ma erano troppo lontane e dovettero rinunciarci. Avevano intenzione di presentarsi alla baracca prima dell'alba. Speravano che una volta sul posto, lontano da occhi e orecchi indiscreti, Saverio le avrebbe comunque aiutate a imbarcarsi clandestinamente sul mercantile, come Fiore aveva promesso a Teresa prima che Giustina Rebellin tentasse di ucciderla.

Era necessario trovare un'altra casa abbandonata dove trascorrere la notte.

Léa, dopo un po' che s'aggiravano, ne adocchiò una, vecchia e in parte diroccata. La porta si aprì senza problemi: qualcuno l'aveva già forzata in precedenza. Dentro trovarono dei materassi impolverati, stesi sul pavimento. Evidentemente non erano le prime che avevano scelto di nascondersi in quel tugurio.

Salvatore Napoli era riuscito a entrare da una piccola finestra di un cesso del pronto soccorso. Per giorni aveva studiato i movimenti degli agenti messi a proteggere l'infame. Aveva annotato mentalmente i cambi di guardia e cercato di individuare ogni falla possibile che gli permettesse di penetrare nell'ospedale. La falla era quella piccola finestrella che evidentemente avevano sottovalutato. Solo il primo giorno l'avevano tenuta d'occhio, poi basta. Probabilmente avevano pensato che fosse troppo piccola. Ma non per lui: era alto meno di un metro e sessanta e secco come un chiodo. Proprio per questa sua scarsa levatura si era allenato tutta la vita a perfezionare la mira e a elaborare ogni modo industrioso per uccidere che non prevedesse la forza bruta. Il boss Leonardo Zito ci aveva messo poco a capire quanto gli sarebbe tornato utile quel suo talento e lo aveva usato più volte, sempre con la dovuta discrezione, senza mai informare le altre famiglie. Salvatore accettava tutti gli incarichi, anche i più rischiosi. In cambio, i soldi certo non gli mancavano e con i soldi non aveva mai avuto problemi neanche con le donne, che altrimenti non avrebbero fatto la fila per stare con lui, piccolo e brutto com'era.

Teresa Zito se la ricordava. Da piccolina era una peste. La madre di Teresa se la sarebbe fatta volentieri, e invece l'aveva dovuta eliminare senza far pensare che l'avessero ammazzata. Anche in quelle cose era bravo. E difatti non si era parlato di omicidio. Non c'erano le prove che lo fosse, ed era stato catalogato come uno dei tanti incidenti in campagna. Sorrise soddisfatto di se stesso mentre ricadeva all'interno del bagno. Al piano terra c'era un bel viavai di pazienti e personale, e tutti pensavano agli affari loro. Non ebbe quindi nessuna difficoltà a raggiungere il secondo piano, dove c'era il reparto di rianimazione. Si trattava solo di una ricognizione: tutti i veri professionisti rispettano questa procedura, e comunque doveva ancora capire come eludere la sorveglianza e penetrare nella stanza dell'infame senza essere visto. In ogni caso, era pronto anche per la migliore evenienza. Quella che gli avrebbe permesso di chiudere subito la pratica. Non si poteva mai sapere.

«Salvatore Napoli» si sentì chiamare appena imboccato il corridoio. Quella voce gli ricordava qualcosa. Quando si voltò capì subito cosa fosse. O, meglio, chi. Sarri gli sorrise soddisfatto.

«Vicequestore? Che ci fate qua? Avete qualche parente ricoverato?» rispose il piccoletto che, a quel punto, aveva capito di essere bruciato.

«Secondo te chi ha dato l'ordine di non proteggere più la finestrina del cesso giù al pronto soccorso?» gli chiese il commissario.

«Perdonatemi, ma non tengo molta fantasia. Me lo dite voi, così facciamo prima?» ribatté sarcastico Napoli.

«Teresa non la possono toccare, lo devono capire bene gli Zito» continuò Sarri. «Scommetto che ti ha mandato la vecchia.»

«Perché non ce lo dite voi alla signora Adele che non può nemmeno fare visita alla nipote?»

Il commissario sorrise: «Scommetto che in una tasca hai una bella siringa monouso già pronta, da iniettare nella flebo di Teresa».

Neanche ebbe finito di pronunciare la frase che Napoli provò a tornare velocemente sui suoi passi. Non aveva previsto la presenza di Pipitone, che lo bloccò subito alle spalle, seppure con una certa fatica, pur essendo molto più grosso di lui.

«Fermo!» gl'intimò l'agente, preoccupato perché quello s'agitava come un'anguilla.

Solo quando il vicequestore gli mise in faccia la pistola, cosa che fece allontanare di corsa i rari visitatori presenti nel reparto di rianimazione, Salvatore Napoli si arrese. Finalmente l'agente poté ammanettarlo e Sarri, perquisendolo, tirò fuori da una tasca la predetta siringa.

«Che cosa c'è dentro?»

«Acqua fresca» sorrise provocatorio il killer.

«Lo vediamo subito» gli fece il vicequestore, liberando dal cappuccio di plastica l'ago. Con un gesto secco glielo infilò alla base del collo, minacciando di iniettare il liquido contenuto nella siringa. L'espressione di Napoli divenne terrea.

«Voglio nome e cognome di chi ti ha mandato per uccidere la ragazzina.»

«La vedova.»

«Nome e cognome.»

«Adele Zito» ammise finalmente il pluriassassino. «Tanto questa confessione non vale niente, me l'avete estorta con le minacce.»

«Lo vedremo» lo sfidò il vicequestore, facendogli riascoltare le sue parole, appena registrate con lo smartphone. «Questa, oltre che al magistrato, la mandiamo a Telecalabria Libera, così l'ascoltano anche i tuoi datori di lavoro» sogghignò Sarri soddisfatto.

Salvatore Napoli si rese conto di essere un uomo morto. Era solo questione di tempo. O in carcere o fuori, la sentenza sarebbe stata eseguita. «Va bene, mettiamoci d'accordo» propose annunciando la resa. «Lo sapete che posso esservi utile.» Pipitone e Sarri si scambiarono un soddisfatto sguardo di complicità. Sì, non avrebbe dovuto essere quello il modo, ma intanto un pericoloso assassino era stato neutralizzato. E Teresa Zito, anche questa volta, per il momento, era salva.

Il magistrato spiegò a Domitilla e a Claudia che avrebbero trascorso la notte in una casa famiglia situata all'interno di un bellissimo agrumeto, nella piana di Gioia Tauro. Anna, nel frattempo, era già stata accompagnata in ospedale.

«E domattina saremo libere di andarcene ovviamente, giusto?» intervenne Domitilla. «Ce l'avete promesso, e per noi è importante poterci fidare di chi rappresenta le istituzioni.»

«Finora gli adulti sono stati o una delusione o, peggio, una minaccia, soprattutto i tutori della legge» aggiunse Claudia, con una nota di scetticismo nel tono.

«Non è così semplice» ammise Durante.

Negli occhi delle ragazze si fece largo la stessa espressione significativa, quasi a voler dire: "Ah, ecco, come volevasi dimostrare". E con quella accolsero lo sguardo di imbarazzo del magistrato, che tossì brevemente prima di proseguire.

«Dovrete rimanere sotto custodia ancora per qualche tempo...»

«Quanto tempo?» lo incalzò Claudia.

«Dipende. Prima di tutto siete delle minorenni e lo stato è tenuto a proteggervi, garantendo la vostra incolumità. Non vi possiamo lasciare certo in mezzo a una strada.»

«Quindi ci consegnerete ai nostri genitori?» chiese preoccupata Claudia. «Io non ci torno, da mio padre.»

«Nessuno ti riconsegnerà a lui, sta' tranquilla» si affrettò a precisare il giudice. «Tua madre lo ha denunciato, e non ho dubbi che il tribunale toglierà a entrambi la patria potestà.»

«E io che fine farò?» domandò Domitilla.

«Debbo essere sincero» si decise a dire Durante. «Benché le responsabilità riguardo alla morte dell'ispettore capo Cristoforo Marino siano ormai nel complesso acclarate, dovrete comunque affrontare il giudizio, anche per ciò che riguarda i reati commessi durante la fuga. Ciononondimeno, come pubblico ministero, proporrò l'assoluzione per le sei minorenni coinvolte, o in alternativa una condanna lieve, con tutte le attenuanti del caso.»

In quel momento rientrò Pavan, che a sua volta era più che inquieto.

Domitilla sbottò. «Léa aveva ragione: ci avete fregato! Non siamo libere d'andarcene.»

«Sarete libere a tempo debito, ve lo posso assicurare» ribatté il magistrato. «Intanto, ripeto, siete al sicuro. Nessuno potrà più farvi del male.»

«Una cazzo di fregatura, altro che chiacchiere... Io non ce la faccio a stare rinchiusa!» Domitilla si alzò dalla sedia. Fece per uscire dalla sala professori, ma appena aprì la porta trovò una poliziotta a sbarrarle la strada.

«Ecco, lo sapevo!» disse, girandosi verso il magistrato. D'un tratto divenne pallida e cominciò a tremare, come in preda a un dolore insopportabile.

«Soffro di una grave forma di acatisia. Devo uscire, camminare un po', o starò davvero male. Posso, per favore?» chiese implorante.

«L'acatisia è una patologia molto seria» intervenne la preside. «Se la ragazza viene costretta all'immobilità potrebbe andare incontro a una crisi violenta.»

«Ermini, accompagni la signorina a fare due passi nel corridoio» acconsentì titubante il magistrato. La poliziotta prese Domitilla per un braccio, ma con gentilezza.

«Vado con loro, se permettete» disse la Rotundo, e le raggiunse sulla porta.

All'ingresso dell'istituto scolastico, pallida e con l'affanno, Domitilla pregò la giovane poliziotta e la professoressa di lasciarla uscire.

«Mi dispiace, ma non ho l'autorizzazione» si rammaricò l'agente Ermini.

«Ho bisogno di aria fresca. C'è quella bella macchia di pini marittimi, a due passi da qui. Vi prego, andiamoci, solo per respirare un po'. Poi torniamo. Non tenterò di scappare, lo giuro.» Domitilla aveva le lacrime agli occhi.

La professoressa Rotundo intervenne nuovamente in suo favore. «Si tratta solo di qualche centinaio di metri, agente, cosa mai potrà succedere?»

Patrizia Ermini annuì. Quella ragazza le faceva pena, così come le sue compagne di sventura. La poliziotta era nata in un quartiere dove spaccio e furti erano all'ordine del giorno. Con i genitori e gli amici sbagliati anche lei a quell'età si sarebbe potuta trovare in brutte, bruttissime situazioni.

«Mi prendo io la responsabilità» insistette la Rotundo.

La Rotundo non aveva l'autorità di interferire con la decisione di una agente. Era solo una professoressa che si dava un sacco di arie, tuttavia cedette. «Va bene, ma solo per pochi minuti.»

«Grazie!» esultò felice Domitilla.

Attraversarono il cortile della scuola per dirigersi verso la macchia di pini marittimi.

Fu a quel punto che una Mercedes-Maybach GLS nera si accostò al cancello d'entrata del liceo. Non appena se ne accorse, Domitilla lanciò un urlo: «Oh, Dio mio, per favore no!» e, come si fosse completamente ripresa dall'attacco di acatisia, improvvisamente scattò in avanti, uscì in strada sfiorando proprio la lussuosa berlina e cominciò a correre all'impazzata tra le macchine. La poliziotta, incredula, le intimò di fermarsi. Quindi si gettò all'inseguimento, ma l'altra sembrava un fulmine e riuscì a distanziarla in pochi attimi, sparendo alla sua vista.

La professoressa Rotundo si mise le mani sulla testa. Era stata lei a prendersi la responsabilità. E ora ne avvertiva tutto il peso, ma si trattava in fondo di un esercizio di stile, perché a pagarne le conseguenze sarebbe stata la Ermini.

Ignare di tutto, dalla Mercedes appena parcheggiata scesero tre persone: i genitori di Domitilla – per una volta riuniti, preoccupati non tanto per la figlia, che comunque avevano saputo salva, quanto per il danno che tutta quella storia stava infliggendo alla reputazione della loro nobile famiglia –, e l'avvocato Ferdinando Battaglia, un vero principe del foro, che intendeva conferire con Durante allo scopo di ottenere gli arresti domiciliari per Domitilla Agostinelli Balbi, che da lui sarebbe stata difesa da tutte le accuse.

Il magistrato, che era appena stato avvertito da Pavan di quell'arrivo imprevisto, li accolse nell'atrio, ma si trovò in grave difficoltà quando l'agente Ermini, ansimante, lo informò della fuga. La professoressa Rotundo, mortificata, spiegò che era stata colpa sua. La rivelazione suscitò le rimostranze degli Agostinelli Balbi e dell'avvocato, che minacciò di rivolgersi al ministro della Giustizia, suo amico personale. A poco servirono le rassicurazioni di Pavan sul fatto che la polizia avrebbe ben presto rintracciato Domitilla. E comunque, dentro di sé, il commissario non si sentiva affatto rassicurato: quella vicenda sembrava non concludersi mai.

La strada delle baracche dei pescatori era deserta, a quell'ora. La tempesta ormai era un ricordo. Anche i gabbiani se ne stavano tranquilli a razzolare nei dintorni, attenti a rimediare qualche eventuale scarto di pesce. Era una notte tranquilla. Ma non per tutti.

Dentro la baracca di suo padre, Fiore, piagnucolante, inginocchiata ai piedi di Adele Zito, tentava di convincerla di non aver mai saputo dell'intenzione di Teresa Zito di ammazzare il nonno. Lo giurava e spergiurava cento volte e cento volte anche Saverio, legato a una sedia, mentre veniva colpito al volto e in ogni altra parte del corpo dagli uomini della 'ndrina. Adele si era guardata bene dal farsi accompagnare nella spedizione dai maschi della cerchia familiare, dato che gli sbirri non li perdevano di vista.

«Vi prego, vi scongiuro Donna Adele, ditegli di smetterla, mio padre non sa nulla, non c'entra niente con quello che ha fatto vostra nipote!» la implorò la ragazzina terrorizzata.

La vecchia non mancò di risponderle: «Ti sbagli, *fetusa*. Lui c'entra perché buon sangue non mente mai. Se tu sei infame è perché *pur'isso* lo è».

Poi si rivolse ai suoi sgherri: «Tagliategli tutti e due i pollici, così se la scorda la pesca...».

Sembrava non aspettassero che quell'ordine e Saverio urlò prima di svenire, sfinito dal dolore.

Fiore urlò a sua volta, paralizzata dall'orrore, e finalmente ammise di aver saputo delle intenzioni di Teresa. «Ma vi giuro che non le ho creduto, pensavo che non avesse il coraggio.»

Adele la prese per i capelli. Si piegò a guardarla bene in faccia, come se volesse accecarla con i lampi furenti che le venivano fuori dagli occhi. «*Scetatelo*» ordinò agli uomini. Uno di loro si affrettò a gettare un secchio d'acqua in faccia a Saverio, costringendolo a riaprire gli occhi.

La nonna di Teresa, allora, fece un chiaro cenno alla vecchina che aveva fatto visita alle ragazze nella pensione Arcobaleno e che se n'era stata ferma e in silenzio in un angolo, ma che ora, sfilando un coltellaccio dalla veste, sgozzò Fiore come un capretto. La ragazzina come un sacco vuoto s'afflosciò in avanti nel suo stesso sangue. In un istante era morta.

Saverio, che intanto si era ripreso, non ebbe nemmeno la forza di urlare, mentre nell'apposita vasca si dibattevano morenti anche i pesci pescati al tramonto, e che all'alba avrebbe portato al mercato ittico. Se fosse stato un giorno come tutti gli altri.

Un'ora prima di quell'alba, avvicinandosi alle baracche, Rachida e Léa s'accorsero del piccolo assembramento di pescatori. Videro una scena terrificante: il corpo di una ragazza in un lago di sangue, e abbracciato a lei un uomo con le mani fasciate da stracci insanguinati che piangeva disperatamente, ripetendo «*Figghia mia*» all'infinito.

Dalle parole dei pochi presenti compresero che si trattava di Fiore e di suo padre. Qualcuno chiese loro chi fossero, cosa ci facessero là, e a quel punto fuggirono via, prese dal panico.

Léa e Rachida corsero come mai avevano fatto, benché fossero sempre state due ragazze coraggiose. Il terrore di finire ammazzate come quella poveretta mise loro le ali ai piedi.

Per fortuna nessuno le inseguì. Anche i pescatori avevano paura. Era meglio non impicciarsi, commentarono. Farsi i fatti propri. Così tornarono alle proprie baracche per preparare le reti, senza rivolgere neppure una parola di conforto a Saverio. Evidentemente si era andato a cercare i guai se ora gli avevano ucciso la figlia. Che già era strana, tutta sbagliata, visto che si diceva le piacessero le femmine.

Léa e Rachida si sentirono perdute. Cosa sarebbe stato di loro, arrivate a quel punto? Come avrebbero fatto a imbarcarsi senza l'aiuto di qualcuno?

Quando furono certe che nessuno le avesse inseguite si fermarono sul lungomare deserto, per tentare di ragionare. Videro uno stabilimento abbandonato. LIDO VULCANO, recitava l'insegna. Era il posto giusto per mettersi al riparo, riposare e decidere cosa fare.

Entrarono senza trovare ostacoli da un finestrone che non era stato ben chiuso.

Era tutto buio, ma di accendere le luci non se ne parlava. Avevano sete e fame. Soprattutto sete, dopo tutta quella corsa col cuore in gola. Così cominciarono a guardarsi intorno. Dal rubinetto del bar non venne fuori nemmeno una goccia d'acqua.

«Forse in frigorifero è rimasta qualche bottiglietta» disse la francese.

D'un tratto avvertirono che qualcosa si muoveva sul fondo del locale. Topi, pantegane grosse come gatti domestici, si accalcavano intorno a un sacco pieno di avanzi, dimenticato lì da qualcuno. Il fetore le investì, improvviso e insopportabile. Rachida lanciò un urlo, suo malgrado.

«Cazzo, andiamo via di qui» sussurrò Léa, afferrandola per la manica. Si ritrovarono di nuovo all'esterno, in preda al panico. L'incubo non sembrava avere mai fine.

Correvano a fatica sulla sabbia quando un urlo le bloccò. «Ferme, sono io!»

«Domitilla!» esclamò Rachida, a bocca aperta.

«Non ci posso credere!» disse Léa. L'amica le raggiunse, ansimando. Anche lei aveva corso a lungo. Si abbracciarono con forza, tutte e tre, poi Rachida guardò Domitilla negli occhi.

«Perché sei qui? Cosa è successo?»

«E a voi?»

«Fiore... Lei... Dobbiamo parlare.»

«Sì» aggiunse Léa. «Però non adesso.»

Prese per mano Domitilla e ripresero a correre, seguite da Rachida. Erano stanche, stremate, ma unite da una comune certezza. Avevano ancora un po' di energia nelle gambe, un po' di fiato nei polmoni. Erano giovani ed erano ancora libere.

I cacciatori sarebbero arrivati presto, in tanti, decisi a fermarle con ogni mezzo. Forse davvero non avevano scampo. Léa tirò fuori dalla tasca il bigliettino che le aveva lasciato Teresa. Sopra c'era il nome del mercantile ed erano ancora in tempo. Anche senza Fiore e suo padre l'avrebbero trovato, cazzo.

«D'accordo, gente, è inutile che ci giri intorno, questa è l'ultima puntata di *Microfono aperto* dedicata alla storia delle ragazzine. Ormai sappiamo com'è andata a finire e sappiamo anche che le uniche che pagheranno saranno proprio loro, le minorenni più famose d'Italia. Anna in particolare, che si ritrova un figlio da crescere che le è anche fratello. Più di un ascoltatore ha sostenuto con forza l'idea che questo bambino debba essere abbandonato da Anna e cresciuto da altri. Molti di voi si sono detti contrari per motivi religiosi, ma tutti avete colto il mio silenzio e mi avete chiesto di esprimermi sul punto. Che Dio mi perdoni, ma spero che Anna partorisca e poi si dimentichi di quel bambino per il semplice fatto che ha diritto a rifarsi una vita. Come le altre, in verità. Lo so, adesso mi farete notare che la francese è una teppista incallita che deve scontare una pena nel suo paese, ma anche lei mi fa pena. Ecco, l'ho detto e lo ribadisco: mi fanno pena. Oggi però voglio chiudere il capitolo parlando di Giustina Rebellin. Veneta, poliziotta, serial killer. Ma come sempre a Radio Collina, non seguiremo le orme trite e ritrite degli altri organi di informazione. Vi propongo un'intervista a un ex fidanzato, anzi convivente per un breve periodo. Per proteggere il suo anonimato lo chiameremo Luigi.»

La regia mandò in onda uno stacco pubblicitario e Susanna ne approfittò per assolvere il rito della birra. Quella sera era arrivata in ritardo e non aveva avuto tempo.

«Sei in linea?» chiese la giornalista al termine di uno spot dedicato a un laghetto di pesca sportiva.

«Sì, Susanna.»

«Innanzitutto spiega agli ascoltatori perché ci hai contattato.»

«Avevo voglia di condividere la storia che ho avuto con Giustina, ne avvertivo il bisogno.»

«Potevi rivolgerti a un prete o a un terapeuta.»

«Penso di essere qualificato per raccontare a tutti com'era veramente Giustina, perché sto leggendo e ascoltando cose che non corrispondono alla realtà.»

«D'accordo, Luigi, noi ti ascoltiamo volentieri. Cos'hai provato quando hai saputo che la tua ex fidanzata era ricercata per diversi omicidi e altri reati?»

«Sollievo.»

Susanna fece una pausa per sottolineare la sorpresa. «Sollievo? Spiegati meglio.»

«A un certo punto della nostra relazione ho avuto l'impressione che Giustina fingesse, che non fosse sincera, che la sua fosse una recita infinita per nascondere altro, e oggi ho capito che avevo ragione.

«Lei era perfetta, nel senso che si impegnava a soddisfare ogni singolo aspetto della vita di coppia, ma a ben guardare sembrava davvero che volesse manipolarmi, usarmi per rendere sicura la sua copertura agli occhi delle persone.»

La giornalista lo interruppe. «Questa tua affermazione è dovuta al fatto che Giustina Rebellin oggi viene riconosciuta come serial killer?»

«No. Da quando l'ho lasciata me ne sono convinto sempre di più, ricordando avvenimenti cui all'epoca non avevo dato peso o che semplicemente non avevo notato.»

«In redazione è arrivata un'email» si inventò Susanna. «Un ascoltatore chiede com'era la vostra vita sessuale; inoltre desidera sapere che impressione ti fa oggi aver condiviso il letto con una serial killer.»

«Non prendeva mai l'iniziativa» confidò l'ex. «Però era sempre disponibile. Rispetto alla seconda parte della domanda, posso rispondere che non era il sesso il vero problema, ma il fatto di non essermi accorto di nulla per lungo tempo. Sono stato manipolato; poi, quando Giustina si è convinta di avermi in pugno, ha iniziato a stare meno attenta, commettendo piccoli errori che mi hanno fatto riflettere.»

Susanna ne approfittò. «Quindi pensi che anche il tanto chiacchierato commissario capo Valerio Pavan sia stato ingannato, manipolato da Giustina, al punto di non accorgersi della pericolosità della sua sottoposta?»

«Ne sono assolutamente certo. Giustina è diabolica, ne abbiamo ormai le prove, e sono profondamente convinto che sia entrata in polizia per avere mano libera per i suoi delitti. Come i pedofili quando entrano in seminario.»

Susanna cambiò subito discorso, perché quell'ultima affermazione poteva scatenare un putiferio. «Hai avuto modo di conoscere la sua famiglia?»

«Sì, tutte bravissime persone che ora sono precipitate in un incubo. Ho letto sui social tante cattiverie su di loro, ma posso assicurare che anche con loro Giustina recitava.»

Susanna decise che era arrivato il momento di aprire i microfoni. «Cosa ne pensate, gente? Davvero si può ingannare una madre? L'esperienza insegna che le madri sanno e per amore tacciono, coprono, si rendono complici.»

# TERESA

*Eccole, 'ste balorde. Si scornano mentre dobbiamo pensare a scappare.* Rincugghiunite.

*Ognuna di loro lo tiene, il veleno stipato in corpo, ma niente, non se lo sono ancora imparato. Si scazzano, manco ce ne stessimo andando in giro così, per una passeggiata di salute a riva di mare.*

*Dentro alla pineta si sono acchiappate Claudia e Domitilla. Io ci sto dalla parte di Domitilla, ma bisogna andare avanti. Quando glielo dico, lei si mette a dispetto, fa la boccuccia a morso.* Cunna *e bellissima.*

*Come Fiore. Domitilla è la prima dopo Fiore che mi ha fatto innamorare. Stavamo io e lei contro tutto il paese. Era pesante ma pure bello. L'amore contrastato si fa più forte. La vita contrastata si fa più robusta. Questo è. E io lo posso dire perché il fiele che mi hanno fatto bere a litri se n'è andato a finire dentro la forza e l'ha fatta grande.*

*Domitilla strafa con le pasticche, eppure mi ammolla dentro allo stomaco. Volere bene è un tarlo perico-*

*loso, lo so, ma quando succede, succede. Nessuno può farci niente, nemmeno io.*

*Ma non glielo dico nemmeno a lei, il mio segreto. Che per poco e niente, magari per uno sfizio, quando sta fatta, apre la bocca bella e parla.*

*La droga si vende, non si piglia. Questo era l'ammaestramento di mio padre.*

*Per farmelo capire meglio mi diceva di Toto il manovale, che spacciava a spiccioli per mio zio: una volta si scialò mezza dose, solo mezza, gli piacque e se ne prese un'altra mezza. Mentre lui stava fatto, certi tossici prima gli diedero una bottigliata in faccia, poi si presero tutto.*

*Quando andò a lamentarsi dagli uomini di mio zio, lo combinarono peggio.*

*Fin da piccola mi sono cresciuta così. Non dovevo essere femmina, dovevo essere maschio sbagliato. Il maschio sbagliato è chi non ha gli attributi giusti, cioè le palle, ma abbastanza ferro dentro il cuore per poter fare metà di quello che fanno i maschi.*

*Nelle famiglie come si deve, l'uomo che è uomo non può mai lasciarsi tentare dalla misericordia. Chi si mette davanti ai piedi per traverso deve essere combattuto e basta. E se è una donna l'ostacolo che ti si para davanti? L'uomo che è uomo non può dubitare, il nemico è nemico, maschio o femmina è la stessa cosa.*

*Mia madre era la stessa cosa.*

*Che potevo avere? Potevo avere sei, sette anni, la prima volta che vidi scannare il porco. Mia madre non mi aveva voluto portare prima alla festa giù allo scanna-*

*toio, ché diceva che ero troppo piccola. Metteva la scusa che era mestruata e che io dovevo restare a casa con lei, perché le donne con il sangue in mezzo alle gambe non potevano scendere allo scannatoio, se no il sangue del porco si ammalava pure lui di mestruo.*

*Appesero la bestia a testa sotto e le tagliarono la gola.*

*Il porco strilla come un cristiano, mi spiegò mio nonno. È una bestia intelligente, il maiale: sa quando sta per crepare e grida con la voce umana, lo fa per impietosire. Ma la pietà è il lusso dei sazi. Non girare la faccia. Mi prese la testa tra le mani e la tenne ferma. Guarda. Ti piace la soppressata, sì? E allora imparati come si uccide il porco.*

*La lezione di mio nonno poteva essere allargata a tutti i benefici per cui uno si doveva sporcare le mani.*

*I senza palle erano degli approfittatori, perché volevano* zucarsi *i profitti senza lottare per la roba. Mio nonno è della vecchia scuola, perciò per esempio un killer tossico deve essere allontanato o crepato di mazzate, perché pensa a spassarsela prima che a fare bene il lavoro. E chi non fa bene il suo lavoro inevitabilmente si piglia quello degli altri. Quando un altro capo gli diceva che non era vero, che dipendeva dalle droghe, perché per esempio la cocaina aiuta, lui rispondeva che questo poteva valere in America, non in Calabria.*

*Le lezioni la sapevano lunga anche sul mercato dei soldi: accumulare denari è importante, ma è più importante accumulare denari e rispetto. Che te ne fai dei soldi se puoi muori? Perciò devi mettere le mani dentro agli ammazzamenti, ti devi fare temere, altrimenti prima o poi qualcuno i denari tuoi se li prende e ti leva dal mondo.*

*Se mia madre si sedeva a tavola nonostante non potesse stare in mezzo ai discorsi degli uomini, come le altre donne, per tutti era una che schifava il mangiare mentre le veniva dato. Ovvero stava bestemmiando il pane che altri le avevano procurato.*

*E comunque, anche se ero un maschio sbagliato, nemmeno io potevo stare in mezzo ai piedi mentre si parlava di affari. Avevo parte della forza degli uomini per un errore di natura, ma se ero mezzo maschio stava a significare che non potevo essere un maschio intero: la metà di me che restava femmina non si doveva permettere di impicciare i maschi veri.*

*Intanto mia madre mi dava altre lezioni, solo che lei non faceva la maestra cattiva, mai. Quando parlava mi baciava la fronte e mi accarezzava i capelli.*

*Sussurrava.*

*Parlava zitto zitto, un po' per non farsi sentire nemmeno dai muri, un po' perché sapeva usare la voce. Se una madre parla troppo forte anche i maschi sbagliati come me capiscono meno di quanto si spaventino. E con la paura non si impara proprio niente.*

*Mi diceva che le donne del Sud non è che sono più forti delle donne del Nord, è che nei secoli dei secoli si sono solo dovute allenare meglio, perché hanno avuto più recinti bestiali.*

*Perciò se una donna di Calabria cacciava le spine da dentro alla pelle, le spine erano vere punte di lancia.*

*Quando le chiedevo perché fin da piccola mi chiamavano "maschio sbagliato", lei rispondeva: Perché gli uomini che ci sono toccati in sorte non ci capiscono una beata minchia di femmine. Tu sei una donna tutta intera, mi diceva, sei bella bella, sei forte forte, sei un segreto per loro.*

*Mi raccontava delle Amazzoni che si erano dovute tagliare una tetta per comodità di spada. E mica che senza un seno sono diventate maschi, sono state più femmine ancora.*

*Se tutto si aggrava, tu vattene, Teresa. E non tornare più. Se ti devi tagliare metà petto, tagliatelo. Non fa niente se dentro al petto ci sono io. Tanto resterò lo stesso: non ti preoccupare, figlia. Ama chi vuoi, scegli chi ti pare e piace, fatti le regole tue, non dare retta a tutta questa ferocia.*

*Quando mia madre cantava, fermava il tempo. Diventava una regina senza nemmeno un livido piccolo.*

*Non lo so se lei la vorrebbe, la mia vendetta, la vendetta che compirò, fosse l'ultima cosa che faccio nella vita. Forse no. Mi direbbe: Lascia perdere, continua a correre, ma dall'altra parte. Lontano.*

*Non posso.*

*Non ce la faccio.*

*Non è nemmeno una scelta, è peggio del destino. La vendetta è un imbuto dove devo andare a finire per forza. Ogni pezzo di me mi porta là.*

*Mia madre mi direbbe che la vendetta non porta pace, che è uno sbaglio, che devo pensare a salvarmi la vita.*

*Ma la pace non è roba mia.*

*Quando feci undici, dodici anni, non me lo ricordo bene, giù in piazza cominciarono a chiamarmi "zimbaru", caprone. Mi chiamavano così per via di come anda-*

vo vestita. Mi ero fissata con i pantaloni larghi e corti e pure con gli zoccoli.

Andai da mio padre e glielo dissi. Lui mi mollò uno schiaffo sul muso. Se mia figlia si fa chiamare 'zimbaru, vuole dire che ci è, capra.

Sputai per terra saliva e sangue, me ne andai e gli bestemmiai i morti. Però tra le imprecazioni mi salì il dubbio che forse aveva ragione.

Non reagii subito, dovevo aspettare che la rabbia diventava assai. Passavo apposta dalla piazza, 'zimbaru, 'zimbaru, sta arrivando u 'zimbaru.

E la rabbia cresceva.

Dopo una settimana di quella medicina potevo affrontare il più grosso, il Messinese. Il Messinese era due volte a me e non si scomodava nemmeno troppo a chiamarmi caprone, aizzava gli altri senza sprecare voce: a tredici anni aveva già i servitori. Non sarebbe bastato battermi con uno della mia statura, dovevo atterrare il Messinese. Ero pronta, doveva solo arrivare il momento buono. Quando stai per colpire, c'è un attimo che il tempo si ferma, come al centro della tempesta. Se il tempo non si ferma, è meglio levare mano perché è quasi sicuro che sbagli: il mio tempo si fermò. Presi la pietra che tenevo in tasca e spaccai il muso al Messinese.

Mentre se ne stava con la mano davanti alla bocca a coprire lo spazio dei denti mancanti, gli spiegai dove gli aveva ficcato le corna lo 'zimbaru.

Se fai un passo ti ci ficco pure il coltello.

Non era vero, non ce l'avevo, il coltello. Lo avrei pure potuto portare, ma l'avevo lasciato a casa.

Se ti porti l'arma la usi, è la regola. E mia madre ne avrebbe avuto a male.

*La rabbia che sta crescendo per la vendetta altro che una settimana ha avuto. Mi sta mangiando viva. Mi leva forza e me la dà.*

*È da stupidi mettere un caprone con le spalle al muro.*

*In fondo mio padre ha avuto ragione un'altra volta. Sono più vicina allo scannatoio che al cielo di mia madre.*

# 6

Quando Pavan ricevette i primi risultati dell'autopsia sui due cadaveri carbonizzati trovati nel furgoncino nei pressi di Rizziconi, non fu affatto sorpreso: Giustina era ancora viva. Era arrivata a uccidere due donne per farsi credere morta, pur sapendo che l'inganno sarebbe durato poco.

Afferrò il cellulare e avvertì Sarri. Poi chiamò Pipitone. «Corri all'ospedale, la Rebellin ha in mente qualcosa, altrimenti non avrebbe architettato questa messinscena.»

A pochi chilometri dal commissariato di Gioia Tauro, nella stanza d'ospedale di Teresa, si avvertiva solo il suono ritmico e algido delle macchine che controllavano le sue funzioni vitali. La ragazza era sola. Come accadeva spesso durante il cambio della guardia, dopo la notizia del suicidio della Rebellin. D'un tratto, aprì gli occhi.

Era disorientata. Spaventata. La pallida luce del giorno si insinuò nella stanza. O almeno così le parve. Si guardò attorno: il luogo sembrava deserto. Fece fatica a mettere insieme i pezzi. Che cosa era successo? Perché era lì? Avvertiva appena la presenza delle sue membra. Mosse i piedi, le mani. Rispondevano ai comandi. Provò a mettersi seduta, ma era ancora troppo debole. D'un tratto pezzi di ricordi cominciarono a comporsi, come in un puzzle. Aveva ucciso suo nonno, vendicando la madre. Mancava ancora un pezzo: perché stava così male?

Poi avvertì dei passi. Lentamente si fecero più presenti, poi per un attimo sembrarono allontanarsi. Invece ripresero ad avvicinarsi. Vide una figura, prima sfocata e a poco a poco sempre meglio definita. Un lungo camice verde da infermiera spingeva una sedia a rotelle che sistemò accanto al letto. Le si avvicinò lentamente. Si piegò su di lei, sorridendole sardonica.

Fu a quel punto che Teresa ricordò tutto. Ma le parole che provò a pronunciare le si strozzarono in gola.

«Vedo che stai meglio, e ne sono felice. Sta' tranquilla, tra noi non è finita, ti porto via di qui, così ci divertiamo un po'...» le sussurrò all'orecchio Giustina Rebellin. Quindi l'afferrò sotto le ascelle e iniziò a trascinarla. Teresa, ancora stordita, pensò di non essersi risvegliata e che quello fosse il suo peggior incubo.

«Dài che ce la puoi fare, sei una tosta, lo sappiamo» sorrise l'ormai ex poliziotta, ma il sorriso le si spense di colpo, avvertendo d'un tratto dei passi in avvicinamento. A quel punto lasciò immediatamente Teresa, che si afflosciò sul letto allucinata. La Rebellin si andò a sistemare di corsa dietro il battente. Giusto in tempo per vedere la figura di un poliziotto ben piantato entrare nella stanza. Fu a quel punto che Teresa riuscì a emettere un urlo per avvertirlo. Pipitone non ebbe il tempo di reagire che già l'affilato serramanico di Giustina gli era penetrato dalle spalle fino in fondo al cuore. L'uomo s'accasciò come un sacco vuoto. La Rebellin assaporò quel momento, avrebbe potuto evitare di uccidere quel fesso di ex collega, ma era contrariata dal fatto che ancora una volta con quella ragazzetta le cose erano andate storte. Pulì la lama e si dileguò come un fantasma.

Avevano attraversato tutta l'Italia, dal Nord al Sud. Avevano affrontato e subìto il male assoluto dal momento stesso in cui si erano ritrovate insieme, già fuggitive, ognuna per suo conto, da situazioni familiari che le avevano messe a repentaglio, mentre l'età adulta era ancora un miraggio. Ognuna orfana pur non essendolo. Orfana di qualunque sicurezza, della serenità, degli affetti minimamente dovuti, della gioventù, del futuro. Tutte insieme, chilometro dopo chilometro, si erano conosciute affrontando ogni contrarietà. Avevano litigato, discusso, ma sempre con l'unico obiettivo della comune salvezza. Nonostante tutto erano riuscite a ridere in qualche fortunato momento di tregua. A essere quello che erano, delle adolescenti. Ma soprattutto si erano volute sempre più bene, reciprocamente, passo dopo passo. Si erano trovate, questo è certo.

Adesso erano rimaste solo in tre. Adesso che il loro orizzonte, finalmente, si delineava così come l'avevano inseguito: l'Africa, il Senegal, la possibilità di salvezza. Adesso si sentivano smarrite come e più di prima. Léa, Domitilla e Rachida, si aggirarono nel porto di Gioia Tauro che non s'aspettavano fosse così. Avevano immaginato dei pescherecci, delle piccole navi attraccate. Un piccolo porto. Invece si ritrovarono in un luogo immenso, dove erano custoditi, sbarcati o in attesa di sbarco, migliaia di grossi container. Come avrebbero potuto rintracciare il mercantile scritto su quel foglietto? Solo il mare le invitava a sperare. Un mare piatto, oleoso. Tranquillo. "Tranquille" sembrava dire loro, "siete in salvo. Nessuno vi farà più del male."

Quel mare non mentiva.

D'un tratto un ragazzo nero sbucò dal nulla e si rivolse a Rachida. Non doveva avere più di vent'anni. Le parlò nella sua lingua. Sorrise. Un sorriso accogliente, rassicurante. Ai loro occhi nulla in lui sembrò rappresentare una minaccia. Anche Rachida sorrise, cosa che non accadeva spesso. Léa invece protestò: perché cavolo non parlava in francese il ragazzo?

«Perché parla la nostra lingua, il wolof» le chiarì senza perdere il sorriso la senegalese, tanto che Léa si pentì di quella uscita. Poi Rachida le rassicurò. Il mercantile c'era e sarebbe partito quella sera stessa per Bengasi, come previsto. Così come erano previste sei passeggere a bordo. Il viaggio era stato già pagato perché il capitano aveva un debito di riconoscenza verso Saverio. Lui stesso conosceva Fiore e suo padre, e l'unico momento in cui il ragazzo ebbe un gesto di sofferenza fu quando seppe della loro fine. La vita non è mai certa, commentò.

Lo seguirono in silenzio, mentre lui garantiva sul silenzio dell'equipaggio e sul prosieguo del viaggio. Fiore era stata brava a spingere suo padre a trovare l'imbarco giusto. Era stato questo l'ultimo gesto d'amore verso Teresa. Le avrebbero portate a Bengasi e da lì c'era già un trasporto in autobus fino a Dakar. La loro meta. La salvezza.

Allora perché non si sentivano sollevate? Perché alla vista del *Talia*, che corrispondeva alle rassicurazioni del ragazzo, mozzo della nave, non gioirono come avrebbero dovuto? Perché non dissero una parola, ma tra loro corsero sguardi che ne valevano più di mille? Perché d'un tratto si presero per mano. E se le strinsero forti, quelle mani, una nell'altra. E Rachida disse al ragazzo nero nella sua lingua, il wolof: «Non possiamo, ci dispiace, dovevamo essere in sei ma ne mancano tre. Quando saremo sei, allora partiremo».

Il ragazzo scosse la testa. Non capiva. Rachida gli rivolse un sorriso e scambiò qualche altra frase con lui. Scoprì che il mercantile faceva sosta a Gioia Tauro ogni due o tre mesi. Forse, in futuro, avrebbero avuto un'altra occasione.

«Ma rimandare potrebbe essere pericoloso» disse il giovane mozzo.

«Non preoccuparti» fu la risposta. Poi l'altra ragazza, la francese, lo abbracciò con vigore e lo baciò tre volte sulle guance. Per ultima gli venne incontro l'italiana, bellissima. La sua sola vicinanza, il suo profumo, facevano battere forte il cuore del ragazzo. Domitilla gli prese il viso fra le mani e lo baciò sulla bocca, a lungo. Un bacio dolce, che il giovane mozzo non avrebbe mai dimenticato.

«Ci rivedremo presto» gli sussurrò.

Rachida tradusse e aggiunse: «Quel giorno ci saremo tutte».

Poi le tre ragazze si allontanarono a passo svelto, dirette all'uscita del porto. Lui raggiunse la nave e dal ponte le indicò al capitano Mohammed, che era venuto a informarsi.

Ci rivedremo presto, gli avevano detto. Guardandole fu certo che un giorno, con l'aiuto di Allah, del destino o forse solo di loro stesse, avrebbero mantenuto quella promessa.

Questo volume è stato stampato nel settembre 2022
presso Rotolito S.p.A. - Milano